HIS

Pierre Bellemare mène u
sion, d'écrivain… et d'ac   succès
de librairie.

PIERRE BELLEMARE
JACQUES ANTOINE

Histoires vraies

Tome II

ÉDITION°1

© Édition° 1, 1981.

ISBN : 978-2-253-02942-7 - 1re publication - LGF

LA MORTE AU COLLIER DE PERLES FINES

C'est un vieux château du Moyen Âge habité par un Anglais, duc et seizième du nom, prénommé Marmaduke. Sir Marmaduke est une personnalité du Sussex, et Sir Marmaduke, en bon Anglais, déteste être dérangé à l'heure du thé.

Or, ce 15 août 1948, son valet de chambre affolé le dérange de la manière la plus inconvenante qui soit :

« Sir, il y a là un jardinier...

— Que veut-il, Ronald ? Et où sont mes toasts ? Quelle est cette agitation ?

— Sir, le jardinier dit qu'il a découvert un cadavre dans le parc... »

Sir Marmaduke est d'une humeur épouvantable ce matin-là, et contrairement au cliché habituel, il est dépourvu du célèbre flegme britannique.

« Un cadavre ! Seigneur, Ronald, j'ai horreur des cadavres ! Débarrassez-vous de ce jardinier.

— Mais Sir, il insiste. Il veut que nous prévenions la police.

— Qui est ce cadavre, Ronald ?

— Je l'ignore, Sir. Le jardinier affirme que c'est celui d'une femme.

— Eh bien, allez voir, Ronald, et tenez-moi au courant, j'appelle Scotland Yard. »

Sir Marmaduke dispose de l'unique téléphone à vingt kilomètres à la ronde. Il se résigne à signaler l'affreuse découverte, et se résigne également à entendre le jardinier.

Stilwell est jardinier certes, mais aussi peintre, manœuvre, homme à tout faire. Et pour l'heure il est assez secoué par sa découverte :

« Je l'ai vu dans le parc, près d'un buisson, Sir. Je passais par là pour rentrer chez moi, le chemin est plus court.

— Vous pourriez utiliser le chemin communal. Cette propriété est privée, je vous le rappelle.

— Je sais, mais j'étais fatigué, Sir.

— Vous dites qu'il s'agit d'une femme ?

— Oui, Sir, une femme. C'est... une femme...

— Eh bien, qu'y a-t-il d'extraordinaire ? Vous avez l'air troublé.

— C'est que... Elle est nue, Sir !

— Nue ?

— Si vous la voyiez, Sir !

— Il n'en est pas question. Allez à l'office, et attendez. Ronald, assurez-vous que personne n'approche de cette femme, et attendez la police ! »

Sir Marmaduke est vert. La simple idée d'un cadavre à quelques mètres de lui peut-elle le rendre vert à ce point ?

Le jardinier, lui, est tout pâle, ses mains tremblent.

Et Ronald, vieux serviteur, habitué à observer ses maîtres autant que les autres domestiques, trouve curieuse l'attitude des deux hommes. Son maître est exagérément atteint par la nouvelle. Exagérément, c'est bien le mot. Quant au jardinier, il a l'air de jouer un rôle. Tout cela est bien bizarre.

En attendant la police, Ronald se rend donc auprès du massif, à l'ouest du parc.

Et là, dans un creux de gazon, dissimulée par les arbres, à l'abri des regards, il découvre la femme.

Il faut vraiment la découvrir. C'est une constatation immédiate. C'est-à-dire qu'il faut pénétrer à l'intérieur du massif et écarter les branches pour la voir. Il faut, en somme, bien connaître le parc. Ronald, le majordome, est comme tout un chacun, il n'aime pas la mort, même en ce jardin. Lui aussi est à mi-chemin entre le verdâtre et le blême lorsque les policiers arrivent.

L'inspecteur Narborough le constate immédiatement. Et immédiatement il se dit : « Cet homme est exagérément ému par la mort de cette femme. » Ainsi le policier va soupçonner le domestique, lequel soupçonne son maître et le jardinier, les deux derniers se soupçonnant entre eux.

Et ce dès la première minute. Pourquoi ? Et pourquoi y en aura-t-il d'autres ? Beaucoup d'autres...

Par dizaines, les fantômes d'assassins vont rôder autour de ce cadavre glacé d'une jeune fille de vingt-cinq ans, morte dans un buisson, nue, étranglée par son collier de perles, à l'ombre d'un château sinistre.

Le mystère va durer dix ans. Dix années de soupçons, de murmures, de dénonciations et d'enquêtes.

L'inspecteur Narborough est ce que l'on appelle un « fin limier » de Scotland Yard. Poliment mais fermement, il a réuni autour du cadavre les habitants du château, Sir Marmaduke compris.

Le vieux duc a la nausée. Le jardinier tremble, le domestique détourne les yeux. Seules la cuisinière et la femme de chambre observent le cadavre avec une relative curiosité.

L'inspecteur s'adresse à la cantonade :

« Connaissez-vous cette jeune fille ? »

Non, personne ne la connaît.

Il se penche alors dans l'herbe et saisit délicatement une petite sacoche, glissée sous la tête de la jeune fille. Il fouille, et en tire un livre, puis un mouchoir, un poudrier, un bâton de rouge à lèvres, et enfin un portefeuille. Le portefeuille contient quelques billets et une carte d'identité.

« Miss Joan Woodhouse, bibliothécaire à Londres, célibataire, au numéro 26, Park Road. »

Un nom, un métier, une adresse sur un cadavre le rendent encore plus mort, si la chose est possible.

Il y a là quelque chose d'irrémédiable, qui fut et ne sera plus.

Joan était belle. Une semaine de séjour dans l'herbe, en plein été, l'a rendue insupportable à regarder.

Sir Marmaduke demande l'autorisation de se retirer. Autorisation que l'inspecteur lui refuse momentanément.

« Donc vous ne connaissez pas cette jeune fille, et pourtant elle a été étranglée presque sous vos fenêtres. Étranglée et peut-être violentée. »

Avant même que le duc proteste, le médecin légiste rectifie :

« Violentée, non, inspecteur. Peut-être y a-t-il eu tentative, mais elle n'a pas abouti ; en tout cas, la chose est visible à l'œil nu. D'autre part, je vous ferai remarquer que cette jeune fille s'est très certainement déshabillée seule. Ses vêtements sont soigneusement pliés à côté d'elle et empilés. Regardez : au-dessus, la lingerie, puis une combinaison de soie, puis un chemisier, puis une jupe. Les chaussures sont également rangées au pied de l'arbre. »

L'inspecteur doit reconnaître en effet qu'il n'y a là rien du désordre habituel, en cas d'agression par un sadique. Mais il n'a pas coutume de se laisser prendre aux apparences.

« L'assassin a pu faire une mise en scène pour détourner les soupçons. Par exemple faire croire à une rencontre amoureuse, qui se serait terminée par un accident lamentable. J'imagine très bien la chose. Elle est d'accord, puis se refuse. L'homme s'énerve, et l'étrangle. C'est alors qu'il la déshabille et range soigneusement les affaires à côté d'elle. Qu'en pensez-vous, Sir Marmaduke ? Et vous, Stilwell ? Et vous, Ronald ? »

Cette fois encore le médecin légiste intervient, de sa voix tranquille, habitué aux mystères de la mort qui n'en sont plus pour lui.

« Erreur, inspecteur. Une femme qui se déshabille dans la nature empile ses vêtements dans l'ordre que je viens d'indiquer, de manière à pouvoir les enfiler très rapidement au cas où elle serait surprise. C'est le cas. J'ajouterai qu'il y a là un vêtement supplémentaire, qui n'a pas été plié, lui. Il s'agit du châle que voilà. La morte est allongée dessus.

— Et alors ?

— Eh bien ce châle est grand, et si l'on rabat les deux côtés, il dissimule immédiatement le corps. Cela aussi est un réflexe féminin... Une femme ne se met nue au-dehors que si elle a la possibilité immédiate de ne plus l'être.

— C'est une déduction personnelle, docteur, et non une constatation.

— Je regrette, vous pouvez le vérifier vous-même. Elle s'est couchée dessus, d'elle-même. L'empreinte du corps est nette. Elle a même tenté de rabattre les côtés du châle, à l'arrivée de l'assassin. Voyez ces petites brindilles à l'envers du châle. On en retrouve sur le corps, elles se sont déplacées en même temps que le tissu et la main droite est encore agrippée aux franges du châle. »

Pour un fin limier, l'inspecteur Narborough est en train de se faire battre de vitesse par le médecin légiste. Lequel conclut de sa voix toujours calme :

« En résumé, je dirai que la jeune fille s'est allongée nue sur son châle, après avoir elle-même plié ses vêtements. Le soutien-gorge, par exemple, un homme ne saurait pas le plier ainsi. Ensuite, l'homme s'est jeté sur elle, à plat ventre, elle n'a eu que le temps d'esquisser un geste de pudeur. Écrasée par le poids du corps de son assaillant, ne pouvant plus bouger, elle a voulu crier, l'homme a serré le collier de perles, et l'étranglement a été rapide pour deux raisons :

« Premièrement, la tête en porte-à-faux, sur le sac, ne permettait pas une respiration et une déglutition normales, donc étouffement rapide, accéléré par le poids de l'assaillant sur les poumons de la victime.

« Deuxièmement, le collier de perles n'a pas cédé. Il s'agit d'un fil de soie particulièrement résistant, avec un nœud entre chaque perle, et le fermoir était dans la main de l'étrangleur. Rien ne pouvait casser. Voilà, inspecteur. »

L'inspecteur n'a rien à ajouter. Il aurait pu faire les mêmes constatations s'il n'était préoccupé outre mesure de la tête de ses trois suspects : Sir Marmaduke, Ronald son majordome, et Stilwell le jardinier. Car il les prend immédiatement pour suspects, ce en quoi il a tort. L'affaire va très vite dépasser le cadre médiéval et sinistre du château de Sir Marmaduke, à la suite d'une étonnante découverte.

L'inspecteur Narborough, le plus fin limier de Scotland Yard, semble pris à son propre piège. Le piège de ceux habitués à soupçonner, à traquer et à déduire beaucoup plus en policiers qu'en hommes, tout simplement.

Stilwell, le jardinier, un assassin ? Il est père de famille, habite un cottage non loin du château, et chacun sait qu'il emprunte régulièrement le parc pour rentrer chez lui. Cela lui évite de contourner les murs pendant deux kilomètres. Et s'il tremblait, après avoir découvert le cadavre, c'est pour une raison bien simple. En voulant cueillir une fleur dans le massif, il avait posé la main sur un ventre nu et glacé ! La peur l'avait retourné littéralement, et dans tous les sens du terme.

Ronald, lui, était au chevet de sa mère malade la semaine et le jour du crime. S'il détournait la tête, c'était par pure décence devant le corps d'une femme nue.

Enfin, Sir Marmaduke... Bien que son cas soit plus complexe, la vérité était également simple. Il éprouve l'horreur des cadavres ! Une horreur réelle et maladive venue de ses expériences de tranchées pendant la Première Guerre mondiale. Un homme a le droit d'être choqué, d'avoir des souvenirs atroces, et, duc ou pas, d'avoir la nausée. D'autre part, le vieux duc entretenait des relations secrètes avec une dame du pays, fort jeune et fort jolie. Et sa peur du cadavre était doublée par celle de découvrir en la morte sa passion cachée. Ce n'était pas le cas.

Donc, qui est Joan Woodhouse, la bibliothécaire étranglée par son collier de perles fines ?

Selon les responsables de la Bibliothèque de Londres, une jeune femme remarquable, la dernière personne à se retrouver nue dans un parc et étranglée. Un esprit sérieux, tourné vers les études et, malgré le charme de son visage, passionnée par la lecture et non par la bagatelle.

Mais il y a souvent loin de l'habit au moine. Et en perquisitionnant chez Joan, l'inspecteur Narborough fait une étrange découverte : soigneusement dissimulé dans la chambre à coucher, un petit carnet couvert de notes, au jour le jour, et couvert de rendez-vous, au jour le jour.

Et l'inspecteur relève dans ce carnet 150 noms différents. Des noms d'hommes, bien entendu. Assortis de réflexions diverses et ne laissant aucun doute sur les relations entre la pure bibliothécaire et les noms cités.

Plus énigmatiques encore sont les rendez-vous marqués de simples initiales, ou de quelques points de suspension : A.L., ou J.B. Et très inquiétant, le dernier rendez-vous, à la date du 13 juillet : « Rencontré X... »

« X »... pas même d'initiales, et aucun commentaire. Et plus rien d'autre sur le carnet. Alors qu'il était tenu jusque-là quotidiennement. Plus rien entre le 13 juillet et le 9 août, date de la mort de Joan, découverte huit jours plus tard seulement.

L'inspecteur Narborough s'attaque tout d'abord aux noms cités en entier. Il vérifie ainsi plus de cent alibis. Et n'acquiert aucune certitude. L'heure de la mort ne peut être fixée précisément, à deux ou trois heures près. Les hommes interrogés ne sont pas facilement pris en défaut. D'ailleurs, peuvent-ils l'être ?

Il s'agit là de personnes convenables, à qui Joan fit une fois ou deux la grâce de ses faveurs. Si correcte à la bibliothèque, si sérieuse, Joan vivait une double vie, et sa deuxième vie amoureuse ne manquait pas d'intérêt.

Les initiales gardent leur mystère, et au bout de deux années d'enquête, l'inspecteur Narborough remet un rapport au chef de Scotland Yard : il n'a rien trouvé.

« Il s'agit d'une call-girl particulièrement astucieuse, c'est tout. Pourtant l'une de mes déductions est qu'elle a pu mettre en péril la réputation d'un homme connu, ou éminent, lequel l'aurait tuée pour préserver cette réputation. C'est une possibilité qui ne nous mène nulle part. Je n'ai trouvé aucun témoin pouvant me mettre sur une piste. Cette fille vivait ses amours en cachette. Personne ne s'en doutait dans son entourage... Ce qui explique les choses, c'est qu'elle ne monnayait pas ses charmes. Elle vivait de son salaire, uniquement. Je dirais donc que Joan Woodhouse était une collectionneuse, une nymphomane en quelque sorte. Il reste le dernier rendez-vous. X est l'assassin. Je crois plus à cette théorie qu'à l'autre. Je crois même qu'elle a pu tomber amoureuse de X. Car du jour de la rencontre à sa mort, c'est-à-dire plus de vingt jours, elle n'a rien noté. Rien, contrairement à ses habitudes. Mais je n'ai aucune idée sur le mobile du crime. »

Scotland Yard classe provisoirement l'affaire. Et elle rebondit quelques jours plus tard, avec l'arrivée d'un détective privé, ancien de Scotland Yard d'ailleurs. Il s'appelle Jacks. Il veut reprendre le dossier, car il connaissait Joan. En tout bien tout honneur, car il a soixante-cinq ans passés, et ne fréquentait que la bibliothèque. C'est-à-dire la bibliothécaire, et non Joan Woodhouse.

Jacks refait l'enquête, elle dure un an, et il en dépose les résultats sur le bureau de son collègue, l'inspecteur Narborough.

« J'ai trouvé ! Voici d'abord la photo de Joan avec un inconnu. C'est une amie à elle qui l'a retrouvée par hasard. Cet homme était son fiancé. Il ne figure pas dans le petit carnet. J'ai découvert son identité, et voilà. Il a tué par jalousie lors d'un dernier

12

rendez-vous, c'est évident. On n'épouse pas une femme qui a cent cinquante amants à la fois ! »

Avis de recherches, photos dans la presse, Scotland Yard remet en branle la machine policière et l'inconnu se présente de lui-même trois mois plus tard. Il était en voyage en Australie, il ignorait qu'on le soupçonnait de meurtre, et pour cause, son voyage a duré trois ans, du 5 janvier 1948 à maintenant. Il avait même oublié Joan, dont il ne fut qu'un fiancé épisodique. Il précise d'ailleurs :

« Elle ne tenait pas du tout au mariage, c'était une fille indépendante. »

Sans se décourager, le détective privé reprend tout à zéro. Il tient à résoudre cette énigme. Il a besoin de la publicité fantastique que lui apporterait un résultat, alors que le tout Scotland Yard baisse les bras devant l'énigme la plus étrange de l'après-guerre.

Et le voilà qui entame un autre cheval de bataille : l'assassin c'est Stilwell, le jardinier ! Et le scénario du crime se déroule ainsi : Joan veut prendre un bain de soleil ce jour-là, elle se déshabille, s'allonge et s'endort à l'abri des arbres, son corps nu est ravissant en plein dans les rayons du soleil. Le bain de soleil est possible, l'endroit est idéal, c'est alors que passe le jardinier. (Il passe là presque tous les jours pour raccourcir son chemin.) L'homme voit le spectacle, est pris d'un désir furieux, et l'on connaît la suite. Ayant étranglé Joan par accident en quelque sorte pour l'empêcher de crier, il s'enfuit. Mais pris de remords, et ne supportant pas de savoir le cadavre là, dans le parc, à l'abri des regards, croyant qu'on ne le découvrira pas assez vite, il fait semblant de le découvrir lui-même.

Toute cette belle théorie lui paraît fondée sur le fait que Stilwell, marié, trompait sa femme, et qu'il était le seul à traverser le parc tous les jours.

Stilwell est interrogé à nouveau jusqu'aux limites de la torture morale. Puis, faute de preuves, faute d'aveu et faute de logique surtout, la thèse est à nouveau abandonnée.

Sans se décourager, le détective Jacks repart en campagne. Il est payé cette fois par la famille de Joan, impressionnée par son acharnement à découvrir la vérité.

Et il s'acharne effectivement à nouveau sur le malheureux Stilwell, pour qui la vie devient rapidement intenable, jusqu'au jour où il est présenté devant un jury, accablé de présomptions et de déductions incroyablement précises, sur son emploi du temps et la longueur de ses mains d'étrangleur. L'accusation se base aussi sur un examen psychologique, le montrant comme un sexuel agressif, à la limite des normes habituelles. Mais Stilwell le jardinier est acquitté définitivement, et la théorie du détective privé mise en pièces par la défense avec une tout aussi grande précision dans le détail.

L'affaire est close, le dossier fermé. C'est un crime parfait, et irritant, dont, bientôt, on ne parle plus.

Car nul ne pouvait prévoir la conclusion d'une enquête comme celle-là.

C'est en 1958, dix ans plus tard, alors qu'il y a prescription, qu'une lettre parvient à Scotland Yard, timbrée de Rhodésie. Son contenu est extraordinaire. Il demande vérifications. Ce qui est fait. Tout est contesté, les dates indiquées, et les identités. Un policier anglais va même interroger sur place l'auteur de la lettre, et revient, convaincu. La vérité est là. Elle ne sert plus à rien.

C'est au cours d'un congrès de police, à Londres, que l'inspecteur Narborough la révèle à ses collègues, pour information, et sans citer de nom, car il n'en a pas le droit, prescription oblige.

Voici la lettre, elle est signée d'une femme.

« Messieurs, je vis en Rhodésie depuis mon enfance, et je ne connais l'Angleterre que par ses journaux. C'est ainsi que j'ai peut-être lu l'histoire du crime de Joan Woodhouse, mais je l'ai oubliée. On ne retient pas forcément ce genre de choses quand elles ne vous concernent pas.

« En septembre 1948, j'avais vingt-deux ans,

14

lorsque j'ai rencontré mon futur mari. Il arrivait d'Angleterre, et nous nous sommes plu rapidement. C'était un homme attachant, sérieux. Nous nous sommes mariés six mois plus tard, et nous avons eu des enfants. Pendant des années j'ai été heureuse, et je n'ai rien soupçonné de grave chez mon mari.

« Il y a quelques semaines, il est tombé malade, une simple fièvre, sans grande gravité, mais qui l'agitait énormément. Surtout la nuit. Il dormait mal, faisait des cauchemars, et je le veillais souvent.

« Une nuit, il rêvait, il était en sueur, et il s'est mis à parler tout haut.

« C'est ainsi qu'il a raconté comment il avait tué Joan Woodhouse. Dans son cauchemar, il semblait affolé, terrorisé. J'ai entendu nettement : "Non, non, ce n'est pas possible, Joan, réveille-toi ! Réveille-toi !" Il s'accusait, il répétait le nom de cette femme, et répétait sans cesse qu'il était un lâche et un assassin. Ce cauchemar était si précis, les mots qu'il employait tellement graves que j'ai eu peur.

« À son réveil, je l'ai interrogé immédiatement et il m'a tout avoué. Il savait à ce moment-là que la prescription allait tomber, il ne restait qu'un mois. Il m'a laissé le choix : "Dénonce-moi si tu veux, c'était un accident, je n'ai pas voulu la tuer. Je jouais à l'étrangler, et elle à se débattre. Elle aimait les jeux de ce genre, un peu stupides. Quand je me suis aperçu qu'elle était morte, je n'arrivais pas à y croire. Je me suis sauvé, j'ai quitté Londres et l'Angleterre deux jours plus tard. J'avais peur, même ici, de découvrir mon nom dans les journaux que tu lisais. Heureusement, elle n'avait mis que mes initiales dans un carnet. Personne ne m'a recherché. Mais je vis dans le remords depuis si longtemps que je suis soulagé que tu saches. Décide toi-même, je t'ai menti assez."

« J'ai réfléchi, messieurs, à l'inutilité de la justice si longtemps après. D'autre part, j'aime encore mon mari, même s'il me fait un peu peur à présent. Je ne sais pas si nous poursuivrons notre vie ensemble, mais j'ai attendu, pour vous écrire la vérité, que le délai soit passé et qu'il ne risque plus rien. Pardonnez-moi d'avoir en quelque sorte fait justice moi-même et de vous révéler une vérité qui ne sert plus à rien. Mais je tiens à la vérité. Si vous devez nous interroger, je vous supplie de le faire avec discrétion. Le seul mensonge auquel je tienne, c'est celui que je ferai à mes enfants, toute ma vie, par omission. Je ne veux pas qu'ils sachent. »

Cette fois, le dossier était clos. Et nul ne saura jamais le nom de l'assassin de la jolie bibliothécaire qui jouait, avec son corps et un collier de perles fines, au jeu dangereux de la mort.

LA PARENTHÈSE DE MARJORIE

Il y a des êtres humains qui paraissent nés sur une autre planète. Physiquement, ils nous ressemblent. Ils ont une tête, des bras, des jambes, ils parlent, ils sont mariés, ils ont des enfants, ils travaillent. Mais tout cela n'est qu'une apparence. En réalité, ces êtres-là, depuis leur naissance, vivent à côté de nous, en marge, dans un univers parallèle. Et nul ne sait à quoi ressemble cet univers. Ce n'est pas celui des fous. Celui-là, nous le connaissons un peu, car il arrive à des gens normaux d'y faire une incursion de temps en temps. Non, c'est un univers inconnu d'où sort parfois un criminel, par exemple. Mais pas forcément. Un être qui a fait quelque chose d'incompréhensible, de bizarre, de totalement illogique. À cet être-là, nous, c'est-à-dire la société ou la justice, nous demandons :

« Mais pourquoi as-tu fait ça ? Pourquoi ? »

Et l'autre répond :

« Je ne sais pas. Je l'ai fait, c'est tout. »

Et c'est là qu'il ne faut pas confondre avec l'univers des fous. La justice sait bien, elle, faire la différence, lorsqu'elle ne reconnaît à ces êtres-là aucune circonstance atténuante. Les experts le savent bien eux aussi, lorsqu'ils les déclarent parfaitement sains d'esprit.

Marjorie D., cinquante ans, une Anglaise, mariée et mère de famille, a accompli un crime étonnant, en toute connaissance de cause. Et elle a répondu de ce crime devant la justice anglaise, avec cette seule explication :

« Je l'ai fait. C'est tout. »

C'est un petit pavillon de la banlieue de Londres. Avec des volets verts, un jardin minuscule, un morceau de gazon, et un lapin de céramique au milieu.

Dans la cuisine, il y a Marjorie et ses cinq enfants. Le petit déjeuner est servi. L'aîné a quinze ans, le plus petit cinq ans. Ils mangent avec appétit, et vont disparaître dans quelques instants au collège, ou à l'école.

Dans la salle de bain, il y a Peter. Le mari et le père de ses enfants. Il fait sa toilette en chantant un air de la *Traviata*. Peter a cinquante-quatre ans, il est ouvrier spécialisé dans une usine d'aéronautique. Bon salaire, et aucun souci matériel.

Dans le jardin, il y a le chien, un cocker noir de deux ans. Il dort, le nez dans ses pattes. Non loin de lui, un chat angora, aussi blanc que le cocker est noir.

C'est un tableau paisible, que les voisins connaissent bien. Marjorie et Peter sont mariés depuis dix-huit ans. Ils habitent ce pavillon depuis quinze ans. Ils n'ont pas de dettes, pas d'ennemis, les enfants sont en bonne santé, ils se disputent normalement, le mari n'est pas buveur, sa femme ne le trompe pas. Bref, rien, absolument rien, ne menace ce petit univers où rien ne cloche apparemment.

Nous ne pouvons révéler ni le nom de cette famille, ni les détails qui pourraient la faire reconnaître, car ils ont le droit d'oublier aujourd'hui ce qui s'est passé ce matin-là.

Ce matin-là, un 17 avril, les enfants sont maintenant à l'école, Peter à son travail, le chien dans la cuisine, et le chat dans son panier.

Marjorie ferme la porte du pavillon. Elle est vêtue d'un imperméable bleu, d'une robe grise, et a mis un foulard sur sa tête. Elle ne porte pas de sac, elle s'en va, les mains dans les poches de son imperméable. Marjorie est une femme de taille moyenne, 1,65 m, de corpulence raisonnable, puisqu'un peu mince, 52 kilos. Cheveux châtains courts, nez droit, yeux bleus, menton petit.

Elle s'éloigne dans la rue, bordée de petits pavillons, semblables au sien. Et elle disparaît. Non seulement au bout de la rue, mais complètement. On ne la reverra plus.

Le soir, à dix-huit heures, Peter trouve la maison fermée à clef et les enfants assis dans le jardin en rangs d'oignon et affamés.

« Où est votre mère ?

— On sait pas. On a demandé à la voisine, elle ne l'a pas vue de la journée. »

Légèrement inquiet, Peter lâche sa tribu dans la cuisine et la laisse dévaliser le réfrigérateur. Il entreprend la quête habituelle en pareille circonstance.

Le frère de Marjorie répond au téléphone qu'il n'a pas vu sa sœur, les amies font la même réponse, et immédiatement Peter songe à l'accident. Il fait alors le tour des hôpitaux, et atterrit finalement au poste de police, vers onze heures du soir. Cette fois, il est effrayé :

« Ma femme a disparu. Vraiment disparu. Elle ne fait jamais ça, vous comprenez ? Elle dit toujours où elle va et ce qu'elle fait. Si elle est en retard, elle téléphone, si elle va voir sa famille, elle laisse un mot. Nous avons cinq enfants, et elle s'en occupe, elle est toujours là. Il lui est arrivé quelque chose de grave. J'en suis sûr. »

Le pauvre homme va passer la nuit assis sur une banquette de bois, à sursauter au moindre coup de téléphone.

Au matin, les policiers lui conseillent de rentrer chez lui et d'attendre. Un avis de recherche est diffusé. Attendre. Attendre, il n'y a que cela à faire. Les jours passent. Les enfants pleurent, Peter demande un congé exceptionnel, pour s'occuper d'eux, et surtout pour participer à l'enquête d'aussi près que possible.

La disparition soudaine de son épouse est tellement extraordinaire qu'il vit en permanence sur les nerfs, il dévisage toutes les femmes dans la rue, se précipite à la morgue tous les jours, sans qu'on le convoque, et se demande sans répit : mais où est-elle allée ?

Personne ne l'a vue. Aucun témoin n'a pu donner la moindre indication. Les gares, les aéroports, les magasins, il a tout fait. Marjorie s'est volatilisée.

Il faut remarquer (cela évite des suppositions inutiles) que le mari n'est soupçonné à aucun moment. De son côté, la situation est nette. Il ne s'est pas disputé avec sa femme, rien, absolument rien ne permet à la police d'envisager un meurtre dont il serait responsable. Heureusement pour lui d'ailleurs puisque ce n'est pas le cas.

Cela dit, les jours passent, et les semaines. Cinq semaines en tout. Et puis, le 27 mai, à neuf heures du soir, un policier se présente à la porte du petit pavillon, le chien aboie, les enfants et leur père sont réunis au salon. Peter est occupé pour la centième fois à éplucher les affaires de sa femme, dans l'espoir d'y découvrir un indice quelconque. Le policier considère un moment cette famille rassemblée tristement autour des vêtements et des papiers de Marjorie.

« C'est une mauvaise nouvelle, monsieur, je le crains. Un pêcheur a découvert le corps d'une femme dans la Tamise. Nous venons d'être alertés. Malheureusement, le signalement correspond à celui de votre épouse. Il faut venir l'identifier. »

Peter se lève, blême. Il attendait cette minute en priant pour qu'elle n'arrive pas. Il espérait jusqu'au bout que Marjorie avait fait une fugue, inexplicable, certes, mais qu'elle était vivante, et qu'il le reverrait. Il trouve encore la force de calmer les enfants.

« Ne bougez pas. Et ne pleurez pas, surtout. Ce n'est peut-être pas maman. Je vais voir, attendez-moi sagement. »

Peter marche le long des couloirs blancs de la morgue de Londres. Tandis que le policier lui explique l'essentiel :

« Le corps est à peu près conservé, le visage aussi. L'identification est relativement facile. À part les indications que vous avez déjà données, y a-t-il un signe particulier ?

— Non... rien. Une cicatrice d'appendicite, sur le côté droit.

— Rien d'autre ? Pas de grain de beauté, de trace de vaccin ?

— Non...

— Vous savez dans ces cas-là, la moindre petite plaie, un ongle de travers, le plus petit détail, peut nous aider.

— Je la reconnaîtrai, si c'est elle. Je connais Marjorie, je connais bien ma femme, vous savez. Je la reconnaîtrai si c'est elle. »

Le chariot et le drap blanc sont là, devant Peter. Il retient sa respiration, il croise les doigts enfantinement derrière son dos, comme s'il pouvait conjurer le sort.

Mais c'est elle. Elle a ce visage étrange et terrifiant des êtres que la mort habite depuis longtemps déjà. Mais c'est elle. Ce sont ses cheveux, son nez, sa bouche, ses mains. Des mains nues, sans bijou, et sans alliance. Marjorie n'en portait pas. Elle disait que les lessives abîmaient autant ses mains que les bijoux. Elle n'a plus de vêtements. Elle est morte nue et noyée, sans trace de violence, la petite cicatrice d'appendicite est là.

Peter serre les dents, car le spectacle est dur. L'infirmier laisse retomber le drap, Peter signe un papier d'identification. On accroche une étiquette au chariot avec le nom de Marjorie, c'est fini. L'angoisse est arrivée au bout. La torture est terminée.

Peter est veuf, ses enfants n'ont plus de mère. Marjorie s'est suicidée, selon toute vraisemblance, en se jetant dans le fleuve. Elle ne savait pas nager, elle s'est noyée.

Il y a l'enterrement, la tombe de granit. Et Peter reprend le dessus. Il faut bien.

Quatre mois passent et quelques jours. L'automne est là. La soirée est douce. Dans le pavillon aux volets verts, il y a Peter dans la cuisine, qui prépare le thé avec sa fille Margareth, douze ans. John, quinze ans, fabrique une maquette de bateau dans sa chambre. Olivier, neuf ans, joue avec le chien, Stefanie, sept ans, lit un livre d'images avec son petit frère Eliot, cinq ans.

On frappe à la porte. Olivier et le chien courent à la porte. Le chien grondant, Olivier en lui hurlant de se taire...

Le soir tombe à peine, et la lumière du couloir éclaire une silhouette sur le pas de la porte. Une silhouette immobile, vêtue d'un imperméable bleu.

Le silence est tout à coup si bizarre que Peter crie de la cuisine :

« Qu'est-ce que c'est ? Qui est là ? »

Personne ne lui répond. Et le chien se met à grogner méchamment. Alors, de sa chambre, John dégringole en courant, Stefanie et Eliot se glissent dans le couloir, Margareth et son père les suivent. Le chien grogne toujours. La silhouette est toujours immobile sur le pas de la porte, et la voix redit :

« C'est moi. »

C'est terrifiant. Marjorie est là. C'est elle, vivante, normale, avec son air habituel, ses cheveux, son foulard.

Peter a la tête qui tourne, les aînés se resserrent, s'imbriquent les uns dans les autres, pétrifiés de peur. Seul le petit dernier dit d'une voix claire, étonnée, un peu sanglotante :

« C'est maman... Papa, c'est maman ! Papa, elle est sortie de la tombe. C'est maman, hein ? Dis, papa... Papa ? C'est maman ? »

La suite est indescriptible. C'est un mélange de

peur, de joie, de questions embrouillées. On tire Marjorie de tous côtés, mais Peter n'ose même pas l'embrasser.

« C'est incroyable ! D'où sors-tu ? Où étais-tu ? On m'a montré une femme noyée, c'était toi. Je t'ai reconnue. Nous avons fait l'enterrement, Marjorie... Tu étais morte ! Mon Dieu, il faut prévenir la police, nous nous sommes trompés. Mais comment ai-je pu me tromper ? Je t'ai reconnue, vraiment... J'étais sûr que c'était toi ! »

Marjorie a l'air un peu fatigué.

« Je t'expliquerai tout ça après, quand les enfants seront couchés. »

Mais les enfants ont du mal à se coucher. Margareth, la petite fille, est d'ailleurs malade. Le saisissement l'a fait s'évanouir, elle a des nausées. Les autres sont tellement excités qu'ils refusent d'abandonner leur mère. Ils veulent savoir. C'est normal...

« Où t'étais, maman ?
— Pourquoi t'as rien dit ?
— Qu'est-ce que t'as fait ?
— T'as été malade ? »

John fait le point.

« On a enterré quelqu'un à ta place, tu te rends compte ? Quelle histoire ! Quand les copains vont savoir ça. Alors qu'est-ce qui s'est passé ? Raconte, on a le droit de savoir. »

Marjorie enlève son imperméable, se lave les mains, va dans la cuisine, se sert une tasse de thé, et consent à répondre.

« J'ai fait un voyage. Je suis partie parce que j'avais envie de voyager, mais c'est très compliqué, je vous dirai tout ça demain. Pour l'instant, je dois parler à votre père. Alors allez vous coucher. Soyez sages, je suis fatiguée, j'ai marché beaucoup et longtemps. »

À une heure du matin, les enfants sont enfin couchés. Ils ne dorment pas, mais ils ont compris que leurs parents avaient des choses graves à se dire.

Graves. Oui. Peter le sent.

« Je dois prévenir la police, Marjorie, à cause de cette femme que l'on a enterrée, il faut qu'ils sachent très vite que ce n'est pas toi. Tu comprends, il y a d'autres gens quelque part qui se font du souci, qui sont malheureux. La famille de cette inconnue. Je sais trop ce que c'est, moi !

— Tu as le temps, Peter. Cette femme n'a pas de famille.

— Comment le sais-tu ?

— Je vais t'expliquer, calme-toi. Elle n'a pas de famille, rien qu'une fille, dans un orphelinat, qu'elle a abandonnée il y a longtemps.

— Mais... tu la connais ? Tu sais qui c'est ? Tu savais qu'elle était morte ? Tu savais aussi qu'on l'a prise pour toi, alors ?

— Je le sais, Peter.

— Pourquoi n'as-tu rien dit ? Mais enfin explique-moi, tu disparais du jour au lendemain, sans rien dire, tu ne donnes pas de nouvelles, tu sais tout ce qui se passe, et tu reviens comme ça ? Qu'est-ce qu'il y a, Marjorie ? Tu as été malade ? On t'a fait du mal ? Il s'est passé quelque chose ?

— Je ne suis pas malade. Personne ne m'a fait de mal, écoute-moi bien, Peter. Tu vas voir, c'est simple. J'ai tué cette femme...

— Tué ? Toi, tu l'as tuée ? Pourquoi ?

— Je ne sais pas. Je l'ai fait, c'est tout.

— Elle t'avait fait quelque chose ?

— Non.

— C'est parce qu'elle te ressemblait ? C'est quelqu'un de ta famille, que je ne connais pas ?

— Non. C'est une inconnue. Voilà, je suis partie de la maison un jour, parce que j'avais envie de partir...

— Et les enfants, et moi ?

— Je n'y ai pas pensé, ça m'était égal, je partais, c'est tout. J'ai marché jusqu'à Londres. Et j'y suis restée.

— Comment as-tu vécu ?

— Normalement. Je suis allée dans un foyer d'accueil, je n'avais pas beaucoup d'argent, j'avais oublié

23

d'en emporter. Ce n'était pas cher, j'avais un lit, et un repas par jour.

— Mais qu'est-ce que tu faisais toute la journée ?

— Rien. Je me promenais, je lisais les journaux. Je parlais avec les gens. Un jour j'ai croisé cette femme, elle s'appelle Lydie, je crois, oui, c'est ça, Lydie.

— Celle qu'on a prise pour toi ?

— Oui...

— Elle te ressemblait beaucoup ! J'ai vraiment cru, j'étais sûr !

— Oh ! pas tellement. Le visage, le corps c'était à peu près ça. Mais tu sais, les femmes comme moi, il y en a beaucoup. Tu l'as reconnue parce qu'elle était morte et un peu défigurée sûrement, ça arrive souvent.

— Bon. Mais tu ne l'as pas tuée, hein ? Tu plaisantes ? C'est pas vrai ? Elle s'est noyée toute seule ?

— C'est moi qui l'ai poussée dans l'eau. La nuit. On se promenait, on discutait, et puis je l'ai poussée. Elle ne savait pas nager, et puis l'eau était froide. J'ai regardé un moment, elle a coulé assez vite, finalement.

— Mais tu es un monstre ! Mais pourquoi, bon sang, pourquoi ?

— Je ne sais pas, je te dis ! Je l'ai tuée comme ça.

— Tu voulais qu'on la prenne pour toi ? C'est ça ?

— Non. J'ai vu dans les journaux que tu avais cru me reconnaître. C'était une coïncidence curieuse.

— Écoute, Marjorie, tu me racontes des histoires ! Cette femme était nue, elle s'est suicidée, c'est pas possible autrement.

— Mais non. Elle s'est déshabillée exprès. C'était pour un client, elle était prostituée...

— Mais tu m'as dit que tu marchais avec elle, que vous discutiez !

— Oui, on discutait de ses clients. Elle me disait : "J'ai un truc : quand je ne vois pas d'homme à l'horizon, je me déshabille sur le quai. Il y a toujours un automobiliste qui s'arrête. Ça marche une fois sur deux."

— Et elle l'a fait ?

— Oui...

— Et tu l'as poussée dans l'eau tout de suite ?

— Je crois, oui...

— Qu'est-ce qui t'a pris ?

— Je ne sais pas. Je l'ai fait, c'est tout.

— Marjorie, tu es devenue folle ou tu fais une dépression nerveuse. C'est pas possible, ce n'est pas toi, ou alors il y a une raison, et je veux savoir, tu comprends. Je veux savoir !

— Il n'y a rien à savoir...

— Mais enfin, tu ne te sens pas différente ? Tu n'as pas eu peur ? Pas de remords ?

— Non.

— À quoi pensais-tu, bon sang, tu pensais bien à quelque chose ?

— Rien de spécial.

— Et ça ne te paraît pas monstrueux ?

— Non.

— Pourquoi es-tu revenue ? Ça non plus, je ne comprends pas.

— Je suis revenue parce que j'avais envie de revenir. Mais il y a un ennui, c'est que je ne vais pas rester. La police va me mettre en prison. C'est normal. Tu sais j'ai réfléchi à tout ça en revenant de Londres. Tout ce que je peux dire, c'est que je ne suis pas folle, je ne crois pas. Je n'ai pas l'impression d'avoir changé en quoi que ce soit. Je sais que j'ai commis un crime, mais ça ne me paraît pas extraordinaire. Je sais aussi que je ne peux pas rester avec vous, toi et les enfants. Je dois aller en prison. Tu vas le dire à la police bien sûr, c'est normal, et si tu ne le disais pas je ne pourrais pas rester ici de toute façon. Mais au fond ça m'est égal. Je vivrai aussi bien en prison. La difficulté ce sera d'expliquer tout ça à nouveau. Je vois bien que tu ne me comprends pas. Les autres ne comprendront pas non plus.

— Et toi tu comprends ?

— Moi ? Je ne sais pas. Je crois qu'il n'y a rien à comprendre.

— Mais Marjorie, tu es folle ! Je te jure que tu es

folle ! Tu as tué quelqu'un et ça ne te fait rien ? Tu trouves ça normal ? Un jour ou l'autre tu vas recommencer !

— Je ne sais pas. Je ne crois pas. Tout ce que je peux dire, c'est que je suis normale, je vais bien. Je reconnais même que mon départ était bizarre pour vous, que ce crime est affreux pour vous. Mais pas pour moi.

— Et si quelqu'un voulait t'assassiner, toi, ou moi, ou les enfants, tu trouverais ça normal ?

— Non. »

Pauvre Peter. C'était lui qui se sentait devenir fou peu à peu.

Marjorie est partie avec les policiers. Peter a dit aux enfants que leur mère était très malade et qu'on allait l'enfermer. Il le croyait fermement, Peter, il se disait : ma pauvre femme est devenue « dingue » tout d'un coup. Mais non. Après une longue enquête et des vérifications, la police a acquis la certitude que le crime avait bien été commis par Marjorie. Elle avait même ramassé les vêtements de sa victime, qu'elle avait rapportés au foyer.

Alors il y eut procès. Les experts ont dit de Marjorie qu'elle était en pleine possession de ses facultés intellectuelles. Atteinte d'aucune maladie mentale. Même pas d'un dédoublement de personnalité.

Ils ont avancé une hypothèse hardie. Marjorie aurait vécu sa fugue et le crime comme une parenthèse dans sa vie. Mais toute parenthèse s'ouvre et se ferme. Or la parenthèse de Marjorie était ouverte, elle n'était pas refermée, et ne le serait peut-être jamais. Comme, peut-être, elle n'avait jamais été ouverte. En somme, la vie de Marjorie pouvait être une parenthèse depuis sa naissance. Débrouillons-nous avec cela. Notre pauvre logique aurait tendance à conclure : puisque cette femme vit entre parenthèses, c'est qu'elle est folle, mais on nous répond non.

Juridiquement responsable, Marjorie est en prison, pour la vie. Aucun soin particulier ne lui est donné, d'ailleurs elle a refusé d'être soignée, et elle en avait le droit. Elle vit normalement, sans agressivité particulière. Elle s'ennuie en prison, c'est tout.

C'est tout. Mais ça fait peur.

LE SIÈGE

Il s'appelle Grandpied. Félix Grandpied. Et il ne s'attend pas du tout à recevoir une volée de plombs en plein visage. Grandpied est chasseur, braconnier même, il connaît par cœur la forêt des environs de Châtellerault. C'est un grand gaillard qui a l'habitude de mener rondement les choses. Son commerce d'épicier, sa femme, ses enfants et sa carriole.

Ce 4 mai, jour de printemps 1905, Grandpied mène rondement sa carriole, sur la route de Châtellerault. Sa fille l'accompagne, et ils vont à la foire. À une cinquantaine de mètres se trouve la maison du garde-chasse. Elle borde la route, et un petit jardin clos d'une haie de charmes lui donne un air coquet, calme et tranquille. Félix Grandpied est obligé de passer devant. Il n'aime guère cela car il n'aime pas du tout le garde-chasse. C'est une vieille querelle de dix ans à propos d'un lièvre. Une de ces querelles de village, indébrouillable, partie de rien et qui, avec les années, se transforme en haine solide, s'enracine au point de devenir indestructible.

Il y a dix ans, donc, les chiens de Grandpied lui ramenaient un lièvre, et le garde-chasse s'en est emparé. Grandpied a hurlé :

« Ce lièvre est à moi, je l'ai tiré sur mes terres !

— Menteur ! J'ai entendu le coup de feu, il partait du bois ! »

C'est tout. Le reste s'est envenimé. Ce qui nous amène à dix ans de préméditation pour le coup de fusil qui se prépare.

Derrière la haie de son jardin, Émile Roy, le

garde-chasse, ajuste son fusil. Il a deux fusils. L'un chargé de grenailles, l'autre de chevrotines.

Celui qu'il pointe sur la charrette de Grandpied, son vieil ennemi, est le moins dangereux. Trente-six grains de plomb le garnissent, et il a réduit de moitié la charge de poudre. Quand la carriole passe devant le petit jardin, le coup part. L'homme tombe à la renverse, le visage ensanglanté, et la fille se met à hurler.

Derrière sa haie, Émile Roy le garde-chasse pousse un juron, car il a raté son coup. Il voulait tirer plus bas, il voulait truffer le coquin, le sertir de plombs dans les fesses, pas le tuer.

Il ne l'a pas tué non plus d'ailleurs, mais il ne le sait pas. Et c'est ainsi que commence une terrible escalade d'incompréhensions qui font de cette histoire le plus étonnant des Fort Chabrol. Émile Roy se barricade dans sa maison, affolé, il n'en sortira pas avant onze jours.

Émile Roy a soixante-dix ans, le poil roux, un peu blanchi, l'air d'un renard qui aurait couru les bois au point d'en prendre les couleurs d'automne. Il est fait de ruse et de force. Malgré son âge avancé, il n'a rien perdu de sa souplesse et d'un bond, il se réfugie dans sa tanière, barricade les portes et les fenêtres. Il entend les cris de la jeune fille :

« Papa ? Papa ? Tu es mort ? Oh ! mon Dieu, il t'a tué ! C'est Roy, c'est Émile ! Papa ? »

Félix Grandpied se tient le visage à deux mains, au fond de la carriole. Il a la force de grogner :

« File, le docteur, les gendarmes... dépêche-toi ! »

De sa tanière, Émile n'a pas entendu la voix de son vieil ennemi. Il le croit mort, et lui, fichu. Que faire ? La mauvaise blague, la méchante plaisanterie a tourné au meurtre. Le garde-chasse tourne en rond en marmonnant : « Bon sang ! s'il n'y avait pas eu ce cahot ! » Émile visait le bas du dos. Félix était debout dans sa charrette et la cible était parfaite. Il attendait le moment où la voiture prendrait le virage devant la maison. Son doigt ne tremblait pas. Il avait préparé son coup de longue date. Trois fois déjà, il avait guetté la carriole ennemie, allant à la foire ou en revenant. Et à chaque fois, il avait dû abandonner. Trop de monde dans la voiture ou impossibilité de tirer sans prendre le risque de blesser quelqu'un d'autre.

Aujourd'hui, l'affaire se présentait bien. Émile debout à l'avant, sa fille à ses côtés. Pour un bon tireur comme lui, la cible était nette, sans bavure possible. Émile guettait le virage, le canon visait le postérieur. Il tire, et au moment même un cahot fait basculer la victime sur son siège ! Pire : Félix Grandpied tourne la tête en arrière, Dieu sait pourquoi, et les trente-six grains de plomb l'atteignent en plein visage. Voilà les faits. Du plomb dans le postérieur ne tue pas son homme. C'est une vengeance réjouissante pour le tireur, douloureuse et humiliante pour la victime. Mais c'est raté. À présent, Émile Roy est un assassin. La carriole file sur le chemin. Le bourg est à deux kilomètres. Dans une demi-heure les gendarmes seront là. Les gendarmes et les autres. Tous ceux qui détestent Émile Roy depuis des années. Tous ceux à qui il a collé des amendes ou raflé le gibier. Tous ceux qui ont réussi à lui retirer son mandat de garde-chasse. Un mandat donné par une dizaine de petits propriétaires de la commune.

En Poitou la chasse est une passion pour les campagnards. Mais certains propriétaires entendaient préserver leur gibier. Émile Roy faisait la guerre aux braconniers. Il n'avait pas son pareil pour repérer les chiens, et récupérer lièvre ou perdreau, jusque dans les jambes des chasseurs s'il le fallait.

Cela l'a brouillé avec tous ses vieux camarades. Félix Grandpied le premier. Et depuis dix ans, Émile n'est plus garde-chasse. On lui a retiré son mandat. Il n'est plus rien, qu'un braconnier solitaire à la retraite. Ses deux chiens ont vieilli avec lui, le nez dans leurs pattes au coin du feu, rêvant des randonnées anciennes, des poursuites et des affûts du bon vieux temps.

Félix Grandpied est responsable de tout cela. C'est lui qui a monté l'affaire au sein du conseil municipal et obtenu gain de cause : plus de garde-chasse ! Plus d'Émile Roy !

Il l'avait menacé, il l'avait guetté, personne ne l'ignorait au bourg...

« Je t'aurai ! Je te trufferai de plombs, mauvais bougre ! »

Émile secoue sa tignasse avec rage. Il ne sait plus que faire. Il se réfugie au grenier, en entendant la rumeur du dehors. Par une petite fenêtre, entre les volets, il aperçoit le maire, le juge, son greffier, le notaire et deux gendarmes. C'est le maire qui crie le premier :

« Rends-toi, Émile ! Tu es pris ! »

Comment ça, « rends-toi » ? Qu'est-ce que ça veut dire ? Que vont-ils lui faire ? Mais ma parole ils le prennent pour un sanglier !

Les gendarmes ont les fusils pointés, le maire a sa carabine, le greffier aussi. Ils sont venus comme à la chasse !

C'est la deuxième malchance et le premier quiproquo. Émile s'est enfermé chez lui, poussé par la peur, terrorisé par son acte, persuadé qu'il avait tué son ennemi. Il n'avait pas à l'origine l'intention de résister. Il ne se posait même pas la question. À présent on l'a posée pour lui : « Rends-toi ! »

Si on lui avait dit autre chose, par exemple : « Émile, tu as blessé Grandpied, il n'est pas mort », rien ne se serait passé. Mais les hommes avancent jusqu'au jardin, les gendarmes en avant, le maire et le greffier de côté, leurs fusils pointés. Et le juge leur crie :

« Attention ! C'est un vieux têtu, il est méchant et bon tireur ! Ne vous laissez pas faire, tirez les premiers s'il le faut ! »

Seconde erreur, car là-haut, dans son grenier, Émile n'a plus peur du tout, il est dans une colère noire. Il charge ses fusils, se poste à une fenêtre et tire dans les jambes du premier homme. Soixante-dix grains de plomb dans les jambes du greffier qui lâche son fusil en hurlant à la mort. Le juge se met à crier lui aussi :

« Il a tiré le premier ! Je vous l'avais dit ! Il nous faut du renfort. »

C'est parti pour onze jours.

La petite maison d'Émile reçoit les lumières du soleil couchant. Un détachement de gendarmerie est dissimulé dans le fossé. Le maire tient conseil à l'abri des arbres. Jusqu'à présent personne n'est mort dans cette histoire. D'ailleurs, le vieil Émile n'a voulu tuer personne. Félix Grandpied a toutefois un œil en moins. C'est grave. Et lui continue de dire :

« Il voulait me tuer depuis longtemps ! C'est un fou dangereux, un assassin ! »

Le juge et le notaire complètent ce portrait, rudement dessiné. Le juge :

« Je vous rappelle qu'il a acheté un remplaçant pour faire son service militaire. C'était possible dans sa jeunesse. Mais c'est une honte pour un patriote ! »

Le notaire :

« Quand sa femme est morte, au bout de trois ans de mariage, il n'a même pas suivi le cercueil. Ce n'est pas un chrétien, cet homme ! »

Si Émile les entendait parler de sa jeunesse, il pourrait répondre du haut de ses soixante-dix ans :

« La guerre, c'est du meurtre organisé. Moi j'aime la chasse, pas la guerre. J'ai payé un type pour la faire à ma place, il aimait ça, lui, pas moi. »

Pour sa femme, il serait plus discret. Suivre un cercueil était au-dessus de ses forces. Il n'avait que vingt-cinq ans à l'époque et des sensibleries qu'il n'a plus. Sauf qu'il n'a pu aimer personne depuis. Aucune femme, et quarante-cinq ans de vie célibataire en vieil ours, au fond des bois.

Mais Émile n'entend pas. Il s'affaire dans son grenier, à rassembler ses armes. Un fusil Lefaucheux, une canne-fusil, un revolver et des munitions, un sabre de cavalerie et deux paires de jumelles.

C'est le siège, donc l'assiégé s'organise. Il n'oublie pas la nourriture. Un pain de six livres, de l'eau en bouteilles, des noix, des pruneaux et des pommes de terre. Il marmonne comme d'habitude :

« Ah ! ils veulent me tuer ? Ils veulent ma peau ? Eh bien, il leur faudra de l'astuce, et de la patience. Je ne sortirai pas de là. Qu'ils viennent me chercher. »

Les renforts sont arrivés. Ils sont douze gendarmes qui, au commandement de leur chef, se dressent comme un seul homme et montent à l'assaut de la bicoque. Ils ont les pieds dans les premiers rangs du potager lorsque Émile pousse un juron et tire en même temps. Une vraie fusillade.

« Bande de sauvages ! » hurle-t-il.

Débandade parmi les gendarmes, mais le plomb fait plus de peur que de mal. Un mollet par-ci, une fesse par-là. Émile a tiré dans les jambes. C'est évident, il ne veut toujours pas tuer.

Mais il a tiré sur les gendarmes, il les a blessés, l'un d'eux a même une oreille découpée car il s'est aplati dans les salades, au début de la fusillade. Alors cette fois, c'est grave. Les forces de l'ordre se sentent concernées. On renforce le contingent, et puisque la nuit tombe, on bivouaque alentour. Le maire, lui, s'en va rendre compte de la situation au préfet.

Dans la nuit, Émile, au mépris des assiégeants, se glisse au-dehors, et va faire un petit tour dans les bois. À l'aube, il ramène un lapin et se glisse dans sa tanière sans être vu. Personne ne connaît l'entrée de sa cave qui donne dans les bois derrière la maison. C'est son secret.

« Les imbéciles ! S'ils croient me tenir... Je peux finir mes jours ici ! »

Et il fait rôtir son lapin. La fumée sort de la cheminée, en même temps que la bonne odeur de gibier se répand sur les assiégeants.

« C'est un comble ! grogne le capitaine. Un comble ! Ce vieil assassin se moque de nous. Il faut prévenir l'armée. »

La journée passe sans autre incident, à part quelques coups de fusil isolés, un gendarme tirant au hasard dans les volets et Émile tirant au jugé dans les broussailles.

Le maire revient avec une mauvaise nouvelle :

« Messieurs, le préfet ne veut pas entendre parler de renforts pour l'instant. Il estime que la gendarmerie est suffisante pour mener à bien cette petite affaire locale. À nous de nous débrouiller pour l'instant. J'ai un plan. »

Le plan est audacieux et simple. D'une dangereuse simplicité, car il s'agit de couvrir la progression d'un serrurier par un tir nourri, de manière à détourner l'attention d'Émile. Le serrurier attaquera la porte principale, et dès qu'il aura crocheté la serrure, à l'assaut !

La première partie du plan se réalise. Le serrurier attaque la porte, chacun retient sa respiration. Soudain le canon d'un fusil passe entre les volets du grenier, et une nouvelle décharge, bien ajustée, au ras du dos, fait fuir le serrurier comme un lapin.

Le troisième jour du siège est un jour silencieux. Remis de leurs émotions, le greffier, le juge et le notaire prennent la tête des opérations. Accroupis dans les fourrés, ils dessinent un plan de la maison et du jardin. Avant de décider d'une attaque en force, il faut déterminer exactement à quel endroit Émile se cache, et quelles sont les voies libres.

La nuit passe sans incident. Le matin du quatrième jour, le plan est terminé. On l'a étalé sur une table de bois et tout autour les hommes discutent comme à la veille d'une bataille.

Dans son grenier, Émile observe la scène à l'aide de ses jumelles. Il voit le plan, il distingue les silhouettes entre les arbres. S'il pouvait tirer avec ses jumelles ! Car la distance est trop longue pour son fusil. Alors il repère une énorme branche au-dessus de la table d'état-major. Elle est visible de loin et à l'œil nu. Au jugé, et en tirant quatre mètres

33

plus bas, dans le même axe, il est possible de faire du dégât !

En effet, c'est réussi. Le coup de feu éclate, le plomb s'éparpille au centre du conseil de guerre, un homme est atteint à l'épaule.

Dans la nuit, Émile retourne braconner sans problème, et le matin du cinquième jour, un nouveau fumet se dégage de sa cheminée. Il s'apprête à dévorer une caille, prise au collet. Quand il déjeune à midi, on entend ses chiens aboyer, ils réclament des os.

Au-dehors, l'exaspération est à son comble. Personne ne peut soupçonner les parties de chasse nocturnes d'Émile. On suppose donc qu'il a préparé son siège depuis longtemps.

Le sixième jour, Émile hurle qu'il a un message à transmettre :

« J'ai écrit aux journaux. J'explique tout ce qui se passe, j'exige que ma lettre parvienne au *Petit Parisien !* »

La lettre est balancée à la fronde, roulée autour d'une pierre.

« Messieurs les journalistes, je ne suis pas content de ce que vous écrivez. Je ne suis pas un assassin sanguinaire. Je ne voulais pas tuer Grandpied, mais seulement me venger. Il faut rectifier dans le journal. Et dire que l'on m'assiège ici, comme un forcené. On veut me tuer, mais je peux me défendre longtemps. »

Le maire a un hoquet de surprise :

« Comment ? Mais il a lu le journal ! Comment a-t-il eu un journal, hein ? Comment ? Il a un complice ? »

Non. Émile n'a pas de complice. Il n'a que son astuce et sa ruse de coureur des bois. La nuit est sa complice. Il est allé jusqu'à l'entrée du bourg, il a fouillé dans la poubelle du boucher et trouvé le *Petit Parisien.*

Quoi qu'il en soit, le septième jour, le maire retourne voir le préfet, car Émile a conclu l'envoi de sa lettre par une fusillade triomphale. Elle prouve qu'il a des munitions inépuisables. Il fabrique ses balles lui-même et la situation ne peut plus durer. Un gendarme a été atteint en plein cœur ! Certes il n'est pas mort, et la charge n'a même pas transpercé sa tunique, mais tout le département est en émoi. On accourt de partout, pour voir la maison assiégée. La rumeur se répand, les autorités sont ridicules, il faut que cesse ce désordre.

Le neuvième jour, un gendarme tombe à nouveau. Cette fois la blessure est sérieuse. Une chevrotine dans le ventre. Il faut l'opérer, il s'en sortira, il aura la médaille militaire, mais la coupe est pleine.

Le dixième jour, c'est la troupe ! On parle de faire marcher le canon. Les hommes du 32e régiment d'infanterie prennent position, commandés par des officiers, sous la houlette d'un général !

Émile, qui écrit tout sur un petit carnet, note au soir de ce sixième jour : « Moi j'ai tiré quatre coups de fusil. J'ai eu un greffier, deux gendarmes et un sous-officier du 32e. À cette heure, ils ont du mal à s'asseoir. »

Le matin du onzième jour arrivent les explosifs. Un officier détermine l'emplacement de la charge et choisit l'endroit où, selon les renseignements recueillis, Émile ne se trouve pas.

Or il s'y trouve justement. Il dort dans le foin, et il ne comptait pas sur une attaque aussi sournoise.

L'explosion est effrayante, Émile est projeté en l'air et se retrouve coincé entre deux poutres par son ceinturon de chasse. Il a les bras libres mais n'arrive pas à se dégager. Une odeur de mélinite se répand dans la maison, l'étouffant à moitié.

Une demi-heure passe, sans qu'il ait réussi à se dégager. Que font-ils dehors ? Pourquoi ne viennent-ils pas le chercher ? Les portes et les fenêtres ont dû voler en éclats !

La seconde explosion délivre Émile, qui dégringole brutalement au rez-de-chaussée, juste devant la cheminée, où une gibelotte était censée cuire à petit feu, pour le dîner du soir. La fumée, la poussière, les gaz étouffent Émile qui se traîne à une

fenêtre béante et saute au-dehors sans que personne
ne le voie. Il gagne la route, en se traînant, à moitié
assommé, et suffocant. Enfin il aperçoit une
ombre :

« Hé ! militaire ! Je me rends ! Attendez... mais
attendez ! »

Ce n'était pas un militaire, mais un paysan
curieux et froussard, qui s'enfuit à toutes jambes,
craignant qu'on ne lui tire dessus.

Émile Roy se retrouve dans un champ de blé à
peine levé, la tête lui tourne, il s'écroule entre deux
sillons à cent mètres de sa maison détruite. C'est là
que les assiégeants le retrouvent, aplati, la face
contre terre, sans arme, et couvert des poussières
de sa maison, qui brûle maintenant.

Le voilà donc en prison et le voilà jugé. Personne
n'est mort. Son vieil ennemi Grandpied a perdu un
œil, c'est le cas le plus grave, tous les autres, greffier,
gendarmes et militaires sont guéris de leurs blessures. Même les chiens, les vieux chiens du garde-
chasse, ont échappé à l'explosion et depuis l'arrestation de leur maître, on les voit errer dans le bourg,
à la recherche d'une pitance que personne d'ailleurs
ne leur refuse.

L'atmosphère n'est donc pas dramatique : pour les
habitants et les témoins, le procès s'ouvre dans une
ambiance plutôt détendue. Mais c'est un procès
d'assises. Et l'État, lui, prend la chose au sérieux.
L'armée aussi. Un siège est un siège. Une révolte est
une révolte, on ne tire pas sur la force publique. Ce
vieux renard de soixante-dix ans a mené pendant
onze jours une véritable guerre civile à lui tout seul !

Le juge prend note des déclarations naïves du
garde-chasse, et clame :

« Donc votre crime était prémédité ! Il y a dix ans
que vous guettiez votre victime ! Si vous aviez pu
lui tirer dessus plus tôt, vous l'auriez fait ! »

C'est vrai, Émile ne nie rien. Il raconte tout,
même les guet-apens qui n'ont pas marché. Sa sin-

cérité devrait lui valoir l'indulgence. Mais voilà qu'on ne le croit pas, quand il jure qu'il ne voulait pas tuer, quand il affirme qu'il n'avait pas préparé son siège, et qu'il se défendait seulement, parce qu'il croyait qu'on voulait le tuer, qu'il croyait que son ennemi était mort...

Et le procureur réclame la peine de mort, en prévenant les jurés :

« C'est le châtiment normal. Nul n'a le droit de tirer sur autrui, nul n'a le droit de résister aux forces de l'ordre par les armes ! Si cet homme n'a pas tué c'est que les victimes ont eu de la chance ! »

Et l'on fait taire le vieil Émile, dans son box, qui gratte sa barbe rousse et triture son vieux chapeau en grommelant :

« Si j'avais voulu les tuer, ils seraient pas là à m'accabler. Je sais manier un fusil, moi... »

Le procureur, lui, sait manier les jurés. Ils se déclarent avec un bel ensemble pour la peine de mort.

Émile Roy, soixante-dix ans, aura donc la tête tranchée. Un silence dramatique accueille la nouvelle. Personne n'y croyait, même pas les témoins, souriants et guéris de leurs plombs, même pas Félix Grandpied. En sortant du tribunal, le chef du jury a déclaré :

« Nous avons tous signé la demande de grâce au président de la République. Nous ne voulons pas qu'il soit exécuté ! »

Quelle étrange dérobade...

Émile Roy attendra trois mois la grâce présidentielle. Il n'y croyait même pas, d'ailleurs, et s'en fichait un peu :

« Vous verrez, ils me couperont le cou ! Mais ça m'est égal, de toute façon, enfermé là-dedans, je ne tiendrai pas longtemps... »

Quand on a connu la forêt toute sa vie et qu'on traîne une âme de braconnier, comme Émile Roy, vivre entre quatre murs, sans chiens, sans ciel, sans arbres et sans fusil... c'est mourir tristement. Ce qu'il fit, sans attendre sa grâce.

Au Nebraska il y a toujours des cow-boys, il y a toujours du whisky, mais il y a tout de même moins de chevaux. Tous les dix kilomètres, une bouteille vide de whisky jaillit par la portière d'une vieille Ford Mustang pour éclater sur la pierraille gelée qui borde la piste. Quatre cow-boys roulent vers la petite ville de Stapelton, 2 000 habitants, dont quatre policiers pour l'ensemble du district.

Les quatre cow-boys, ivres donc et patibulaires à souhait, ruminent une vengeance. Aujourd'hui a lieu le bal des anciens combattants, ceux que l'on appelle là-bas les « vétérans ». Ce bal est l'un des grands événements de la saison hivernale. Or, l'année dernière, le comité chargé des invitations s'est opposé à leur présence, sous un prétexte insupportable : ils n'ont pas fait la guerre... Ce n'est tout de même pas de leur faute s'ils étaient trop jeunes ; ils ne demandent pas mieux que de la faire, mais encore faudrait-il qu'il y en ait une.

En fait de guerre, les quatre cow-boys ne s'attendent pas à être servis plus vite qu'ils ne le pensent. Mais ils cherchent quelques idées de blagues cruelles et vengeresses.

« Si on leur téléphonait qu'il y a une bombe cachée dans le dancing ? propose l'un.

— C'est pas drôle... Je proposerais plutôt qu'on y jette des boules puantes, suggère un autre.

— Ouais... mais où les trouver à cette heure-ci ? »

Le conducteur les fait taire d'un coup de frein et d'un geste du bras :

« Hé, les gars, regardez là-bas... »

À l'entrée de la petite ville, secoué par le vent froid à geler les os qui souffle dans la rue déserte, un homme chétif titube à la lueur des phares.

« Et alors ?... c'est Red Storm.

— Oui. Mais ça me donne une idée, figurez-vous... »

C'est une belle idée que ce cow-boy vient d'avoir,

une idée dont l'Ouest américain n'a pas fini de parler.

Plus qu'un paysage, l'Ouest américain est une atmosphère. Il est donc difficile à décrire. L'horizon, qu'il soit plat ou montagneux, y est plus éloigné qu'ailleurs. Tout y semble moins définitif, moins installé, comme si le vent et les Peaux-Rouges venus du désert ou des Montagnes Rocheuses risquaient à chaque instant de tout balayer.

Pourtant, les Peaux-Rouges semblent bien inoffensifs. C'est le cas aujourd'hui des Sioux de la tribu des Slums, parqués dans une réserve près de la petite ville de Stapelton.

Ce fut une tribu héroïque. Après avoir infligé une terrible défaite au célèbre général Custer, c'est ici, il y a moins de cent ans, que 200 d'entre eux, désarmés et malgré la protection d'un drapeau blanc, furent massacrés par la cavalerie U.S. : vieillards, femmes et enfants jusqu'au dernier. Ainsi s'acheva, par une violence sinistre autant qu'inutile, le dernier soulèvement des Peaux-Rouges contre l'homme blanc.

Or, lorsque commence cette histoire, en février 1972, par une nuit glaciale, le descendant d'un des chefs de la glorieuse tribu — une sorte d'aristocrate en somme — titube dans une rue de la petite ville. Malgré son nom, Red Storm, qui veut dire « Tempête Rouge », il n'a plus rien d'un guerrier. C'est un bonhomme chétif, vêtu de jeans troués et de vieux pull-over rapiécés, qui n'a d'indien que le nez busqué et les cheveux noirs et gras. Tempête Rouge n'est qu'un journalier d'occasion, un travailleur sans enthousiasme et parfaitement inoffensif, qui échange l'argent gagné dans les ranchs contre l'eau-de-vie et réclame à la police, lorsqu'il est ivre, l'abri d'une cellule chauffée.

Malheureusement, cette nuit-là, il est vu par nos quatre cow-boys soûls qui cherchent à se venger d'avoir été refoulés du bal des anciens combattants.

Dans leur vieille Ford Mustang bringuebalante, ils poursuivent quelques instants le malheureux Tempête Rouge à travers les rues, le coincent le long d'un mur, descendent de voiture, et comme s'ils pelaient un oignon, lui retirent l'un après l'autre ses pull-overs rapiécés, lui arrachent son pantalon, son caleçon et ne lui laissent que ses chaussures. Puis, poussant devant eux le pauvre homme, nu comme un ver et grelottant, ils remontent dans leur guimbarde.

Quelques instants plus tard, les quatre hommes s'arrêtent sur le parking de la salle des fêtes, sautent à terre et font irruption dans le dancing.

Il y a tant de monde, l'orchestre met un tel entrain, que les danseurs ne s'aperçoivent pas tout de suite de leur entrée... Il y a simplement quelques cris de femmes. Puis un cercle se forme devant l'entrée, la musique s'arrête et l'un des cow-boys crie en s'adressant à la foule :

« Tenez... vous avez oublié un invité ! »

Et dans un silence mortel il lance sur le parquet, plutôt qu'il ne la pousse, une forme humaine à la peau nue et jaunâtre.

Le lendemain en fin d'après-midi, un commerçant venu vider de vieux emballages pour les brûler sur la décharge publique voit s'enfuir un rassemblement de rats inhabituel. Il s'approche et découvre les restes d'un Indien chétif vêtu d'oripeaux. Il prévient les policiers qui n'ont aucune peine bien entendu à identifier le pauvre Tempête Rouge.

Le surlendemain, à une dizaine de kilomètres de là, la nouvelle parvient au chef de la tribu Slums. Le vieux Sand Wind, « Vent de sable », résigné à tout, repose son téléphone et tire une longue bouffée de sa pipe. Ainsi donc Tempête Rouge est mort. C'est un événement dans la réserve de Pine Ridge. Arrière-petit-fils, petit-fils et fils de chefs, Tempête Rouge, alcoolique ou pas, était quelqu'un chez les Indiens.

Les Arabes n'ont pas le monopole du téléphone sans fil, le téléphone indien existe aussi. Déjà, accourus de toutes parts, les Indiens se pressent dans la guitoune surchauffée. Chacun y apporte son idée, son hypothèse ou son ragot : Tempête Rouge a été assassiné, torturé, émasculé. On n'a pas retrouvé son corps intact : ce sont des morceaux que dévoraient les rats de la décharge publique.

Un jeune Indien, beau et vigoureux, vêtu d'une combinaison de mécanicien, les yeux brillants d'excitation, prend la parole :

« Cette fois c'est trop ! On ne peut pas en rester là. Les Blancs nous méprisent, nous maltraitent, nous volent et nous tuent. »

Le vieux chef Vent de Sable, le front plissé, regarde avec étonnement le jeune homme. C'est comme cela sans doute qu'un jeune Sioux, il y a cent ans, convainquit les tribus de déterrer la hache de guerre contre le général Custer.

« Du calme, petit... du calme... demande Vent de Sable en levant les bras pour imposer le silence. Il faut se renseigner avant d'accuser. »

Rien à faire. Dans la baraque surchauffée, trente hommes surexcités déclarent qu'ils vont se lancer sur le sentier de la guerre.

Tempête Rouge est enterré depuis le matin lorsque dans son bureau douillet le chef de la police de Stapelton, qui prend le thé, serré contre le radiateur du chauffage central, décroche à son tour le téléphone. Une voix essoufflée lui crie dans l'appareil :

« Shérif ! Les Indiens ! Ils arrivent ! »

Le shérif, interloqué, se demande s'il a bien entendu :

« Ils arrivent ?... Qu'est-ce que vous voulez dire ?

— Ben ils sont là sur la route... ils passent... Ils sont des milliers...

— Comment ça, des milliers ?

— Ils arrivent de partout sur la route.

— Quelle route ? Qui êtes-vous ?

— La route de Wounded Knee... Je suis Wilcox... vous savez, de la ferme Wilcox... Ils nous ont assiégés. Ils disent que j'ai étranglé un des leurs, un garçon de quatorze ans... Ma femme leur explique en ce moment que c'est pas vrai, que je l'ai mis à la porte un peu brusquement, voilà tout. Mais j'ai l'impression qu'ils ne la croient pas. Ça y est ! Ils commencent à tout casser !... Je vais me cacher dans le grenier. »

Là-dessus, le shérif, dont les yeux bleus expriment un immense étonnement, doublé d'une incompréhension totale, entend effectivement un vacarme lointain et confus d'où émergent quelques hurlements de femmes.

« Allô ? Allô ? »

Mais il n'y a plus personne au bout du fil.

Les quatre policiers de Stapelton, leurs colts à la ceinture et quelques grenades lacrymogènes à la main, n'en mènent pas large en voyant surgir sur la route une nuée d'Indiens en blue-jeans et salopette, juchés par dizaines sur toutes les ferrailles roulantes et munies d'un moteur qu'ils ont pu trouver : vieilles voitures, vieux autobus, tracteurs, motocyclettes pétaradantes. Ils sont près de 2 000. Pas de plumes, pas de visages peinturlurés mais des hurlements qui sont de véritables cris de guerre à l'ancienne :

« Ma parole, toutes les tribus du coin se sont réunies », grogne le shérif épouvanté.

Conscient de sa responsabilité il retrouve l'attitude classique qui a fait la tradition des westerns : comme s'il faisait à la ville un rempart de son corps, il s'avance de quelques pas, mais probablement mort de trouille s'éclaircit la voix, avant de crier :

« Qu'est-ce qu'il y a ? Qu'est-ce que vous voulez ? »

Le jeune Indien beau et vigoureux, vêtu de sa combinaison de mécanicien et les yeux brillants d'excitation, pousse devant lui un vieillard quelque peu hésitant :

« Vent de Sable va te dire ce que nous voulons... »

Vent de Sable et le shérif se connaissent, et le shérif un peu rasséréné demande d'une voix plus ferme :

42

« Qu'est-ce qui vous arrive, bon sang ! »

Le vieillard, calmement, expose alors les doléances des tribus. Ce qu'ils veulent ? Des tas de choses. D'abord, ils protestent contre le meurtre de Tempête Rouge. Ils veulent que les quatre cow-boys qui l'ont tué, émasculé et coupé en morceaux soient pendus. Ensuite, ils veulent que l'on renvoie le policier qui l'a jeté sur la décharge publique. Par la même occasion, ils veulent de meilleurs soins à l'hôpital, qu'on leur donne du travail dans les magasins de la ville, des salaires plus élevés, des logis convenables, les mêmes droits que les Blancs, des sièges au conseil municipal, à la chambre de commerce et à l'Éducation Nationale. Voilà ce qu'ils veulent, en gros.

« Bon. Je vais noter tout ça... dit le shérif, et je vais en parler au conseil municipal. Maintenant, rentrez chez vous. »

Une immense clameur de protestation lui répond, et il est obligé de crier à nouveau :

« Si vous ne voulez pas rentrer chez vous, qu'est-ce que vous voulez faire ?

— Ils veulent s'installer à la mairie... » explique Vent de Sable, très calme.

Et devant l'hésitation du shérif, Vent de Sable croit bon d'expliquer :

« Près de la ferme Wilcox il y a... enfin il y avait un magasin...

— Oui. Et alors ?

— Et alors il y avait beaucoup de whisky. Et il n'y en a plus. »

Le shérif a compris. Comment quatre policiers pourraient-ils s'opposer à deux mille Indiens qui viennent de piller un magasin d'alcool ?

« C'est bon... dit-il. Je vais vous ouvrir la mairie. Mais seuls deux ou trois cents d'entre vous pourront y entrer. Elle est trop petite. »

Là-dessus, le shérif se retourne vers ses trois auxiliaires tremblant dans leurs pantalons :

« Allons-y, les gars. On bat en retraite, en bon ordre, s'il vous plaît, et gardez votre sang-froid ! »

Deux heures plus tard, la mairie est transformée

en capharnaüm. Il y a des Indiens partout, des hommes et femmes qui chantent, fument, boivent et tiennent des conseils de guerre dans une atmosphère enfumée. Le shérif a été chercher les membres du conseil municipal qui bien entendu s'étaient enfermés à double tour dans leurs maisons. À présent ils servent aux Indiens du café, de la soupe chaude, des tartines et des boulettes de viande.

Dans la salle de gymnastique siège en permanence un conseil où le jeune et bel Indien en salopette et quelques amis de son âge discutent âprement avec les vieux chefs de tribus.

Et bien sûr ils tiennent à entendre, de la bouche même du shérif, l'explication qu'il donne de la mort de Tempête Rouge.

« Les quatre cow-boys n'ont pas tué Tempête Rouge, proclame le shérif. Que le plafond de cette salle me tombe sur la tête si je ne vous dis pas la vérité ! »

C'est tout juste s'il ne retrouve pas le langage par lequel communiquaient Blancs et Indiens il y a un siècle.

« Les quatre cow-boys étaient soûls, ça arrive à tout le monde, même à certains d'entre vous, n'est-ce pas ? Ils ont fait mettre Tempête Rouge tout nu. Ils l'ont poussé au milieu du bal des "vétérans", il est tombé. Et c'est là que nous l'avons ramassé, c'est tout.

— Et les cow-boys ? demande un jeune Indien.

— Je les ai fait arrêter pour ébriété sur la voie publique, voies de fait, séquestration et un tas d'autres motifs... Il y en a une demi-page...

— Où sont-ils ?

— À la prison.

— Il faut aller les chercher ! Ils doivent être pendus.

— Oui... Oui... Il faut les pendre ! » hurlent les Indiens.

Malgré le brouhaha, le shérif tente de s'expliquer :

« On ne peut pas les pendre s'ils n'ont tué personne ! Lorsqu'un de mes hommes est arrivé au dancing, Tempête Rouge était évanoui. Mais il a repris ses esprits et quand on l'a conduit à la prison, je vous donne ma parole qu'il n'était pas mort. Comme d'habitude, on l'a libéré le lendemain matin. À ce moment, je vous assure qu'il tenait bien sur ses jambes !

— Vous l'avez vu de vos yeux ? demande Vent de Sable.

— Non. Je n'étais pas là.

— Alors ce n'est pas sûr. Je vous répète qu'il paraît qu'on l'a torturé, émasculé et coupé en morceaux. Et si ce n'est pas vrai, de quoi serait-il mort ?

— Le médecin pense qu'il est mort d'une lésion au cerveau, à la suite de sa chute dans la salle de bal.

— Alors, qu'est-ce qu'il faisait dans la décharge ?

— Ça, je ne sais pas...

— Et où est son corps ?

— Il a été enterré. »

Pour calmer les hurlements de la foule, Vent de Sable se lève et déclare :

« Nous demandons l'exhumation de la dépouille de Tempête Rouge. »

Puis il se tourne vers le shérif :

« Si vous avez menti, shérif, je crois que les quatre cow-boys seront pendus. Vous ne pourrez pas l'éviter. »

Comment va se terminer en février 1972 la révolte des Sioux du Nebraska ?

À cette époque, la population indienne de cet État est la plus réprimée des États-Unis. Les Sioux souffrent plus que les autres du chômage, de la mortalité infantile, des revenus les plus bas et d'une inculture grave. Rien d'étonnant donc à ce que la mort de l'un des leurs, petit ouvrier agricole, ivrogne mais arrière-petit-fils, petit-fils et fils de chefs, serve de détonateur à une véritable révolte. Poussés par l'organisation militaire des Peaux-Rouges, l'A.I.M., deux mille Sioux vont occuper et piller pendant quarante-huit heures la petite ville et terroriser la population. Selon eux, Tempête Rouge a été torturé, châtré et coupé en morceaux par les quatre cow-boys blancs et la police s'est empressée d'enterrer ce qu'il en restait, pour étouffer l'affaire. En attendant l'exhumation, dans la salle de gymnastique de la mairie, le conseil des Sioux déclare le boycottage des magasins blancs, exige le prolongement de la route goudronnée jusqu'à la réserve de Pine Ridge, le renvoi d'un policier accusé d'avoir maltraité des Indiens à plusieurs reprises et obtient que le secrétaire d'État à la Justice de Washington se penche sur leur cas.

Emmitouflés dans des couvertures, assis sur les marches de la mairie, les anciens fument tranquillement leurs pipes, sous la neige qui tombe à gros flocons. C'est alors qu'une rumeur emplit la ville : « Les voilà ! Les voilà ! Ils arrivent ! »

Au bout de la rue apparaît en effet, dans la vapeur des pots d'échappement, un corbillard couvert de neige, suivi d'une caravane de voitures ferraillantes.

Dans la famille de Tempête Rouge qui assiste à la descente du cercueil maculé de terre, le visage des hommes reste immobile, impénétrable, tandis que les femmes se laissent aller à une explosion de douleur déchirante. Un médecin légiste et le shérif conduisent les porteurs de la bière jusqu'à la salle du conseil municipal où doivent avoir lieu l'ouverture du cercueil et l'autopsie.

Sur les marches de la mairie, les vieux se sont de nouveau accroupis sous leurs épaisses couvertures, la neige qui s'accumule, et la fumée de leurs pipes. De temps en temps les habitants glissent un regard entre deux volets entrebâillés. La population n'en mène pas large et la police non plus. Malgré les maigres renforts venus des districts voisins, le shérif voit mal comment il pourrait maîtriser 2 000 Indiens dont la majorité, il faut bien le dire, ne dessoûle pas.

D'ailleurs, lui-même s'explique mal certains détails de la mort de Tempête Rouge. Notamment

pourquoi son corps a été retrouvé sur la décharge...
À moins que... mais oui c'est ça, c'est sûrement ça...
Le shérif vient d'avoir une idée...

Après deux heures d'attente, la porte de la salle du conseil municipal s'ouvre. Un des parents de Tempête Rouge, auprès de qui se tient le médecin légiste, appelle le vieux chef Vent de Sable.

Après un long conciliabule, celui-ci appelle à son tour le jeune Indien au regard surexcité, qui a été l'un des meneurs de la révolte. Nouveau conciliabule. Puis le shérif vient les rejoindre. Nouveau conciliabule. Enfin les deux Indiens, le jeune et le vieux, s'adressent depuis le perron de la mairie à la foule rassemblée sous la neige qui continue de tomber :

« Le corps de Tempête Rouge vient d'être examiné par un médecin en présence de ses parents, explique Vent de Sable d'une voix grave et calme. Il n'a été ni torturé, ni châtré, ni coupé en morceaux. Il est probablement mort d'une lésion au cerveau provoquée par sa chute lorsque les cow-boys l'ont poussé nu sur le parquet de la salle de bal. Des témoins, qui n'ont pas intérêt à nous mentir, affirment l'avoir vu sortir vivant de la prison le lendemain matin. Enfin le shérif vient de me dire qu'il pense qu'on l'a retrouvé sur la décharge parce qu'il y cherchait de vieux vêtements pour remplacer ceux dont les cow-boys l'avaient dépouillé la veille. C'est là que le malaise et le froid l'auraient saisi, et qu'il serait mort. »

La foule des Indiens se tait.

« Voilà, reprend Vent de Sable. Les cow-boys seront punis, mais pour homicide involontaire, et c'est juste. »

Personne ne s'y trompe : le vieillard regrette que Tempête Rouge n'ait pas été assassiné. Sa mort accidentelle retire à son peuple le prétexte qui justifiait sa violence, seul moyen d'obtenir de nouveaux avantages.

Aussi est-ce dans un silence mortel que les Sioux ont écouté les paroles de Vent de Sable. Après une longue hésitation, il y a un léger mouvement dans la foule. Quelques portières de vieilles bagnoles claquent. Les démarreurs ronflent dans le silence cotonneux et les uns après les autres, les Indiens se dispersent. Bientôt il n'y a plus personne sur la place.

Dehors, timidement, les Blancs réapparaissent.

Les conseillers municipaux se saluent gravement en escaladant le perron de la mairie. La guerre est finie.

Une heure plus tard, le conseil municipal prenait une décision historique : pour calmer les Indiens et leur montrer la bonne volonté des Blancs, la ville décidait d'ériger un monument pour commémorer la mort de Red Storm. Tempête Rouge, Indien minuscule et dérisoire, journalier fainéant et ivrogne, mais petit-fils et fils de chefs des Sioux de la tribu Slums, a donc aujourd'hui une statue de deux mètres de haut taillée dans la pierre.

TU VIENS, PAPA ?

Aéroport de Bangkok, le 15 juin 1972. Parmi tous les appareils immobiles sous le soleil, un Convair 880 bleu et blanc qu'un camion-citerne gorge de kérosène. C'est un Jet de la compagnie Cathay Pacific Airways dont le siège est à Hong Kong.

Les techniciens en blouse blanche, chargés des vérifications, ne remarquent rien d'anormal.

L'équipe de nettoyage descend de la passerelle. Un employé de la Compagnie renouvelle le stock de boissons. Tout est « O.K. ».

Le camion de kérosène s'éloigne. Les hôtesses pimpantes grimpent la passerelle brûlante. Le commandant de bord jette un regard sur le poste de pilotage. Le steward glisse le menu dans la pochette au dos des sièges.

Tout cela n'est que routine, pour le personnel de

l'aéroport de Bangkok. Les passagers du vol de Hong Kong de la Cathay Pacific Airways se pressent au comptoir d'enregistrement. C'est un vol moyen pour la Compagnie puisque les passagers ne sont que quatre-vingt-un. Parmi eux une jeune femme d'une vingtaine d'années tenant par la main une fillette de sept ans dont le petit crâne émerge des froufrous d'une magnifique poupée. Toutes deux sont thaïlandaises.

La jeune femme s'appelle Somwang. Elle est très jolie : brune bien sûr, avec d'immenses yeux en amande, brillants dans son visage aux pommettes assez saillantes et à la peau hâlée. Bien que d'épaisses lunettes lui donnent un petit air intellectuel, c'est une fille de la campagne.

Quant à la gamine, serrant sa poupée, elle est vêtue de la traditionnelle jupe bleue plissée retenue par deux bretelles croisées sur la chemisette blanche des écolières. Elle ne renierait pas non plus ses origines. Deux longues couettes noires pendent sur ses épaules. Ses yeux bridés observent gravement ce qui l'entoure, à commencer par son père, car le jeune lieutenant de police en uniforme qui les accompagne, c'est son père.

Le lieutenant Somchai, trente ans, un peu froid, un peu distant, pose deux lourds bagages sur la bascule du comptoir d'enregistrement et tend deux billets à l'employée.

Celle-ci, après y avoir jeté un coup d'œil, observe le lieutenant :

« Vous ne partez pas, monsieur ?

— Non.

— L'enfant est votre fille ?

— Oui.

— Excusez-moi, dit l'employée. Mais elle vous ressemble tellement. Et Madame ? »

L'employée désigne maintenant la jolie Somwang.

« Madame conduit ma fille auprès de sa mère, à Hong Kong. Est-ce que vous pourriez placer la petite près d'un hublot ?

— Euh, oui, c'est possible.

— Vers le dixième rang ?

— Oui, mais elle sera presque sur l'aile.

— Je sais, mais c'est la place qu'elle préfère.

— Bien, comme vous voudrez. »

« Clac ! » font les élastiques avec lesquels l'employée fixe une étiquette sur les bagages. Un tapis roulant les emporte déjà vers les soutes du Convair de la Cathay Pacific Airways.

Le lieutenant Somchai, souriant bien qu'un peu pâle, tend alors à la jeune femme qui accompagne sa fille un nécessaire de toilette en cuir :

« Surtout n'oubliez pas de le donner à sa mère. »

La belle Somwang, malgré elle, ne peut retenir un sourire gêné. Depuis un mois, elle est la maîtresse du lieutenant Somchai, qui a promis de l'épouser. Mais, pour le moment, il a été décidé que, devant sa fille, ils se vouvoieraient.

« Non, lieutenant, dit-elle. Je ne l'oublierai pas. »

Puis elle remarque :

« Tiens, elle est fermée ! Vous avez la clef ?

— Non. Sa mère a oublié cette valise lors de son dernier séjour à Bangkok, c'est elle qui a la clef. »

Tranquillement tous trois se dirigent vers la salle d'attente, passent devant les douaniers distraits que le lieutenant salue avec un rien de condescendance. Il faut dire que le lieutenant Somchai est affecté depuis six mois à la police de l'aéroport.

La belle jeune femme présente son passeport au garde-frontière qui voit passer avec étonnement au ras de son guichet une coiffure luisante, étrangement frisottée. Il se hausse de quelques centimètres pour découvrir qu'il s'agit de la poupée que la fille du lieutenant semble vouloir étouffer dans ses bras.

« C'est votre fille, lieutenant ?

— Oui. Elle va retrouver sa mère à Hong Kong. »

Lorsqu'ils entrent dans la salle d'attente, la fillette montre à travers la vitre les appareils qui attendent sur le taxiway :

« Notre avion, papa, c'est lequel ?

— C'est celui-là. Tu vois, celui qui est bleu et blanc ? C'est écrit dessus : Cathay Pacific Airways.

— Et je serai près d'un hublot ?

— Tu seras près d'un hublot.

— Dommage que tu ne viennes pas avec nous, papa...

— Oui, c'est dommage », murmure le lieutenant en regardant d'un air entendu la jeune femme.

Et furtivement, ils se serrent la main dans le dos de la petite fille.

Ce que la jeune femme ne sait pas c'est qu'il y a quelques semaines, le lieutenant rencontrait dans un bar élégant de Bangkok une autre jolie fille.

C'était une de ces hôtesses de bar qui tiennent compagnie aux hommes désœuvrés moyennant un prix fixe établi à l'heure. À cette femme, il avait proposé, pour l'équivalent de quelques milliers de francs, d'accompagner sa fillette en avion à Hong Kong. L'affaire ne s'est pas faite car le lieutenant, complètement fauché, n'avait même pas pu lui verser un acompte de 2 000 francs. Il faut dire aussi que la ravissante hôtesse n'était pas tombée de la dernière pluie et craignait que la proposition de l'inquiétant policier ne recouvre un autre projet comme, par exemple, celui de la vendre dans une maison de prostitution de Hong Kong.

« Regarde, papa... Je vois nos valises... »

La fillette a couru jusqu'à la vitre et regarde le chariot qui s'est arrêté sous le Convair dont un employé a ouvert les panneaux de soutes, qui pendent sous son gros ventre.

Plus l'heure du départ approche, plus l'enfant est excitée. Elle va, vient, virevolte, dans la salle d'attente comme si elle dansait avec sa poupée.

Le lieutenant Somchai regarde sa montre : plus que cinq minutes.

Il y a deux ans que le lieutenant est entré dans la police. Ses camarades parlent de lui comme d'un homme instable et peu communicatif, un peu vantard aussi. La nuit, il amenait paraît-il des prostituées au quartier — ce qui est interdit. Il y a six mois qu'il a demandé et obtenu un poste à la police de l'air de l'aéroport. L'enfant bavarde près de lui.

« La dame a dit qu'on se ressemble, papa. C'est vrai ? »

Le lieutenant acquiesce gravement et regarde sa fille. Est-ce qu'elle lui ressemble ? En réalité il n'en sait rien. La fillette ne compte pas dans sa vie.

Fils d'un avocat, le lieutenant a fait ses études aux Philippines. Il épousa Alice, mère de la petite fille, puis divorça très vite. L'enfant et sa maman retournèrent alors à Hong Kong où celle-ci avait toute sa famille. Depuis, la fillette et son père se voient rarement. Mais les séjours de l'enfant à Bangkok sont pour elle une grande joie.

« Quand est-ce que je reviendrai à Bangkok, papa ?

— Bientôt, très bientôt. Je te le promets. »

C'est faux. Jamais l'enfant ne reviendra à Bangkok, du moins si tout se passe comme prévu.

Les bagages sont chargés, les portes de la soute refermées. C'est là, deux mètres au-dessus, un peu en arrière de l'aile, que se trouve le point faible de l'appareil. Le lieutenant l'a lu dans une notice technique que lui a fournie un mécanicien. Et c'est là que sera assise la fillette, près d'un hublot.

« Les passagers du vol C.P. 29 pour Hong Kong sont priés de se présenter avec leur carte d'embarquement. Les enfants et les personnes les accompagnant sont embarqués en priorité », susurre dans un haut-parleur une hôtesse invisible.

Les hommes d'affaires de Hong Kong, les riches Vietnamiens du Sud qui fuient la guerre, une grosse Chinoise poussant devant elle sa progéniture en rang d'oignons, les technocrates de New York, les touristes en jeans, les ingénieurs allemands en chemise bariolée, d'un seul mouvement, se lèvent.

Un peu affolée dans cette cohue, la fillette a saisi la main de son père :

« Tu viens, papa ?

— Non. C'est maintenant qu'on se sépare.

— Pas encore, je t'en prie.

— Bon. Parce que je suis policier, je vais pouvoir t'accompagner jusqu'à la passerelle. Mais je ne pourrai pas monter dans l'avion. »

Le ciment du taxiway doit être brûlant sous le soleil de plomb. La file des passagers du vol C.P. 29 s'étire vers l'appareil. En avant : la grosse Chinoise et sa marmaille en rang d'oignons. Derrière : le lieutenant et sa fillette. Elle trottine. Sa jupette bleu marine plissée bat ses petites jambes. D'une main, elle est cramponnée à son père et, de l'autre, elle serre sa poupée.

« Pourquoi tu ne viens pas avec nous, papa ?

— Je ne peux pas. J'ai mon travail ici...

— Tu reviendras demain...

— C'est trop fatigant.

— Tu te reposeras chez maman...

— Je n'ai pas de billet.

— T'as qu'à en acheter un ! »

L'enfant s'est arrêtée au pied de la passerelle, et son père la rassure.

« Allons, sois raisonnable. Tu sais bien que ce n'est pas possible. Et puis tu n'es pas seule, Somwang est avec toi. »

La fillette a fondu en larmes. Elle bloque l'accès à la passerelle.

« S'il vous plaît ? Voulez-vous laisser le passage libre ? demande là-haut une hôtesse.

— Calme-toi, mon chéri, dit la jeune Somwang en caressant la tête de la petite fille. Ton papa viendra bientôt à Hong Kong. N'est-ce pas que vous viendrez bientôt ?

— Oui, oui », répond le père en reculant de quelques pas.

Somwang, saisissant alors énergiquement la main de la petite fille la force à monter la passerelle. Parvenue sur la plate-forme devant la porte, l'enfant se retourne. Elle n'a d'yeux que pour son père et cherche son regard. Mais celui-ci ne la voit pas. Il ne voit que le nécessaire de toilette en cuir que Somwang porte à la main gauche. Il ne voit pas, ou ne veut pas voir que l'enfant hurle et tend les bras. Il ne voit que le nécessaire en cuir.

Lorsque le nécessaire en cuir, Somwang et la fillette disparaissent de la passerelle, le lieutenant fait demi-tour et entre dans l'aéroport.

Comme d'habitude un peu réservé, un peu froid, il parcourt lentement les couloirs de l'aéroport de Bangkok en regardant sa montre.

Il imagine que dans le vol C.P. 29 qui va décoller de l'aéroport de Bangkok en direction de Hong Kong, sa jeune maîtresse, la très jolie Somwang, pose au-dessus d'elle dans le compartiment à bagages un nécessaire de toilette en cuir fermé à clef, qu'elle doit remettre à Hong Kong à son ex-femme.

Somwang a dû boucler la ceinture de la petite fille qui, sa poupée sur les genoux, doit coller son nez au hublot pour essayer de discerner quelque part la silhouette de son papa. Mais le papa ne s'en soucie plus. Sa fille n'a jamais compté, et maintenant c'est comme si elle n'existait déjà plus.

L'avion doit maintenant rouler sur le taxiway, et gagner la piste.

Tandis que le lieutenant Somchai emprunte l'escalier roulant et se dirige tranquillement vers le parking, le Convair doit rouler sur la piste, décoller et prendre de l'altitude.

Lorsque le lieutenant atteindra sa voiture sur le parking, l'avion ne sera plus qu'un petit point minuscule dans le ciel où il volera en direction du Viêt-nam du Sud.

Certains passagers doivent déboucler leur ceinture, allumer une cigarette. L'hôtesse doit disposer sur un chariot des boissons fraîches. La fillette, ne voyant plus l'aérodrome, doit sans doute abandonner le hublot pour s'occuper de sa poupée. Le lieutenant Somchai pousse un soupir de soulagement. Personne ne doit se préoccuper du nécessaire de toilette en cuir noir là-haut dans le compartiment à bagages.

C'est alors que les yeux du lieutenant s'arrondissent. Il a un coup au cœur. Il reste les bras ballants, droit comme un piquet au milieu du parking. Le Convair 88 de la Cathay Pacific Airways est toujours immobile sur le taxiway, les hublots de sa carlingue bleue et blanche miroitant au soleil.

Pâle, d'une voix blanche, le lieutenant profère quelques jurons. Que se passe-t-il donc ? La passerelle de l'avion est toujours en place, mais la porte est fermée et les réacteurs tournent. Aurait-on découvert quelque chose ? Mais non, c'est impossible. Mais si, tout est toujours possible ! Malheureusement les voitures rangées sur le parking et une haie de bougainvillées dissimulent au lieutenant ce qui se passe au pied de l'appareil.

Enfin, le lieutenant pousse un soupir de soulagement. La passerelle vient de s'écarter de la carlingue. Un tracteur doit la tirer rapidement, et dans le sifflement de ses réacteurs, le Convair s'ébranle.

Le lieutenant Somchai s'appuie quelques instants sur le capot de sa voiture, comme pour laisser à son cœur le temps de reprendre un rythme normal, puis il ouvre la portière, tourne le bouton de sa radio, allume une cigarette et s'en va tranquillement.

Sur le plateau vietnamien, à quinze minutes de la mer de Chine, c'est le soir même qu'on retrouve les débris et les cadavres de tous les passagers. Le cockpit, le fuselage et les moteurs sont éparpillés à des kilomètres de distance. Il faudra deux jours pour rassembler les corps déchiquetés. Pour le moment, les soldats vietnamiens établissent un cordon de sécurité autour de la région de l'accident et les premiers experts arrivent en hélicoptère.

Le lieutenant Somchai, qui vient de dîner en ville, apprend la nouvelle sur la radio de sa voiture. Il est inquiet. L'avion aurait dû exploser un quart d'heure plus tard. Alors il se serait trouvé au-dessus de la mer de Chine et l'on n'aurait rien retrouvé. Tout cela à cause de ce retard au décollage. Que s'est-il donc passé ?

Vers dix heures du soir, le lieutenant sort ses clefs sur le palier du troisième étage de l'immeuble qu'il habite, devant la porte de son appartement, mais il fronce les sourcils. Il y a quelqu'un à l'intérieur. Un petit piétinement rapide. La porte s'ouvre et sa fillette se jette contre lui, ses bras autour des hanches.

La belle Somwang, avec ses yeux immenses derrière ses lunettes, explique d'un air surexcité :

« Quelle chance ! Quelle chance extraordinaire ! C'est un vrai miracle. Quand nous sommes entrées dans l'avion, loin de se calmer, la petite s'est mise à hurler. Le temps de poser le nécessaire de toilette et sa poupée dans le compartiment à bagages et elle est devenue toute raide. Elle est tombée dans l'allée centrale, les yeux révulsés, de la bave aux lèvres. J'étais complètement affolée, les hôtesses aussi. Nous ne savions plus quoi faire. »

Le lieutenant Somchai regarde sa fille, les dents serrées, les yeux pleins de haine, il a compris :

« Épilepsie ! dit-il. Elle a fait une crise d'épilepsie ! Ça lui est déjà arrivé une fois l'année dernière.

— Oui. C'est ce que le médecin de l'aéroport a diagnostiqué lorsque nous sommes descendues. Parce que tu comprends, enfin... vous comprenez, nous ne pouvions pas partir comme ça. Alors on était descendues. Ça nous a sauvé la vie. La maman de la petite a déjà téléphoné. Je l'ai rassurée. Au fait je suis désolée, j'espère que ce n'est pas trop grave, mais j'ai oublié dans l'avion le nécessaire de toilette. »

Le lendemain, des spécialistes de Hong Kong et des experts anglais arrivent sur les lieux de la catastrophe. Lors d'une conférence de presse, un responsable de l'aviation civile thaïlandaise émet trois hypothèses : la catastrophe est peut-être due à une collision entre l'appareil et un avion à réaction de l'armée américaine ; ou bien à une destruction par une fusée nord-vietnamienne, le Jet ayant été confondu avec un bombardier américain ; ou enfin à une explosion à bord de l'appareil. Les autorités thaïlandaises penchent pour cette dernière hypothèse. Déjà, dans la crainte d'être la cible des fusées nord-vietnamiennes, beaucoup de compagnies aériennes font faire à leurs appareils un détour de cinq cents kilomètres, fort onéreux. La presse estime regrettable que la Cathay Pacific Airways ne se soit pas décidée au même sacrifice.

Le lieutenant Somchai, qui vient de passer une nuit et une matinée épouvantables, commence à reprendre espoir. Si personne ne découvre qu'il a souscrit une assurance-vie sur la tête de sa fille et une autre sur celle de la jolie Somwang, il a encore toutes ses chances d'échapper à l'attention des enquêteurs.

Mais voilà qu'en pratiquant l'autopsie des cadavres, les médecins découvrent dans le corps de certains des éclats d'un engin explosif.

Les experts peuvent déterminer l'endroit exact de l'explosion : à gauche un peu en arrière de l'aile, au début de la surface portante, au-dessus des sièges 10 A et 10 B.

D'après la liste des passagers, les enquêteurs s'aperçoivent que ces places ont été occupées par une jeune femme de vingt ans, Somwang, et une enfant de sept ans, fille d'un policier de Bangkok du nom de Somchai. Le hasard a voulu que la fillette, ayant fait une crise d'épilepsie en montant à bord, soit redescendue avec la jeune femme qui l'accompagnait, juste avant le décollage.

Lorsque ces nouvelles sont diffusées à la radio, le lieutenant Somchai a déjà les menottes aux mains.

« C'est absurde ! s'est-il écrié. Quel homme tuerait sa propre fille ? »

Mais la jeune serveuse de bar à laquelle il avait proposé, moyennant une somme rondelette, de conduire sa fille à Hong Kong, le reconnaît et le mécanicien qui lui a fourni la notice technique du Convair le reconnaît et le pêcheur qui lui a vendu l'explosif le reconnaît. Le commerçant qui lui a vendu le nécessaire de toilette en cuir le reconnaît aussi.

Et puis, surtout, les compagnies d'assurance ont dûment enregistré les polices souscrites sur la tête de sa fille et de Somwang, et qui devaient faire de lui un homme riche.

En Thaïlande, la peine de mort est la fusillade. Mais les bouddhistes ne peuvent pas tirer sur un homme. Le lieutenant Somchai est donc enfermé dans une petite tente en toile. Sur la toile, à la hauteur du cœur, une croix est dessinée. C'est là que cinq balles ont frappé.

LA VISITE DU PÈRE

Décembre. À deux jours de Noël en 1948, dans une petite ville allemande occupée par les Américains. Les maisons en partie détruites ont été rafistolées. On en a construit d'autres en matériaux préfabriqués. Des sortes de petits pavillons américains, avec plancher surélevé.

Dans l'un d'eux, une jeune femme s'active au ménage. Grande, jolie et blonde, elle a le type russe ou scandinave ; un corps solide et des yeux tristes. Elle s'appelle Ania. Son mari est ingénieur. Ils sont mariés depuis deux ans.

Comme on frappe, elle se dirige vers la porte d'entrée. Les visites sont rares. Herbert, son mari, ne rentre pas de la journée, et ils ne connaissent pratiquement personne. Le petit homme qui s'encadre dans la porte a l'air malade et épuisé. Ania le trouve bizarre.

« Vous désirez, monsieur ? »

Le petit homme enlève son chapeau, qu'il tient devant lui d'un geste emprunté. Il doit avoir soixante ans environ, peut-être moins, mais il a l'air si las.

58

« Est-ce que je suis chez monsieur... »

Il hésite, comme s'il ne trouvait pas le nom, ou avait peur de le dire, puis tourne sa demande autrement.

« Est-ce qu'Herbert est là ?

— Mon mari ? Non, il travaille. Qui êtes-vous, monsieur ?

— Je suis son père. »

Ania regarde avec étonnement le petit homme. Un peu d'émotion aussi. Herbert ne lui a jamais parlé de ce père, autrement que pour dire :

« Il est vieux, il habite tout seul, on ne se voit plus depuis longtemps. »

Ania le fait entrer machinalement, en se posant mille questions. Mais le petit homme parle avant elle.

« Vous êtes sa femme, n'est-ce pas ? »

Elle a à peine le temps de répondre « oui », et de refermer la porte, que son visiteur fond en larmes...

« Il ne vient plus me voir, il ne donne plus de nouvelles, il me fuit, depuis qu'il a tué cette femme.

— Tué cette femme ? » Ania a bien entendu. Il a bien dit : « Tué cette femme. »

« Quelle femme ? De quoi parlez-vous ? »

Alors le petit homme cesse brutalement de sangloter. Il écarquille des yeux incrédules.

« Vous... Vous ne saviez pas ? Oh ! mon Dieu ! Oh ! mon Dieu, qu'est-ce que j'ai fait, qu'est-ce que j'ai dit ! Vous ne saviez pas ! Il ne vous a rien dit ! »

Ania se met à trembler d'elle ne sait quelle peur subite. Herbert, son mari, ce grand jeune homme un peu triste, un peu secret, qui l'a épousée si vite, qu'a-t-il fait ? Qui est-il ? Que vient faire là cet homme, son père, qu'est-ce qu'il raconte, que dit ce vieillard qui pleure en tordant son chapeau, planté devant elle ?

Il dit qu'Herbert est son fils et que ce fils est un assassin. Voilà ce qu'il dit. Et c'est vrai. Cette femme a épousé un assassin sans le savoir, jusqu'à ce jour de décembre 1948.

59

Sur le divan du salon, meublé assez modestement, Ania et son beau-père se regardent. Elle ose à peine poser la première question. Le choc a été si rude. En même temps, elle espère, sans trop y croire, qu'il s'agit d'un accident, d'une chose presque normale...

« Qu'est-ce qui s'est passé ?

— Il a tiré sur elle.

— Mais qui était cette femme ? Pourquoi ? »

Le père a un geste las :

« Oh ! avec Herbert, c'est difficile de savoir vraiment. Au procès, il a dit qu'elle l'avait rendu fou, c'était en 1943.

— Mais alors, il n'a pas été condamné ?

— Si, justement. Mais c'est une longue histoire. Et je ne sais pas si je peux vous raconter tout cela. Si Herbert ne vous a rien dit, c'est qu'il craint encore quelque chose, ou alors qu'il n'en a pas eu le courage ; peut-être les deux.

— Je vous en supplie, monsieur. Il faut que je sache à présent. Vous en avez trop dit.

— Vous l'aimez ? Oui bien sûr, ça se voit. Moi aussi j'aime mon fils, et pourtant il ne m'a jamais rien dit à moi non plus. Tout ce que je sais, je l'ai appris dans le journal. Même sa condamnation à mort. »

Ania a sursauté :

« À mort ? On l'a condamné à mort ? Mais comment se fait-il ? Il s'est évadé ?

— Pas vraiment. Écoutez, je vais vous dire ce que je sais, et comment je l'ai su. Moi aussi je croyais que mon fils était mort. Cette femme qu'il a tuée, je n'ai vu que sa photo dans un magazine. C'était une jeune fille brune et très belle. D'après ce qu'on disait, elle était gouvernante chez des gens. Herbert était amoureux d'elle, et elle n'en voulait pas. Elle avait des amants bien plus riches que lui. Alors un jour, il est allé la supplier et elle l'a jeté dehors. Il a tiré sur elle. Trois balles. Et en tirant sur elle, il a tué aussi une petite bonne qui se trouvait là.

« La police l'a arrêté immédiatement. J'ai voulu le voir. Je suis venu de loin pour ça, mais on ne me l'a pas permis. Herbert était militaire, il continuait ses études d'ingénieur dans l'armée. Pendant la guerre, un militaire assassin, c'était grave. S'il n'y avait pas eu l'autre morte, la petite bonne, ils l'auraient peut-être mis en prison seulement, pour crime passionnel, mais le tribunal l'a condamné à mort.

« J'ai su qu'on le transportait dans une autre prison pour l'exécuter. J'ignorais laquelle. C'était en octobre 1944. Impossible d'en savoir davantage. Je suis resté à Cologne quelques jours, essayant d'avoir des renseignements, mais c'était la panique. Le pays était bombardé, cerné par les Alliés, tous les moyens de communication étaient coupés. Alors je suis rentré chez moi, persuadé qu'il était mort, sans que je le revoie. C'était mon fils unique, vous savez. Sa mère était morte en le mettant au monde. Je n'avais plus personne.

— Mais alors ? Comment avez-vous su où il était ?

— Ça aussi c'est toute une histoire. Après la guerre, j'ai cherché à savoir où il avait été exécuté. J'espérais vainement qu'un jour, on me montrerait une tombe quelque part. Bien sûr, je n'ai rien découvert. Sauf que le convoi qui l'avait transporté ce jour d'octobre, avait été bombardé par les Américains. Les prisonniers, vivants ou blessés, avaient été transférés dans un camp pour y être interrogés. J'ai fait une demande à l'armée américaine, pour rencontrer des survivants, pour qu'ils me parlent de mon fils, qu'ils me disent comment il était mort. J'ai fini par rencontrer quelqu'un. Un homme qui avait été interrogé en même temps que lui ! C'est comme ça que j'ai appris qu'il était vivant.

— Que vous a dit cet homme ? Pourquoi a-t-il été libéré ?

— Il ne savait pas. Simplement, Herbert lui aurait dit : "Je suis libre. J'aurais préféré crever." Et comme l'autre lui demandait ce qu'il allait faire, il a répondu : "J'ai presque mon diplôme d'ingénieur électricien. Un officier m'a dit que je trouverais sûrement du travail chez eux." Voilà ce que je savais il y a deux ans : qu'il était vivant quelque part en Allemagne, et qu'il travaillait sûrement pour les Américains. Alors j'ai cherché. On m'a renvoyé d'une ville à l'autre, d'un bureau à un autre, pendant deux ans. Et hier, j'ai appris qu'il vivait ici. Je n'étais pas très sûr, car il avait modifié notre nom. Nous nous appelons Riggersthoffen. Il n'a gardé que Rigger. »

Ania est muette à présent. Le vieil homme se lève pour partir.

« Il vaut mieux que je m'en aille. À présent que vous savez tout, vous allez lui en parler. Il saura que c'est moi qui vous ai appris son histoire, alors il ne voudra peut-être pas me revoir. Plus tard, peut-être. Je vais vous laisser mon adresse. Vous m'écrirez ? Mon Dieu, faites que tout aille bien pour lui maintenant. Voilà. Au revoir. Dites-lui qu'il me manque, s'il vous plaît... »

Ania est seule maintenant. Il lui reste l'après-midi, avant d'affronter son mari, et toute la vie pour se dire qu'il est un assassin, qu'elle dort à côté d'un assassin. Et elle ne sait pas quoi faire d'autre que d'attendre, assise, en regardant la pendule avec angoisse, et la porte avec terreur. Cet homme qui va rentrer ce soir, elle ne sait plus qui il est.

Ania se souvient de leur mariage en coup de vent. Avant cela, elle se trouvait en Prusse orientale, au moment de l'invasion des troupes allemandes, et mariée à un jeune Poméranien. Quelques mois plus tard, elle était veuve. Après la guerre, elle avait tenté de rentrer en Russie ; sans succès. Refoulée en zone américaine, coupée de son pays, de sa race, elle s'était retrouvée dactylo-interprète chez les Américains. C'est là qu'elle avait rencontré Herbert. Il était seul et se disait réfugié de l'Est, comme elle. Leur mariage était l'association de ces deux solitudes, une revanche contre les malheurs et les angoisses récentes, contre la mort. Après tout, s'aimer, c'était vivre. Ils s'étaient mariés comme on s'accroche à une bouée. Vite, presque sans réfléchir. À présent, Ania se souvient de l'air inquiet de son mari ce jour-là. Il avait peur, la cérémonie était un peu un examen de passage pour sa nouvelle identité.

Quand la porte s'ouvre enfin, quand elle reconnaît le pas de son mari, la décision d'Ania est prise. Elle va parler tout de suite, immédiatement.

Il entre, il dit « bonsoir », il s'assoit avec cet air de lassitude éternelle qu'il traîne comme un masque. Et elle se jette à l'eau brutalement :

« Herbert, ton père est venu ce matin. Attends... ne parle pas encore, laisse-moi finir. Je sais que tu le fuyais, il en est malheureux. Le pauvre homme m'a tout dit. Ce n'est pas sa faute, c'est moi qui l'ai questionné. Alors voilà, je sais tout. »

Le silence est terrible, épais. Ania observe avidement le visage de son mari : ses traits fins, ses yeux clairs, sa bouche qui a frémi, qu'il mord à présent de toutes ses forces, comme s'il allait pleurer. Mais il ne pleure pas. Il continue de se taire. Et Ania sent quelque chose s'installer entre eux. Une présence invisible, un fantôme de peur et de méfiance. Elle se sent comme un juge devant un accusé. C'est l'éternelle muraille qui se dresse entre celui qui a « fait le mal », et l'autre. Entre l'anormal et l'autre. Entre celui qui est descendu aux enfers, et celui qui le regarde sans rien pouvoir.

« Je ne veux pas te juger, Herbert.

— Alors, qu'est-ce que tu veux ? »

Il a répondu sèchement. Puis il se reprend, d'un ton résigné :

« Je savais bien que c'était provisoire. Au fond, ça ne pouvait pas durer. Un jour ou l'autre, tu l'aurais su, ou ils m'auraient repris.

— Repris ? Tu n'es pas libre ?

— Qu'est-ce que ça veut dire libre ? Libre de quoi ? De ne plus y penser ? Sûrement pas. De ne pas avoir de remords ? Sûrement pas !

— Mais qu'est-ce qui s'est passé ? Pourquoi as-tu

été relâché ? Ton père disait que tu avais été condamné à mort.

— C'est vrai. On devait me couper la tête, à la hache ! J'y ai pensé pendant près d'un mois. Je n'avais même plus peur, c'était comme une délivrance... »

Curieusement, Ania ne se pose pas de questions sur « le crime », elle ne veut pas savoir pourquoi, comment, elle n'est pas jalouse de cette femme qu'il a tuée par amour pourtant. Ce qui la fascine, et lui fait peur, c'est la mort ratée d'Herbert.

« Qu'est-ce qui s'est passé ? Ton père dit que le train a été bombardé ?

— C'était un convoi de prisonniers. Il y avait de tout : des juifs, des déserteurs et des criminels comme moi. L'aviation a attaqué, d'abord. Ils ont coupé la voie devant et derrière, ça sautait partout. Pendant un moment, la panique a été affreuse, il y avait des morts et des blessés, et les S.S. sont devenus fous : ils tiraient à la mitraillette sur les survivants. Je n'ai compris que plus tard ce qui s'était passé. Les Américains étaient là, au sol, ils cernaient le train, nous étions pris entre deux feux : nos gardes et eux. Quelques-uns d'entre nous ont réussi à sauter des wagons. Moi je me suis aplati derrière un tas de pierres. Je ne sais pas combien de temps ça a duré, une heure peut-être. Et puis j'ai entendu des voix américaines.

« Le feu avait cessé, ils ramenaient les blessés, ils ouvraient les wagons pour libérer ceux qui n'étaient pas morts. Alors je suis allé vers eux.

— Tu aurais pu t'enfuir !

— Pour aller où ?

— Mais tu voulais vivre, non ?

— Non. Je m'étais caché instinctivement. J'avais fui comme les autres, parce qu'on nous tirait dessus comme sur du bétail. Ce que je voulais, au fond de moi, c'était la justice, qu'on me punisse. Je voulais payer, c'était la seule manière de me soulager.

« On nous a emmenés dans un camp à quelques kilomètres. C'était là, je suppose, qu'on devait m'exécuter. Mais les nôtres, les Allemands, n'étaient plus là et le bourreau non plus. Ils avaient fui. Les Américains ont organisé le camp provisoirement. Ils nous ont interrogés. Je suis tombé sur un officier qui avait un accent épouvantable, mais qui parlait très bien l'allemand. Je lui ai tout dit : que j'étais condamné pour avoir tué deux femmes. Je lui ai raconté mon histoire. Je lui ai dit qu'à un jour près, j'aurais dû avoir la tête tranchée. Je voulais qu'on me remette à la justice.

— Il ne l'a pas fait ?

— Non. D'abord il m'a dit : "La justice allemande ? Une hache, vous appelez ça de la justice, vous ? C'est du barbarisme." Et puis : "À quoi ça servirait de mourir à votre âge ? Il y a assez de morts partout. Fichez le camp !"

« J'ai voulu lui expliquer que je ne pourrais pas vivre comme ça, que je n'avais pas le droit, j'étais un condamné, un criminel. Mais il a haussé les épaules et m'a répondu que j'étais stupide, que dans son pays, pour un crime passionnel, on ne m'aurait pas condamné. Et puis, il s'est presque fâché après moi :

"Vous êtes jeune, vous avez un métier, vous avez fait une bêtise grave, d'accord, mais ce n'est pas une raison pour courir après un bourreau. Votre pays est à plat, ruiné, mort. Il n'y a plus personne pour vous demander des comptes. Les comptes à régler sont bien plus graves, et c'est nous qui nous en chargerons. Alors, fichez le camp ! Vous trouverez du travail, vous vivrez, toutes ces horreurs, vous les oublierez."

« Je n'arrivais pas à partir, à me faire à l'idée que c'était fini, qu'on ne voulait plus de moi comme criminel. Je ne savais plus quoi penser. Alors il m'a fichu dehors. Avant de partir, il m'a conseillé de chercher du travail chez eux. J'en ai trouvé. Je t'ai rencontrée. Tu connais la suite.

— Pourquoi ne m'as-tu rien dit ?

— Je ne pouvais pas. Il fallait que je me remette à vivre, que j'oublie moi aussi. Je me sentais en sursis en permanence. J'avais peur que quelqu'un ne me reconnaisse, qu'un jour ils se mettent à vérifier. Que je tombe sur un policier allemand, et tout recommençait. À l'heure actuelle, je ne sais pas s'il y a toujours un dossier sur moi quelque part. J'ai changé de nom, mais si peu. Et c'était pour t'épouser. Quand j'ai demandé de nouveaux papiers, je m'attendais à ce qu'on m'arrête d'une minute à l'autre. Tout ça est si anormal, vois-tu, si anormal. Si tu veux partir maintenant, c'est ton droit. »

Partir ? Ania n'en a pas l'intention, ce jour d'octobre 1948, elle dit à son mari :

« Nous allons apprendre à vivre ensemble. »

Elle ne se rend pas compte que c'est impossible. Pour eux en tout cas. Les premiers temps, Ania ne dort plus et Herbert non plus. Ils se couchent l'un après l'autre, dans le noir, comme deux gisants. Elle pense qu'il a tué, et lui sait ce qu'elle pense.

Pour essayer de consolider cette liberté provisoire, Ania le force à changer vraiment de nom. Elle s'en occupe elle-même, prend des contacts mystérieux, et ramène un jour des papiers au nom de Malenka. Un nom à consonance polonaise. Ils changent de ville et de travail. M. et Mme Malenka se disent, lui originaire de Varsovie, et elle Russe exilée. Et ils vivent. Mais un cancer terrible les ronge petit à petit. Ania se détruit silencieusement. Ses nerfs sont malades. Elle ne pense plus qu'au crime. Il lui arrive de fixer interminablement son mari pendant qu'il dort, en essayant de comprendre. Et lui fait semblant de dormir, en supportant ce regard, comme une justice permanente.

Les années passent. Ils sont mariés depuis neuf ans. Et un jour, un policier se met en chasse. Il ne cherche pas un criminel en particulier. Ses chefs lui ont simplement demandé d'intensifier la lutte contre les espions étrangers en Allemagne de l'Ouest.

Et il tombe sur le nom de Malenka, ingénieur, travaillant pour les Américains, né à Varsovie, marié à une Russe. Il apprend que le couple a changé plusieurs fois de résidence, et vit actuellement dans un vieux bunker à la campagne, loin de tout. Il ne comprend pas en regardant les photos. Un homme de trente-cinq ans, beau et intelligent, une jeune femme ravissante, des revenus très confortables. Que font ces gens dans un bunker, sans confort, si loin du monde ? Cela sent l'espion à plein nez. Il va voir, mais le bunker est vide. Quelques meubles y traînent encore, des papiers d'identité, un désordre bizarre, comme si les occupants avaient quitté les lieux brusquement.

Sur la trace du couple, désormais, le policier ne les lâche plus. Avant d'attaquer l'homme de front, le policier cherche à rencontrer la femme. Elle est russe, plus suspecte encore que lui.

Quand il la retrouve, c'est dans une maison de santé. Le médecin n'est pas très chaud pour qu'il l'interroge.

« Cette femme est très malade. Elle n'est pas en état d'être questionnée.

— Elle est folle ?

— Elle n'est plus rien. Elle est comme une lampe qui n'éclairerait plus. C'est un corps qui existe, sans plus.

— Je dois l'interroger. Sécurité du territoire. »

Le médecin s'incline devant la carte du policier. Mais Ania, elle, la regarde sans comprendre. Elle est ailleurs. Ce monde ne l'intéresse plus. Pendant des années, elle a essayé de dominer une situation insoutenable. Elle a craqué, c'est fini.

Alors le policier se doute qu'il y a quelque chose derrière cette folie, un secret quelconque ; pas forcément une espionne, mais qui sait ?

« C'est votre mari qui vous a fait rentrer ici ? C'est Herbert Malenka ? C'est lui qui vous a rendue folle ? »

Il est cruel, il cherche à faire son métier en tapant au hasard, et il tombe juste ! Ania fait une crise, à la seule évocation du nom d'Herbert et hurle :

« Je suis folle, laissez-moi être folle, je le suis... Je suis malade, laissez-moi tranquille ! »

Le policier insiste. C'est un rustaud efficace et obstiné.

« Si vous êtes là c'est à cause de lui, n'est-ce pas ? Il a un secret ? Ce secret vous tuera un jour, il faut m'en parler. Il faut le dénoncer ! »

Dénoncer qui ? Lui est lucide, et il ne sait pas, il essaie, c'est tout. Elle est folle, mais elle sait. Et elle se tait, c'est tout. Elle ne dira rien. Sauf une petite phrase insolite, d'une voix étonnée :

« Je l'aime. »

Alors le policier va chercher le mari. Il perquisitionne dans une petite chambre de Berlin Ouest, où se trouve un fatras incroyable de papiers d'identité. Quatre fois, Herbert et Ania ont changé de nom. Quatre fois de maison, en neuf ans. Quatre fois ils ont tenté l'impossible, vivre tous les deux ensemble. Ils ont échoué. Ania est folle, et Herbert raconte avec soulagement. À trente-cinq ans, il a l'air d'un vieillard usé. Le teint gris, des rides, le regard éteint. Au policier, il dit :

« Ne cherchez pas si loin. Je ne suis pas un espion et ma femme non plus. Je ne suis qu'un assassin. J'ai tué deux femmes il y a treize ans. Je m'appelle Herbert Riggersthoffen. »

Le dossier était toujours là. Le policier l'a identifié. Et la justice était toujours là, même si les nazis n'y étaient plus.

Seule circonstance atténuante pour Herbert : la peine de mort n'existe plus. La hache du bourreau a disparu. Il est condamné à la prison à vie.

Condamné à vivre. Lui derrière ses barreaux, Ania derrière les siens. Il a déclaré :

« C'est mieux ainsi. Je voudrais qu'elle guérisse. »

Elle n'a rien dit.

UN CRIME PAR OMISSION

Je divorce, tu divorces, ils divorcent. Avant d'en arriver là, Peter et Marilyn Storm font des dégâts considérables. Outre les injures qu'ils se jettent à la tête, les assiettes volent bas.

Ils s'appellent Storm. Cela veut dire tempête. Et la tempête est quotidienne. C'est une maison de bois, en Louisiane, avec une terrasse et des fauteuils de bois. C'est là que se réfugient les enfants quand le temps familial est trop couvert.

Il y a les deux grands, dix-sept et dix-neuf ans, Winny et George, qui commentent les événements d'un air faussement détaché.

« Je parie qu'il va lui flanquer une rouste !

— Penses-tu, il dit toujours ça, mais il est lâche.

— Moi, à sa place, si j'étais cocu, elle prendrait une rouste.

— À condition d'être irréprochable soi-même, tu sais avec qui je l'ai vu, papa ?

— Avec la blonde du drugstore ?

— Exactement. Moi, j'en voudrais même pas pour cirer mes chaussures...

— C'est bien ce que je disais. Elle lui rend bien la monnaie.

— Okay, mais une femme c'est pas pareil. Et puis c'est ma mère. S'il lui flanque une rouste, je suis d'accord.

— De toute façon, ça ne changera rien... alors... »

Winny et George, jeunes Américains fatalistes, ne se font plus d'illusions sur la solidité du foyer familial. Ils en ont trop vu, trop entendu.

Winny n'attend que le divorce pour « faire la route », comme il dit. C'est-à-dire partir à l'aventure, et traverser les États-Unis en stop. George, lui, a trouvé du travail dans une station-service. Il se consacre à gagner les 1 500 dollars qui lui permettront d'acheter une moto à crédit, et de faire des courses. Ils vont filer, tous les deux, loin de ce gâchis.

Reste le petit Simon. Réfugié sur un coin de terrasse, la tête dans les mains, les doigts dans les oreilles, il essaie de ne pas entendre les hurlements de ses parents. Il a peur. Toujours peur. C'est qu'il est né en même temps qu'eux. En même temps que les hurlements. Toute sa vie, depuis dix ans, n'a été que hurlements. Lui qui devait être l'enfant de la réconciliation, le lien du ménage, il n'a servi de rafistolage que durant les neuf mois de gestation de sa mère.

À peine né, son premier cri a été couvert par ceux de son père, et le petit Simon en a les nerfs malades.

Lui aussi aimerait bien que le divorce arrive. Ce qu'il ne sait pas, c'est l'avenir que ce divorce lui réserve.

Pour l'heure, il voit surgir une mère échevelée et les yeux rouges. Elle traverse la terrasse sans se préoccuper de ses fils et saute dans la vieille Ford familiale.

Winny commente :

« Elle l'a eue, sa rouste ! »

Le père surgit à son tour, il tient une bouteille de bière à la main, et la jette dans le sillage de la Ford, en criant :

« C'est ça, fous le camp, bon débarras ! Moi aussi je m'en vais, j'en ai marre de cette bicoque ! »

George commente à son tour :

« Cette fois, on tient le bon bout, les gars. »

Mais comme le père se retourne vers eux, l'air mauvais, Winny et George détalent sans demander leur reste, en criant :

« Salut, Simon ! Bonne chance, petit ! T'as plus qu'à choisir, mais si tu veux mon avis, accroche-toi et cours ! »

Le petit Simon sanglote, entre ses deux genoux serrés.

Finalement, ils sont partis. Tous les deux. La mère de son côté, le père de l'autre. Et Simon attend la sentence. Le divorce est prononcé à la va-vite, l'enfant est confié à la garde de sa mère. Mais où est la mère ? Personne ne le sait. C'est bien ennuyeux, car pour confier un enfant à sa mère, il vaudrait mieux savoir où elle se trouve.

Le petit Simon, en attendant, vit avec le grand-père. Au bout de trois mois, le grand-père va voir le juge :

« Bon, alors, qu'est-ce qu'on fait ? Si vous ne trouvez pas ma bru, trouvez au moins mon fils !

— Ça ne servirait à rien, la loi a confié l'enfant à la mère, c'est chez elle qu'il doit vivre !

— Mais bon sang, c'est ridicule ! Vous ne vous rendez pas compte de la vie que mène ce gosse ! Sa mère est au diable et son père s'en fout ! Il est abandonné...

— Ah ! alors, si c'est comme ça, on va faire intervenir l'administration.

— Et elle fera quoi, l'administration ?

— Eh bien, elle convoquera la mère et...

— Mais puisqu'elle a fichu le camp !

— Et si elle ne répond pas dans les délais, le gosse sera considéré comme pupille de la nation.

— Et ça changera quoi ?

— Ce sera officiel...

— Bon. J'ai compris. Confiez-moi le gosse.

— Mais je ne peux pas !

— Comment, vous ne pouvez pas ? Il est déjà chez moi !

— Possible, mais ça n'est pas légal...

— Alors, faisons légal, où est-ce que je dois signer ? »

Le grand-père Storm est une tempête lui aussi, quand il le décide. Mais une tempête de logique et de bonté. Tous ces salmigondis à propos de son petit-fils l'ont mis dans une colère sainte. Jusque-là, il ignorait les bagarres du ménage. Personne ne venait le voir d'ailleurs, dans son petit taudis à trente kilomètres de la ville.

Si les deux aînés n'étaient pas venus le prévenir, Simon serait peut-être encore sur sa terrasse, tout seul, à pleurer et à rogner des pommes pour tout dîner.

C'est George, le plus grand, qui est allé voir le grand-père.

« Les vieux sont partis, pépé, pour Winny et moi ça fait rien, mais pour le môme, il a que dix ans. Tu pourrais pas t'en occuper ? »

Alors voilà, il s'en occupe. Et au fur et à mesure qu'il s'en occupe, il découvre la vie épouvantable qu'a menée son petit-fils. Cette histoire de garde, dont personne ne veut, c'est la conclusion logique. Grand-père Hoggy, c'est son prénom, n'a guère d'argent. Mais ce guère, il le consacre à payer un avocat, pour régler le cas de Simon.

En six mois, il a gain de cause et fait le point :

« Simon, tes parents sont des sagouins, et je sais de quoi je parle, puisque ton père, c'est mon fils. Mais à présent, tu n'as plus rien à craindre. Tu es chez toi, avec moi, c'est pour la vie, plus personne ne viendra t'embêter. »

Le grand-père Hoggy est impressionnant pour Simon. C'est un grand costaud de soixante-cinq ans, à la tignasse flamboyante, rousse comme un champ de maïs. Il est menuisier. Son atelier lui sert de chambre à coucher et de cuisine. La maison contiguë est délabrée, pleine de poussière. Il n'y a pas remis les pieds depuis la mort de sa femme, il y a près de quinze ans et petit Simon n'était même pas né.

« C'est ça la maison, grand-père ?

— Ben oui, c'est ça. Si tu y tiens, on peut l'arranger un peu... »

Simon y tient. Une maison, c'est important pour cet enfant déraciné. Alors, le grand-père s'y met. Il refait les volets, décoince les portes, vide les placards et Simon balaie.

Simon ressemble un peu au grand-père. Les cheveux roux, le même regard noisette, mais il est maigre, petit, peureux, et sans grand caractère. C'est un enfant qui a peur de tout. Des cris, des coups, des souris, du noir, et même de son ombre.

Alors patiemment, le grand-père Hoggy entreprend d'en faire un gosse heureux. Il ne le changera pas tout à fait, mais au moins, il aura essayé.

Il dorlote, il ne gronde jamais, il rassure, il apaise, il fait la nounou, la cuisinière, il remplace le père et la mère. D'ailleurs, il n'a pas de mal. Simon écoute aveuglément le grand-père. Il ne s'attarde pas en sortant de l'école. Il ne court pas, et ne joue pas comme un fou, pour ne pas se mettre en nage. Il mange sa tartine à cinq heures, et ses flocons d'avoine. Il aide le grand-père à faire la lessive. Le vieil homme et l'enfant vivent une histoire d'amour, en somme. Et comme dans toute histoire d'amour, il y a le fort et le faible. Le dominant et le dominé. Grand-père Hoggy est autoritaire, sans s'en rendre compte. Exclusif aussi. Petit Simon est malléable, il se laisse vivre comme dans une bulle, à l'abri de tout. Et son adoration pour l'homme qui l'a pris en charge est sans bornes.

Si le temps pouvait s'arrêter là... Mais il faut que Simon grandisse, et que le grand-père vieillisse.

C'est là le drame, et il arrive au bout de douze années de bonheur tranquille.

C'est en 1960. Grand-père Hoggy a soixante-dix-sept ans, petit Simon vingt-deux. L'atelier de menuiserie est fermé. Il sert de garage à la vieille voiture que Simon a achetée avec sa première paie.

Comme il a trouvé du travail à la ville, donc à trente kilomètres, son premier souci est de ne pas abandonner le grand-père. La voiture lui permet de rentrer tous les soirs.

Simon est magasinier dans une droguerie. Son travail n'est pas trop dur. Heureusement, car à la maison c'est lui qui fait tout. Grand-père Hoggy n'a plus ses jambes, il est pratiquement impotent. Il faut le lever et le coucher, le laver et lui donner à manger. Lui qui était si vaillant prend assez mal la chose. Il grogne et râle jour après jour.

« Je t'embête, petit, mais si, mais si... Je deviens gâteux, je m'en rends compte. »

Mais au fond il n'en pense rien et il est bien content de ne pas être seul.

« J'en connais qui m'auraient mis à l'hospice depuis longtemps, petit. »

Simon n'envisage même pas une solution semblable : gâteux ou pas, le grand-père est resté et sera toujours son dieu, son unique famille.

Mais tout de même, un jour...

« Grand-père ? Qu'est-ce que tu dirais, si...

— Toi, t'as rencontré une fille... »

Le vieux a des yeux et des oreilles, il a beau être gâteux, comme il dit, rien ne lui échappe. Effectivement, Simon a rencontré une jeune fille. Elle n'était pas loin, elle travaillait à la blanchisserie d'en face.

C'est une rose, qui s'appelle Rose justement. Un petit bouchon blond et tendre, dodue, et pas méchante...

Nanti de l'autorisation de grand-père, Simon emmène sa Rose à la maison. Le grand-père Hoggy apprécie la nouvelle venue :

« Alors ? On veut épouser mon fiston ? C'est bien, ça ! Mais il faut me promettre des choses. »

Les choses que demande le grand-père sont simples. Il est ravi d'avoir une femme dans la maison, cela mettra de la gaieté. À condition qu'elle y reste, et qu'elle le soigne. Comme ça, Simon pourra travailler tranquille.

Rose ne dit pas non. C'est une brave. Le grand-père lui est sympathique, et Simon lui en a dit tant de bien. De plus, elle ne regrettera pas la blanchisserie. Repasser des chemises à longueur de journée dans la vapeur étouffante n'a rien d'excitant.

Rose épouse donc Simon. Le grand-père assiste au mariage, et fait la connaissance des parents de la jeune fille. Il leur déclare :

« Mon petit-fils est un trésor d'affection. Il est tout pour moi, et je suis tout pour lui, nous ne nous quitterons jamais. Votre fille a de la chance ! »

Au début, Rose subit elle aussi l'affectueuse tyrannie du grand-père. Ravi d'avoir de nouvelles oreilles, le vieil homme raconte sa vie, la guerre qu'il est allé faire en France, son temps de prisonnier en Allemagne, sa blessure, le retour au pays, sa femme, son fils, qui est un sagouin, et son petit-fils, son petit Simon, la prunelle de ses yeux...

Rose écoute. Puis Rose n'écoute plus. Les journées sont longues. Simon part le matin, et ne rentre que le soir. Elle, pendant ce temps, doit s'occuper du grand-père. Il faut le laver. Ce n'est pas très agréable, quand on a vingt ans, de laver un grand-père qui n'est pas le sien. Il faut le faire manger, le promener, et lorsque enfin le soir Simon arrive, il faut attendre.

Attendre que Simon ait raconté sa journée au grand-père. Attendre qu'ils aient philosophé tous les deux en fumant leur pipe au clair de lune, attendre que le grand-père dise en ronchonnant :

« Bon, eh bien, je vais me coucher. Je vous laisse, les amoureux... »

Il les laisse sans les laisser, d'ailleurs. Rose s'en est aperçue. Il écoute, à travers la cloison, ce qui se trame dans leur chambre. L'intimité est difficile. Le vieux ne s'en cache pas : parfois, le matin au petit déjeuner, il prend un air faussement égrillard :

« Alors fiston ça va ? T'as bien dormi ? Te laisse pas faire hein ? Les femmes tu sais, ça vous mangerait le sang ! »

Au fond, c'est insupportable. Rose, qui n'est guère combattante pourtant, a le courage de dire un jour à Simon :

« Si on habitait ailleurs ? Tu crois pas que ce serait mieux ?

— Pas question ! Je n'abandonnerai jamais grand-père...

— Mais tu ne l'abandonneras pas ! Seulement tu comprends, c'est pas facile pour moi, je m'en occupe sans arrêt...

— Je l'ai fait avant toi, et si ça ne te plaît pas, je le referai, je ne t'oblige à rien ! »

Si, il l'oblige. Bien sûr. Il est difficile de refuser quand on a le bon cœur de Rose et sa gentillesse.

Refuser d'aider un vieillard ? Qui l'accueille dans sa maison ? Elle aurait l'air de quoi ?

La bonté des autres a parfois ce mauvais côté : la reconnaissance obligatoire. Rose fait donc les choses par reconnaissance. Et puis au bout de deux ans de ce mariage insolite, la situation éclate. Pour une bêtise d'ailleurs, un geste finalement anodin...

Le grand-père vient de prendre le menton de Rose en plaisantant. Elle se force déjà à lui donner des soins, alors au moins, qu'il ne la touche pas !

« Qu'est-ce que tu as ? Tu me prends pour un vieux sadique ?

— Mais non... Je n'aime pas ça, c'est tout !

— Alors je n'ai pas le droit de te prendre le menton ? Qu'est-ce que tu imagines ?

— Mais rien... rien...

— Oh ! si. J'ai compris... »

Qu'a-t-il compris, le vieux grand-père Hoggy ? D'ailleurs, son geste était-il si anodin que cela ? Si on le rapproche de sa jalousie maladive à propos de leur intimité, de sa terreur de voir arriver un enfant qui prendrait peut-être sa place dans l'amour de son petit-fils... Il y a là de quoi réfléchir. Rose ne sait pas bien réfléchir, elle n'a que de l'instinct, mais elle voit tout à coup le vieil homme sous un autre jour.

Et le soir, lorsque Simon rentre de son travail, le grand-père le prend à part et Rose n'a pas droit aux commentaires, elle n'a droit qu'au résultat de ce conciliabule. Simon lui fait la tête.

Elle veut s'expliquer, il se fâche :

« Tu as fait de la peine à grand-père, et il est très choqué. Il a même eu un malaise tout à l'heure. S'il lui arrive quelque chose, ce sera de ta faute !

— D'accord. Alors tu sais ce que je vais faire ? Je vais partir, je retourne chez mes parents. Ce n'est pas un mari que j'ai, ce n'est pas une vie, c'est un esclavage ! »

Et Rose s'en va en pleurant.

La maison est déserte soudain. Une semaine passe. Le grand-père est malade. Simon, qui passe son temps à faire des allées et venues entre son travail et la maison à trente kilomètres de distance, finit par demander un congé, que son patron ne lui accorde pas.

« Vous n'avez qu'à le faire rentrer à l'hôpital, votre grand-père ! »

Ça, jamais. Simon ne pourra jamais. Il n'a pas été abandonné par cet homme, et il est prisonnier lui aussi de la reconnaissance obligatoire au-delà de toute logique. Il quitte son emploi, et s'enferme avec le grand-père.

Deux semaines passent encore. Rose n'est pas revenue. Simon n'est pas allé la chercher. Rien ne bouge dans la petite maison. Personne n'entendra les deux coups de feu.

C'est le facteur qui découvrira les corps. Celui du grand-père dans son costume du dimanche, étendu sur son lit. Celui du petit-fils, au pied du même lit. Une balle dans la tête du grand-père, en plein front. Une balle dans la tête du petit-fils, en pleine bouche. Et la carabine sur le tapis, rouge de leur sang mêlé.

Sur la table de chevet, trois lettres courtes.

La première signée de grand-père Hoggy :

« Je suis malade et mourant. Je préfère mourir. Je cède la place. »

La seconde signée de grand-père Hoggy, et adressée au shérif :

« C'est sur mon ordre que j'ai été tué, mon petit-fils Simon n'a fait que m'obéir. »

La troisième, enfin, de l'écriture de Simon, et signée par lui.

« Je suis arrivé au bout de ma vie. Il n'y a plus rien à faire. J'obéis à grand-père et je demande pardon à Rose. Je ne pouvais pas faire autrement. »

Le grand-père avait ordonné, Simon avait obéi. Le vieillard savait-il qu'il exigeait bien plus que sa propre mort ? Que Simon ne pourrait pas supporter de le tuer, même par amour, sans disparaître lui-même ?

Rose a dit : « Oui. Je le crois. Ce n'est pas un double suicide, c'est un crime. »

Un crime passionnel, même. Un drôle de crime passionnel. Un crime par omission.

CELUI PAR QUI LE DÉSORDRE ARRIVE

Ce matin de 1967, à huit heures exactement, le directeur d'une agence bancaire de Vienne arrive le premier à son bureau.

M. Schwartz est toujours le premier. Il est précis, méticuleux, et il gère la succursale de cette banque comme si elle était la sienne propre. Il a horreur du désordre en particulier. Et s'il arrive à huit heures et non à 8 h 10 comme ses employés, c'est qu'il a une manie : l'ordre. Peut-être plus qu'une manie, même. Une idée fixe. Il ne faut pas que les femmes de ménage aient oublié une corbeille à papier, sinon, il explose.

D'ailleurs, il aime exploser. Ce qui est contradictoire avec sa manie de l'ordre. Par contre, le physique de M. Schwartz est en parfait accord avec sa manie : cheveux lissés en arrière, moustache minuscule et nette. Nez droit, lunettes d'écaille. Il est petit, mince, et les costumes qu'il porte sont d'une rigueur monacale. Rayures en long, gilet boutonné, cravate rigide.

Donc, à huit heures pile, M. Schwartz inspecte *sa* banque. Il aime particulièrement faire le tour des bureaux des employés. Un dossier mal rangé, un trombone qui dépasse, lui donnent toujours matière à réflexion. Les cabines des deux caissiers font toujours l'objet d'un examen particulier. N'a-t-il pas trouvé, une fois, un paquet de bonbons traînant dans le casier des grosses coupures ? Le caissier, un jeune garçon du nom de Klaus, a dû subir pour ce désordre un sermon d'un quart d'heure, et depuis M. Schwartz le surveille de près.

Les cagibis de verre sont fermés à double tour, comme il est normal, mais le directeur en possède la clef.

Il se penche, la caisse numéro 1 est en ordre. Il se penche à nouveau et découvre, bien à plat sur le comptoir de la caisse numéro 2, un papier. Une lettre, semble-t-il, maintenue en évidence par une règle de fer.

M. Schwartz ouvre la porte avec fébrilité. Une vague d'angoisse le soulève. Le jeune Klaus a dû laisser traîner le bordereau de ses dépôts de la journée.

Il saisit le papier... Mais ce n'est pas un bordereau. C'est une lettre. Elle commence ainsi : « Monsieur et distingué Directeur... »

Au bout de trente lignes d'une écriture débridée, M. Schwartz est rouge, puis blanc, la tête lui tourne. Il se retient au comptoir, trébuche, s'agrippe où il peut, mais le vertige est trop fort, le sol se dérobe sous lui et il s'effondre.

Son front a heurté la porte de verre. Il saigne d'une blessure profonde qu'il ne sent même pas, il est évanoui.

Le seul désordre physique que connaisse M. Schwartz, c'est une maladie de cœur. Et l'émotion a été trop forte. La lettre froissée dans sa main, est signée : « Votre dévoué et humble serviteur : Klaus. »

L'ambulance est arrivée, les employés s'agitent, on emmène M. Schwartz, dans un état lamentable, à l'hôpital le plus proche. Et l'inspecteur Beck relit la lettre signée Klaus, et cause de tout ce drame.

« Monsieur et distingué Directeur...

« Je n'ai que vingt-cinq ans, mais il y a sept ans que je travaille dans votre usine à fric. Vous me considérez comme une caisse enregistreuse, ainsi que mon collègue de la caisse numéro 1. Vous prenez les employés pour des stylos à bille, les dactylos pour des machines à écrire, et les femmes de ménage pour des balais à roulettes.

« Je ne connais pas votre femme, mais je suppose qu'elle doit représenter pour vous une potiche de salon.

« Depuis deux ans que je suis caissier en second, j'ai passé ma vie à enregistrer des billets, et à aligner des chiffres. Aujourd'hui, j'ai empilé trois cent cinquante-deux mille marks en billets, et vingt-six mille sept cent quarante-trois marks en rouleaux de pièces.

« Comme chaque soir, je me suis rendu au coffre, pour les déposer. Il y en avait déjà d'autres. Des piles et des piles de billets, bien rangés et stupides. Et tout à coup, j'ai trouvé idiot d'en rajouter.

« Pour tout vous dire, il y a plusieurs semaines que le problème me préoccupe. J'ai beau connaître l'argent sous toutes les couleurs, et sous toutes les formes, j'ignore encore à quoi il sert. Celui que vous m'octroyez chaque mois sert à des choses précises. Mon loyer, ma nourriture et mes vêtements. Il est juste suffisant, d'ailleurs.

« Mais le reste ? Tout cet argent qui dort chaque soir dans le coffre ? À quoi sert-il ? Je l'ignore. Et je veux le savoir.

« Je suis donc parti avec trois cent cinquante-deux mille marks en billets et vingt-six mille sept cent quarante-trois marks en rouleaux de pièces. Ce total de trois cent soixante-dix-huit mille sept cent quarante-trois marks ne dormira pas dans ce coffre cette nuit. Je veux faire une expérience personnelle. Être riche une semaine. Selon les résultats de cette expérience, je reviendrai à Vienne ou n'y reviendrai pas.

« Cherchez-moi si cela vous amuse. D'autre part, j'ai tenu à ce que vous sachiez à quoi correspond exactement la notion de désordre. Vous pouvez examiner l'intérieur du coffre à ce sujet, ainsi que votre bureau. Votre dévoué et humble serviteur : Klaus. »

M. Schwartz n'a pas eu le loisir d'apprécier les qualités d'un vrai désordre. Il est à l'hôpital, en réanimation. Ses jours ne sont pas en danger, mais la crise a été sévère.

L'inspecteur Beck, lui, peut en profiter. Le coffre est une pagaille noire. Un tas de papiers que le jeune Klaus a foulés aux pieds. Quant au bureau de M. Schwartz, c'est autre chose, un autre genre. Presque de l'art. De l'ordre à l'envers, ou du désordre à l'endroit. Tous les meubles sont retournés. La table a les pieds en l'air, la chaise aussi, les cadres, les bibelots, les tiroirs, tout est disposé à l'envers. Ce travail a dû prendre du temps. Ce qui suppose que le jeune Klaus est resté dans la banque après la fermeture et qu'il avait toutes les clés en sa possession.

Il a quand même deux jours d'avance sur la police, puisqu'il a commis son forfait à la veille du week-end. À l'heure qu'il est, ce lundi matin, il a pu gagner le bout du monde, avec 378 743 marks en billets non repérables, une petite fortune.

La surveillance des aéroports et des listes de passagers ne donne rien. Les réservations dans les gares non plus... La police suppose donc que le jeune Klaus est parti en voiture. Ce qui n'avance pas à grand-chose, car il a pu passer les frontières de Suisse, de France ou d'Italie en toute tranquillité, muni d'une simple carte d'identité.

Et la semaine entière passe, sans que le voleur soit repéré. Nous sommes arrivés à la fin du fait divers. Klaus disait dans sa lettre : « Je veux être riche une semaine. » C'est fini. Il disait aussi : « Selon les résultats de l'expérience, je reviendrai à Vienne ou n'y reviendrai pas. »

L'inspecteur Beck est persuadé qu'il ne reviendra pas. Il connaît bien les voleurs. Quelles que soient leurs motivations, exprimées ou non, ce ne sont que des voleurs. Et il faudrait être fou pour venir se jeter dans la gueule du loup, après avoir dépensé autant d'argent !

Mais l'inspecteur Beck n'est pas très psychologue. Ou plutôt disons qu'il a l'habitude des voleurs normaux. Lui aussi, en quelque sorte, se laisse prendre au piège de l'ordre établi, qui veut que les voleurs ne soient que des voleurs.

Or, Klaus est autre chose. Car le dimanche suivant, il est à Vienne, les mains dans les poches. Et le soir même, il se cache dans le jardin d'une villa. Un jardin impeccable, aux buissons taillés à la feuille près, et aux plates-bandes sans reproche : le jardin de M. Schwartz.

M. Schwartz est rentré chez lui après trois jours d'hospitalisation. Il a frisé l'infarctus.

À dix heures, ce dimanche soir, il est au lit. Sa robe de chambre est pliée sur une chaise. Ses chaussures alignées et son pyjama n'offrent pas le moindre faux pli. Sur la table de nuit, un petit régiment de flacons. Sa femme dort dans une autre chambre pour lui permettre de reposer en toute tranquillité. Il est donc seul. Il dort. La fenêtre de sa chambre au premier étage est légèrement entrouverte, car il a besoin de bien respirer.

Klaus, son voleur, escalade sans peine une petite terrasse. Il a surveillé la villa pendant deux heures, et repéré les pièces. Il atteint directement la chambre de M. Schwartz, y pénètre sans bruit, tâtonne un peu dans le noir, et s'assoit sur une chaise. Celle-là même où se trouve soigneusement pliée la robe de chambre du dormeur.

Klaus réfléchit dans le noir, quelques minutes et sans bouger. Il a les cheveux blonds bouclés, le front haut, le regard bleu vif, et le menton volontaire. Il a l'air intelligent, mais donne l'impression d'une grande jeunesse. Klaus ne fait pas son âge. On lui donnerait dix-huit ans à peine. Surtout vêtu comme il l'est d'un blue-jean et d'un tee-shirt orné d'un Snoopy, de baskets, et d'un blouson de cuir. C'est un garçon mince et souple, à l'allure plutôt sympathique.

Que vient-il faire dans la chambre de M. Schwartz ? Il sort un mouchoir de sa poche et un rouleau de mince cordelette. D'un geste précis, il enfourne le mouchoir entre les dents du dormeur, qui sursaute. Mais Klaus est d'un bond à cheval sur lui et l'immobilise en chuchotant :

« Ne bougez pas ! Je vous défends de bouger, et si vous criez, je vous assomme. Maintenant écoutez-moi bien. Je vais allumer la lampe de chevet et du calme, hein ? »

Il allume. Une faible lueur éclaire le visage affolé de M. Schwartz.

« Restez sage, je ne vous veux pas de mal. Je vais vous attacher pour être plus tranquille. Sinon vous ne m'écouterez pas. »

Il attache les poignets de sa victime, les relie aux chevilles et sort un couteau de sa poche.

M. Schwartz émet un gloussement de peur.

Klaus plaisante :

« Allons, allons... je ne vais pas vous égorger ! Du moins pas encore, c'est pour couper la ficelle ! Là, voilà ! »

Klaus descend du lit, pour admirer son travail. Il constate que sa victime est recroquevillée sur le côté, dans une position inconfortable. Alors il le redresse, le cale sur son oreiller, sourit et s'assoit au bord du lit.

« Alors, monsieur et distingué directeur ? Ça va ? Non. Ça ne va pas. Je parie que c'est à cause du fric, hein ? Justement je suis là pour ça. Oh ! non. Je ne vous le ramène pas. Je n'en ai plus ! Il me reste vingt marks, tenez, c'est tout ce que je peux faire pour vous.

« Non, je suis là pour autre chose... Vous vous rappelez le jour où vous m'avez fait un discours sur l'ordre établi, à propos d'un paquet de bonbons ? Vous vous rappelez hein ? "L'ordre est le seul moyen d'accéder à la réussite d'une entreprise... Sans ordre, l'homme n'est qu'un animal débile... Le monde est fait d'ordre et de discipline... Que deviendrait-on si le soleil se mettait à tourner à l'envers ?"

« Vous m'en avez dit, des choses ! Et notamment que l'argent était la matérialisation de l'ordre dans notre société. Qu'il fallait respecter ses règles. Vous êtes un peu dingue, entre nous. C'est pourquoi c'est à vous que je veux raconter mon expérience. À vous en premier, pour vous faire comprendre que vous êtes dans l'erreur. Écoutez-moi bien, monsieur Schwartz. Ceci est un préambule : l'argent est un facteur de désordre, et je le prouve immédiatement. »

Klaus fait un cours, assis en tailleur au pied du lit, il discourt avec l'aisance d'un professeur, sûr de son sujet. M. Schwartz, lui, les yeux exorbités, fixe ce démon avec terreur.

Mais Klaus se préoccupe à peine de lui. Il parle... parle...

« Donc, je suis parti avec trois cent soixante-dix-huit mille marks et des bricoles. Je suis riche pour une semaine. C'est moi qui l'ai décidé. Il fallait bien limiter l'expérience : quarante-deux mille marks par jour environ, c'est une richesse appréciable.

« Premier temps, j'achète une voiture d'occasion, un vendredi soir, à un particulier. Une belle américaine. Il ne veut pas la vendre, mais si je paie mille marks de plus que le prix, il est d'accord, surtout si je paie en espèces. Où est l'ordre établi, là-dedans ? Mais ce n'est rien. Je file à Monte-Carlo. J'y arrive dans la nuit du lendemain, je gare ma voiture, et je fonce au casino. Ah ! Je n'ai pas de smoking ! qu'à cela ne tienne, une poignée de billets arrange l'affaire et j'ai un smoking en dix minutes. À croire que le portier a un magasin ouvert jour et nuit. C'est de l'ordre établi, ça ? Bref, je joue, je perds dix mille marks en un quart d'heure, j'en regagne vingt-cinq mille en trois minutes. Réfléchissons : vous, vous dites que l'argent doit être placé à longue échéance pour rapporter des bénéfices sûrs, or trois minutes pour quinze mille marks de bénéfice, ça me paraît bien plus efficace ! Mais laissons le jeu. Il y a là matière à discussion, car j'aurais pu perdre...

« Par contre, abordons les femmes. Regardez-moi, monsieur Schwartz, regardez-moi bien. Je ne suis pas laid, mais je n'ai rien d'un don juan. Or qui me tombe dans les bras ? Une splendeur, une actrice italienne, belle comme une couverture de magazine. Pourquoi ? Parce que je bois le meilleur champagne, et que les billets de banque fleurissent autour de moi !

« Je l'emmène dans un palace, on me loue une suite royale, et j'ai droit au cinéma sur grand écran, toute la nuit. Pourquoi ? Parce que j'ai raconté que mon père était banquier ! Dérisoire, vous ne trouvez pas ?

« Elle voulait un week-end à Rome, il n'y avait plus d'avions, j'en loue un, avec un pilote, et nous voilà dans la ville éternelle. Une nuit dans les boîtes, je paie un orchestre entier pour nous faire la sérénade... On achète une autre voiture et nous voilà à Portofino...

« Au restaurant, je rencontre un milliardaire. Il m'invite sur son yacht. Je lui cède la belle Italienne, et je récupère en compensation une Suédoise incroyable. Elle mange de la langouste et du caviar au petit déjeuner. Il lui faut une Rolls pour rentrer à Cannes, je la loue avec chauffeur et nous voilà repartis. Elle en maillot de bain et moi toujours en smoking.

« À Cannes, je dévalise une boutique. Nous voilà habillés de soie. Je paie toujours en espèces, et personne ne me demande qui je suis ni où je vais. C'est à ce moment, monsieur Schwartz, que je décide d'abandonner en même temps la Suédoise et son environnement de milliardaires. Je vais voir un peu chez les pauvres. J'achète une bicyclette. À minuit, je fais les rues chaudes de Nice, et pour cinquante mille marks, je m'offre le plaisir de renvoyer chez elles douze prostituées. Au petit matin, je prends l'avion pour Paris, et je leur fais envoyer cinquante roses à chacune...

« À Paris, un pourboire au portier d'un hôtel, lui fait oublier que je n'ai pas de passeport, c'est facile. Le soir dans une boîte, je fais même la connaissance d'un policier. Il avale tous les bobards que je lui raconte, et nous passons ensemble une excellente soirée. À la fin, même si je lui avais dit que j'étais un voleur, il ne m'aurait pas cru.

« Entre-temps, une danseuse est tombée amoureuse de moi... Vous voyez, monsieur Schwartz ? L'argent peut tout. Il suffit de le distribuer largement et les gens sont à vos pieds. Ils sont prêts à tout, à vous aimer, à vous faire rire, à vous soigner, à vous suivre au bout du monde !

« Moi, j'en ai fait le tour. Il me restait soixante mille marks, j'ai pris l'avion pour Marseille, et à Marseille j'ai rencontré dans un bar une fille droguée et malade. Quand je lui ai donné de l'argent, elle a filé. Mille marks suffisaient à accélérer sa mort de quelques jours... C'est de l'ordre, ça ?

« J'ai pris un billet de train pour rentrer. Il me restait encore de l'argent, je l'ai fourré dans la boîte aux lettres d'une maison. Et, voyez-vous, ça m'étonnerait que les gens qui le trouveront le rendent à qui que ce soit.

« Voilà, j'ai fini. Il me restait vingt marks, je vous les rends... Je voulais que vous sachiez que votre sale fric ne sert à rien, qu'il est responsable du désordre, qu'il ne procure que des choses superficielles et à présent, moi, je m'en fous. L'argent c'est de la foutaise, j'ai compris ça, et si vous ne le comprenez pas, tant pis pour vous !

« À présent, vous pouvez téléphoner à la police. Je n'ai pas l'intention de fuir n'importe où, c'est trop compliqué, de toute façon, il faut que je paie, allez, je vous détache ! »

M. Schwartz se laisse manipuler. Poings et pieds déliés, il ne bouge pas sur son lit.

Klaus se penche vers lui.

« Monsieur Schwartz ?... »

Il arrache lui-même le mouchoir...

« Monsieur Schwartz ! »

M. Schwartz tourne péniblement la tête, il est violet, il étouffe, il arrive à murmurer : « Salaud... petit salaud », puis plus rien. Il est mort.

Klaus a fait son discours à un moribond. Il ne s'en est même pas rendu compte. À présent, il secoue le cadavre, toujours sans s'en rendre compte. Il est arrivé au bout du grand désordre. La mort est devant lui.

Alors, comme un automate, il va réveiller la maison et il attend la police, tandis que Mme Schwartz le couvre d'injures :

« Comment avez-vous pu lui faire ça ? Il était malade ! Malade, vous comprenez ? Malade à cause de vous, et maintenant vous l'avez tué ! »

L'inspecteur Beck s'est fait raconter la scène par le jeune Klaus, il a répété son discours, comme un automate. Et il est en prison pour vingt ans. Vol, détournement de fonds, homicide, violence, cruauté mentale. Le jury ne l'a pas raté.

M. Schwartz a été enterré dans le cimetière de Vienne, sous une tombe de marbre gris, parmi d'autres tombes, alignées et entourées de fleurs artificielles.

L'ordre a repris ses droits. Mais à quel prix !

L'ŒIL DE NURJHAN

M. Parmentier doit peser dans les cent kilos, c'est dire que sa femme n'a aucune peine à l'atteindre lorsqu'elle lui tire dessus à coups de revolver le 7 mars 1973 dans le couloir du grand appartement qu'ils occupent boulevard Malesherbes à Paris.

M. Parmentier, l'air très étonné, réussit tout de même à tituber jusqu'à un fauteuil où il se laisse tomber, tâtant de la main sa chemise qui se teinte de sang.

Là-bas, tout au fond du couloir, l'index de Mme Parmentier relâche la détente. Du bout de son bras droit le revolver, qui pendait le long de sa chemise de nuit, tombe sur le parquet.

Contrairement aux apparences, ce n'est pas du tout le début d'une affaire policière mais une très belle histoire humaine. Car de ce drame de la jalousie dépend, par un enchaînement de circonstances tout à la fois banal et prodigieux, l'avenir d'une petite fille qui survit péniblement à 20 000 kilomètres de là.

Salon Louis XV, bureau Empire, salle à manger en rustique normand, bibliothèque bien fournie, bibelots disparates où le plus précieux côtoie des objets incongrus et sans valeur, l'appartement des Parmentier boulevard Malesherbes est à l'image de ses propriétaires.

Le 8 mars 1973, un vieux flic aux allures de paysan fourre son grand nez dans le petit secrétaire où Mme Parmentier classe sa correspondance. C'est un vrai fouillis où les lettres de son fils, vingt-quatre ans, officier de marine, voisinent avec les recettes de cuisine, où les catalogues de Vilmorin et Truffaut alternent avec les polices d'assurances, les factures avec les répertoires téléphoniques incomplets. Sous des apparences bourgeoises, les Parmentier ont toujours été assez bohèmes.

Le vieux policier n'est pas animé d'une curiosité malsaine. La veille, Mme Parmentier a tiré sur son mari trois coups de revolver. Ce geste accompli, elle s'est elle-même dénoncée à la police. Hélas ! son mari est mort dans la nuit. Il s'agit donc de vérifier le récit de la criminelle que personne d'ailleurs ne met sérieusement en doute. Le policier a sans peine établi qu'il est de notoriété publique que son mari la trompait de façon assez odieuse depuis plusieurs années.

Soudain, le policier tombe en arrêt devant une lettre tapée à la machine :

Centre français de protection de l'enfance : 9, boulevard Berthier Paris 17e à Madame Nicole Parmentier : 18, boulevard Malesherbes Paris 17e.

« Chère Madame,

« Nous vous remercions de l'intérêt que vous avez bien voulu porter à l'annonce parue dans *Marie-France* du mois de décembre 1972 et dans laquelle nous recherchions en effet des parrainages pour des enfants déshérités du Bangladesh. Vous avez demandé quelques renseignements que je m'empresse de vous faire parvenir. Par enfants déshérités nous entendons des enfants affamés, sans espoir, et très souvent aux portes de la mort. La récente guerre indo-pakistanaise vous a sans doute révélé le drame de ces populations.

« Le Bangladesh c'est en surface le cinquième de la France : la Normandie et la Bretagne réunies et environ 75 millions d'habitants. Personne ne connaît le nombre exact puisqu'il n'y a pas d'état civil. Cela représente 1 200 habitants au kilomètre carré. En France, il y en a environ 80. En France, il tombe 2 à 3 mètres de pluie par an. Au Bangladesh : 12 mètres. C'est le pays le plus arrosé du monde et le plus humide. 90 p. 100 de la population est musulmane et travaille dans les rizières et les champs de jute. Récemment, d'énormes populations vivant dans les forêts, les brousses ou les rizières durent fuir devant les péripéties de la guerre indo-pakistanaise à laquelle elles ne comprenaient rien. Les uns essayaient de franchir la frontière indienne d'où on les refoulait. Les autres cherchaient refuge chez les Pakistanais qui n'en voulaient pas non plus et tous se retrouvèrent dans des camps. Maintenant qu'ils retournent chez eux, affamés, leurs maisons sont détruites ou réquisitionnées, les rizières saccagées : ils n'ont plus rien. Imaginez quelle peut être l'étendue de leur détresse. Nous vous proposons donc de devenir, moyennant un versement de 50 francs par mois, la marraine d'une petite fille : Nurjhan. »

Suivent quelques notes tapées à la machine et la photo d'une petite fille qui paraît plutôt jolie, attendrissante, bien qu'elle tienne une main bizarrement fermée sur son œil gauche.

Il est midi. Le policier n'a pas le temps de lire ces notes.

D'ailleurs, cela n'a rien à voir avec l'enquête. Il reprend donc rapidement, presque machinalement, le cours de ses investigations et quitte l'appartement du boulevard Malesherbes une demi-heure plus tard.

L'après-midi chez le magistrat chargé de l'instruction sont réunis Mme Parmentier, son avocat et le policier. Dans une affaire aussi simple, l'instruction n'est qu'une formalité qui doit permettre à la justice de suivre son cours.

Mme Parmentier est une grande femme très intelligente, blonde de type nordique, solide et réservée. L'image même de la bourgeoise tranquille. Pas du tout le genre de femme destinée à se retrouver un jour devant le juge d'instruction. Elle a dû être assez belle et à l'approche de la cinquantaine, il lui reste un certain charme.

Le policier l'observe tandis qu'elle répond aux questions du juge. Plus que la jalousie, c'est le désespoir sans doute qui a poussé cette femme à tuer son mari.

« Lorsque vous avez tiré, aviez-vous l'intention de le tuer ? demande le juge d'instruction.

— Non... Oui... Je ne sais pas. »

Manifestement, elle répond avec une sorte d'indifférence, le regard perdu, ne voyant personne, retenant ses larmes. Elle a d'ailleurs les yeux gonflés, rougis d'avoir beaucoup pleuré. L'avocat s'agite sur son siège :

« Ma cliente n'avait certainement pas l'intention de tuer son mari, ça n'a été qu'un geste de colère provoqué par un désespoir bien compréhensible. »

C'est alors que le vieux flic ne peut s'empêcher de faire une remarque. Remarque un peu déplacée sans doute car elle semble étonner l'avocat et le juge d'instruction :

« Vous croyez, maître, que l'infidélité d'un homme, ça vaut ça ? Enfin, je veux dire, explique-t-il, est-ce que ça mérite un tel désespoir ? Et la suite ? Non seulement sa mort mais tout ce qui va arriver maintenant à votre cliente ? »

Mme Parmentier cette fois le regarde. Elle a les yeux bleus. Elle se tait quelques secondes comme si elle réfléchissait. Puis répond de sa voix douce de femme bien élevée :

« Je suis une femme oisive. Je me suis mariée très jeune. J'ai eu un fils qui maintenant n'a plus besoin de moi. Je n'ai pas besoin de gagner ma vie, d'ailleurs je ne sais rien faire. Je me fais souvent l'effet d'être un parasite mais les parasites ne sont pas des êtres plus heureux que les autres, car leur vie justement dépend des autres. Ma vie dépendait entièrement de celle de mon mari, de son affection, de sa présence. Lorsque j'ai compris que je lui étais devenue indifférente et qu'il allait partir, s'il ne m'avait pas mise en colère, ce n'est pas sur lui que j'aurais tiré, mais sur moi ! »

C'est alors que le policier repense à la lettre qu'il a trouvée ce matin dans le petit secrétaire du boulevard Malesherbes. Un papier sans importance sans doute. Quand il était enfant il mettait de côté le papier d'argent qui enveloppe le chocolat pour les petits Chinois. Son fils a vendu des scoubidous pour les victimes d'un tremblement de terre. Il y a comme ça dans chaque famille des bonnes œuvres qui traînent. Mais tout de même ; celle-ci a un nom, et pas un nom de chose, un nom d'enfant : Nurjhan. Et Nurjhan a un visage. Au fait pourquoi tenait-elle cette main fermée sur son œil gauche ? se demande le policier.

Lorsqu'ils sortent du cabinet du juge d'instruction, Mme Parmentier est inculpée. Le juge n'a pas été trop méchant. Il n'a pas retenu la préméditation, il a admis qu'elle avait provoqué la mort sans intention de la donner. Elle risque une peine de prison plus ou moins lourde, selon l'indulgence des jurés ou le talent de son avocat. Dans le couloir, le policier s'arrête un moment :

« Excusez-moi, ça ne me regarde pas du tout et cela n'a aucun rapport avec l'affaire. Vous n'êtes pas obligée de me répondre. J'ai trouvé ce matin dans vos papiers la lettre d'une organisation : *La Protection de l'enfance*, je crois. Est-ce que vous avez donné suite ? »

Sitôt la question posée, le policier a presque honte de l'avoir fait. Parler de bonnes œuvres à une femme qui vient d'être inculpée pour meurtre est peut-être de mauvais goût.

Mais dans ce long couloir du Palais de Justice, Mme Parmentier qui marchait entre lui et un policier en uniforme s'arrête et le dévisage :

« Pourquoi me parlez-vous de ça ?

— À vrai dire, je ne sais pas. Je vous assure que c'est sans aucune arrière-pensée. C'est de la pure curiosité. J'espère que vous ne la trouvez pas déplacée ?

— Non, mais c'est étonnant. En effet j'ai donné suite à cette proposition il y a trois mois.

— Vous êtes donc la marraine de cette enfant ?

— Oui. Mais vous savez, je dois à la vérité de dire que je ne me considère pas comme vraiment responsable de son avenir. C'est sans grand enthousiasme que j'ai accepté avec mon mari de la parrainer. Nous faisions une bonne œuvre, voilà tout. Moyennant un versement modique, que j'ai porté de moi-même à 120 francs par mois — un prix somme toute raisonnable et sans risque de grand tracas. La charité la plus égoïste, n'est-ce pas ? »

Mme Parmentier et le policier ont repris leur marche dans le couloir.

« Quel âge a-t-elle ? demande le vieux flic.

— Douze ans.

— Pourquoi sur la photo cache-t-elle son œil gauche ?

— Elle a perdu un œil par la petite vérole il y a trois ans. Dans sa famille, il y a cinq enfants. L'aînée a été mariée à treize ans car personne ne mangeait à sa faim. Le père tuberculeux se loue comme journalier dans les champs quand il y a du travail. Mais il en trouve rarement alors il va à la pêche dans les marécages, ce qui ne permet pas à la famille de manger tous les jours. La mère, elle aussi, est tuberculeuse. Nurjhan est une enfant entêtée, pas très obéissante, paraît-il, mais animée d'un grand désir d'apprendre. Seulement, elle n'a jamais pu aller à l'école régulièrement : elle est seulement en 3e classe, elle ne sera jamais très brillante dans ses études. Elle mange rarement à sa faim et sa condition physique est misérable. »

Mme Parmentier et le vieux flic reprennent leur marche dans le couloir.

« Vous ne l'avez jamais vue ?

— Non, bien sûr. Je ne connais d'elle que sa photo. Un jour, j'ai reçu une petite lettre décorée d'un dessin de sa main qui représentait des fruits, avec quelques mots écrits par la bonne sœur, paraît-il sous sa dictée. Elle me disait : "Je suis votre filleule Nurjhan, je ne sais pas encore écrire, mais j'espère que bientôt je saurai, et que je pourrai vous remercier moi-même."

« Au verso, la bonne sœur avait ajouté quelque chose. Elle ne voulait pas laisser partir la lettre de cette enfant sans exprimer sa reconnaissance pour ce que nous faisions pour elle. Elle m'expliquait que si Nurjhan pouvait faire encore trois années de classe, cela lui serait bénéfique et qu'en même temps on pourrait la former à être une bonne mère de famille sachant tenir une maison et un foyer... L'essentiel, quoi ! »

Tout en parlant, le vieux flic et son inculpée, discrètement accompagnée par le policier en uniforme, sont arrivés au pied du « panier à salade ». Mme Parmentier a un geste de recul, horrifiée, puis elle se ressaisit. Tandis qu'elle monte, soit parce que cette idée lui tient au cœur, soit pour l'obliger à penser à autre chose, le vieux policier lui demande :

« Évidemment, 120 francs par mois, ce n'est pas très lourd. Mais croyez-vous que vous pourrez continuer à les verser ?

— Je ne sais pas. Ça dépendra. »

Sous-entendu, cela dépendra du talent de son avocat, de l'indulgence des jurés, de la compréhension du juge, de l'humeur du procureur et du temps qu'il fera sur Paris ce jour-là. La vie d'une petite fille qu'ici personne n'a jamais vue mais qui, là-bas, existe bel et bien dépend de l'issue d'un procès d'assises.

Quelques jours après l'inculpation, le vieux policier a l'occasion de rencontrer Mme Parmentier que l'on a sortie de prison pour quelques heures. C'est elle qui aborde le sujet :

« Vous m'avez parlé l'autre jour de la petite Nurjhan que mon mari et moi avons parrainée. Est-ce que le cas de cette petite vous intéresse ? »

Le policier, qui entre-temps a oublié ce détail, s'étonne avec un geste de surprise :

« Si elle m'intéresse ? C'est un grand mot ! J'ai moi-même trois enfants, vous savez. Ça m'a frappé, c'est tout.

— Bien. N'en parlons plus.

— Pourquoi ? Vous vouliez me demander un service ?

— Peut-être. J'ai reçu cette lettre. Vous pouvez lire. »

Et Mme Parmentier tend au vieux policier une lettre tapée à la machine que le concierge du boulevard Malesherbes lui a fait suivre en prison.

« Bien chère Madame,

« À l'instant le facteur vient de nous remettre votre magnifique paquet qui : merveille ! ne coûte qu'1 franc de taxe, alors que tous ceux qui arrivent ces jours-ci coûtent de 13 à 22 francs ce qui fait une fameuse brèche dans la mensualité de ces pauvres enfants. Nurjhan vient chercher sa poupée. Si vous saviez comme elle est heureuse de mettre sa chemise et son pantalon blanc. Elle va pouvoir laver ce qu'elle a sur elle. Elle commence à être en loques. Il faut que je vous dise la vérité, c'est qu'en ce moment elle ne mange que quelques cuillerées de riz chaque jour — et encore... Le coût de la vie a subitement triplé, alors qu'il y avait eu déjà de grosses augmentations. Où allons-nous ? Si vous voyiez cette misère qui devient effrayante et redoutable ! Car non seulement nous avons le spectacle de ces pauvres victimes de la faim qui défilent au dispensaire, mais parmi nos enfants qui maigrissent à vue d'œil, les vols commencent à dégénérer en pillage. On vole n'importe quoi pour le vendre à n'importe quel prix. Pour manger.

« Combien arrivent au dispensaire, nous demandant un médicament qui "donne de la force" ? Le premier, le meilleur serait du riz. Au moment où je termine ces lignes, il pleut de façon que vous ne pouvez imaginer et ces pauvres gens n'ont même pas une guenille pour se changer. Cette année, comme il a plu très tôt et plus que de coutume, la

moisson de jute qui se coupe en ce moment est presque entièrement perdue. »

Le vieux flic a levé son grand nez pointu vers
Mme Parmentier.

« Voilà, explique celle-ci. J'ai pris l'habitude de lui
envoyer un colis chaque mois, par avion, c'est le
seul moyen pour qu'ils puissent arriver, enfin
disons : un colis sur trois, et encore ! Seul l'argent
arrive toujours car il est transmis de banque à banque et, avec 50 francs, les bonnes sœurs peuvent
acheter le riz nécessaire pour un mois, alors qu'un
cadeau de deux kilos (c'est le poids maximum que
l'on peut envoyer par avion) n'aura jamais autant
de valeur. Pourtant je continuais à lui envoyer des
colis, mais maintenant cela me devient difficile.

— Et vous voudriez que j'envoie des colis ?

— Comme c'est vous qui m'en avez parlé, j'ai
pensé que, peut-être j'aurais pu vous donner l'argent
et que...

— Ce n'est pas une question d'argent, c'est plutôt
que je n'ai pas la moindre idée de ce qu'il faut faire
comme colis. Mais je vais en parler à ma femme.
Vous avez l'adresse ?

— Je ne l'ai pas ici, mais vous savez où la trouver
puisque vous avez déjà fouillé mon secrétaire.

— Je faisais mon métier.

— Je sais. Par la même occasion, vous y trouverez tout ce qui concerne cette petite, si votre femme
veut s'en occuper... On ne sait jamais. »

Dans la cellule de la prison de Fleury-Mérogis
qu'elle partage avec une autre détenue, Mme Parmentier, les semaines s'écoulant, se sent de plus en
plus concernée par la vie de cette enfant lointaine.
L'idée qu'elle ne dépend que d'elle, qu'elle est peut-
être responsable de sa survie, devient en même
temps qu'un grand souci son unique raison de vivre
et de ne pas sombrer dans le désespoir.

Chaque mois, elle établit avec soin la liste des pro-
duits et des objets, calculés au gramme près, qui

doivent composer le colis. Chaque mois, c'est la femme du policier, aux allures de paysan, qui l'expédie. Elle commence à s'intéresser elle aussi à la vie de la petite Nurjhan.

C'est ainsi que les deux femmes sont bouleversées lorsqu'elles apprennent que le père de l'enfant venant de mourir, la mère se livre à la prostitution pour faire vivre le reste de la famille. L'accumulation de malheurs sur la tête de cette enfant est d'ailleurs inimaginable, car sœur Mathilde écrit à Mme Parmentier que l'œil de la petite Nurjhan la fait souffrir énormément et qu'il faudrait la conduire à Mymensingh pour la faire opérer. Ce qui coûterait assez cher car Mymensingh, c'est loin.

Mais les deux femmes atteignent le comble de l'angoisse lorsque la presse répand l'affreuse nouvelle : « Inondations catastrophiques au Bangladesh. »

Les journaux du monde entier se répandent en commentaires, en descriptions affreuses sur ces inondations qui sèment la douleur et la ruine : nouveau facteur de misère matérielle, physique et morale. Alors que le coût de la vie augmente de mois en mois de façon catastrophique, les récoltes sont aux trois quarts anéanties. Et de décrire le spectacle de ces moissons couchées sous les eaux où, pour opérer une coupe, il faut tâter la tige avec le talon. Impossible de sécher ou de battre le grain qui pourrit ainsi que la paille, seule nourriture des troupeaux sur laquelle comptaient les paysans. Toutes ces photos affreuses d'enfants squelettiques aux gros ventres et de vieillards expirant au coin des rues, sont devenues quotidiennes malheureusement.

Et c'est là que cette histoire, à première vue banale, devient — si l'on y réfléchit bien — tout à fait extraordinaire. Le 27 octobre 1973, le jour même où Mme Parmentier fait repasser la robe noire avec laquelle elle essaiera de se présenter dignement aux assises, une grosse dame en manteau beige, l'air d'une brave concierge et traînant deux valises, prend l'avion au Bourget pour le plus long, sinon le seul grand voyage de sa vie.

Deux jours plus tard, lorsque Mme Parmentier entre dans le box des accusés, la grosse femme du vieux policier au grand nez descend de l'avion à l'aéroport de Dacca.

Tandis que dans le silence des assises Mme Parmentier, debout, entend lire l'acte d'accusation, la femme du policier serre la main de la bonne sœur qui l'attendait à l'aéroport et monte dans sa jeep. Il est impossible de démarrer à cause des grappes de mendiants qui s'accrochent à la voiture et enfoncent leurs écuelles vides par les portières.

Dans la salle des assises, onze jurés regardent Mme Parmentier. À Dacca, au bord du trottoir, le cadavre d'un homme couvert de guenilles : les passants jettent dessus quelques sous et quand il y en aura assez, on achètera la natte pour le rouler dedans et l'enterrer.

Aux assises, défilé des témoins, effets de manchettes. Au Bangladesh, la femme du vieux policier roule le long du Bramapoutre sur la rive la plus haute, au milieu des paysans affamés qui regardent depuis des jours l'autre rive, inondée. Lorsque le toit de leur maison réapparaîtra, ils crieront de joie.

Aux assises, la Cour solennellement s'éclipse. Le public clairsemé se lève. C'est un procès sans intérêt. Demain, pour connaître la sentence, il n'y aura pas grand monde.

À Bhalukapara, il fait nuit quand arrive enfin plus morte que vive la grosse femme du vieux policier. Des gens en quête de nourriture assiègent la mission. Les bébés pleurent sur le sein desséché de leur mère. Tous ont froid : ils ont vendu leurs vêtements pour survivre. Sœur Mathilde, seule dispensatrice de soins dans toute la région, leur fait distribuer un peu de lait dans lequel elle a fait cuire des épluchures de légumes et râpé deux œufs durs.

Le lendemain, lorsque Mme Parmentier entre

dans son box, les jurés sont surpris de son air absent. Pour un peu, ils croiraient voir sur ses lèvres un imperceptible sourire.

Assise sur une marche de la véranda, la grosse femme du vieux policier voit arriver de loin une petite fille vêtue du pantalon et de la chemise blanche que Mme Parmentier et elle lui ont envoyés.

Tout de suite, elle comprend combien elles ont été stupides d'envoyer du blanc. Nurjhan tient la main sur son vilain œil gauche pour le cacher.

L'enfant s'arrête à deux pas de la grosse dame qui lui dit :

« Bonjour. »

L'enfant répond avec quelques mots de français qu'elle connaît, auxquels la grosse dame ne comprend rien sinon « marraine », qui revient plusieurs fois.

La grosse dame se tourne vers sœur Mathilde :

« Dites-lui que nous sommes deux marraines. L'autre l'aime aussi beaucoup, beaucoup. Mais elle n'a pas pu venir. »

Un procès sans intérêt se poursuit aux assises, avec son armée de juge et de jurés, d'huissiers et de greffier, de journalistes et de photographes qui s'agitent autour d'une femme indifférente.

Au Bangladesh, la grosse dame a pris la décision de conduire Nurjhan à l'hôpital de Mymensingh. Là on lui enlèvera son œil et on lui en mettra un autre en plastique. Non seulement, elle cessera de souffrir mais elle n'éprouvera plus le besoin de le cacher avec sa main.

La grosse femme du vieux policier aimerait bien ramener en France la petite fille. Mais on le lui déconseille. Alors elle reste une semaine à regarder Nurjhan devenir de plus en plus joyeuse. Enfin elle est comme tout le monde. Elle se regarde dans la glace et se trouve très jolie.

Vient l'heure de la séparation. La grosse dame et l'enfant sont assises par terre l'une en face de l'autre :

« Tu reviendras ? lui demande péniblement l'enfant, avec son curieux accent.

— Moi je ne sais pas. Peut-être. Mais ton autre marraine sûrement.

— Sûrement ?

— Elle te le promet. Et tu verras, elle est très gentille.

— Quand ?

— Dans dix-huit mois. »

Ce matin, la grosse dame a reçu un télégramme de son mari le vieux policier : Mme Parmentier a été condamnée à trois ans de prison avec sursis.

LE FOU DU DOCTEUR SCHUSS

Le docteur Schuss vient d'ouvrir la porte de sa maison. Une vague de froid le fait frissonner, et la vapeur qui s'échappe de sa bouche embue ses lunettes brutalement. Il ne distingue pas son visiteur.

« Pardon... vous désirez ?...

— Vous ne me reconnaissez pas, docteur Schuss ? Josef Heinrich, officier de police. »

Le docteur Schuss ôte ses lunettes rondes cerclées de fer. Un moment ses petits yeux clignotent dans le soleil d'hiver. C'est un homme curieux au visage long et mou, à la bouche enfantine surmontée d'une moustache infime. Ses cheveux blonds peignés sur le côté lui donnent l'air d'un petit garçon sage et bien poli. Il a cinquante-six ans, il est trop poli, un peu trop pour être honnête.

Le docteur Schuss est également un joueur d'échecs de première force. Et c'est une bizarre partie d'échecs qui s'engage ce 20 décembre 1960, entre l'officier de police Josef Heinrich et le docteur Schuss. Une partie de fous, et sans échecs.

Le petit homme s'empresse :

« Ah ! entrez, monsieur l'officier, entrez ! que puis-je faire pour vous ? »

Le docteur Schuss trottine devant son visiteur. Il est en chaussons, une écharpe de laine autour du cou, emmitouflé dans une veste d'intérieur.

« Excusez-moi, je travaillais ! Asseyez-vous... asseyez-vous... Je vais débarrasser ce fauteuil. Ne m'en veuillez pas de ce désordre, j'ai des livres partout. »

Ce drôle de petit bonhomme ne peut pas prononcer une phrase sans s'excuser. Il mesure environ 1,68 m, et il marche le dos légèrement courbé.

Au contraire, l'officier de police est long et maigre, il domine son hôte de deux bonnes têtes.

Les deux hommes se sont vus trois fois en un an. La première fois, c'était en janvier, le policier s'était présenté pour éclaircir l'histoire d'une lettre anonyme. Cette lettre parlait de la disparition de la femme du docteur Schuss et se terminait par ces mots classiques et sibyllins : « Le docteur en sait plus à ce sujet qu'il ne veut bien en dire. »

Mais le docteur ne savait rien de plus. Selon lui, sa femme était partie avec un cheikh arabe et richissime, rencontré à Innsbruck aux sports d'hiver. Et depuis, plus de nouvelles.

La deuxième fois, le policier méfiant était revenu porteur de plusieurs témoignages selon lesquels le docteur Schuss aurait déclaré :

« Ma femme est en sanatorium. La pauvre est très malade... Elle ne reviendra pas avant longtemps. »

Le docteur Schuss avait souri d'un air contrit :

« Comprenez-moi, il ne faut pas m'en vouloir. Quel est l'homme qui admettrait devant ses amis que sa femme s'est envolée avec un Arabe milliardaire en pleines fêtes de Noël ? »

C'était plausible. Mais cette histoire de cheikh arabe et richissime ne plaisait guère au policier Heinrich. Cela avait un petit côté farce. Alors il avait vérifié, et il était revenu une troisième fois, c'était en octobre, il y a deux mois. Et cette fois, c'est lui qui s'était excusé. À l'hôtel à Innsbruck, on lui avait confirmé la présence d'un étranger. Il s'agissait effectivement d'un Arabe, il était apparemment riche et traînait avec lui, outre deux Rolls, une quantité de domestiques ; de plus, on l'avait vu parler à Mme Schuss.

Aujourd'hui, 20 décembre 1960, presque un an après la disparition de Mme Schuss, le policier ne vient pas s'excuser. Il a reçu à nouveau une belle lettre, anonyme mais terriblement précise.

Le docteur Schuss n'a pas l'air inquiet. La disparition de son épouse semble l'avoir libéré au contraire. Il travaille encore plus. C'est un anthropologue distingué, dont les écrits font autorité pour les spécialistes.

Son bureau est envahi de reproductions de crânes, de mâchoires en morceaux, de dessins, et de croquis représentant, de Cro-Magnon à l'homme moderne, toutes les races possibles de l'humanité.

À quelle race appartient le docteur Schuss ? À la race autrichienne, du genre rêveur, flou et affable, en apparence.

L'officier de police Josef Heinrich est lui aussi autrichien, mais d'un autre genre. Le genre nerveux, précis et obstiné. À peine assis dans le fauteuil que lui offre le docteur Schuss, il attaque :

« Que faisiez-vous en 1936 ?

— Quelle curieuse question, monsieur l'officier...

— Elle est importante, docteur Schuss, j'ai là une lettre qui vous concerne.

— Une lettre anonyme, je suppose ?

— En effet, mais qui porte des accusations graves, que je suis obligé de vérifier. Bien entendu, vous n'êtes pas obligé de répondre, mais en la circonstance particulière il vaudrait mieux.

— Excusez-moi, mais quelle circonstance particulière ?

— Eh bien, votre femme ! Vous n'avez pas oublié qu'elle a disparu depuis un an sans donner de ses nouvelles ?...

— Bien sûr... bien sûr... mais quel rapport, si je puis me permettre ?

— Pour l'instant, je vérifie, docteur Schuss ; s'il y a un rapport, je vous l'expliquerai. Alors, que faisiez-vous en 1936 ?

— Ce que je fais actuellement, de l'anthropologie. J'étais professeur, et à quarante ans j'avais ma licence depuis longtemps déjà.

— N'avez-vous pas travaillé avec un certain Fritz... Hesse ?

— J'ai travaillé avec beaucoup de monde, pardonnez-moi de ne pas me rappeler ce nom. Qui est-ce ?

— Fritz Hesse ? Un nazi, docteur Schuss. Il est mort ou disparu, en tout cas, je n'ai pas de trace de lui, sauf... qu'il avait une femme.

— Et alors ?

— Il se peut que la lettre anonyme vienne de cette femme. Elle le nie pour l'instant, mais les détails que donne cette lettre sont très précis ; de plus l'écriture est celle de cette femme.

— En somme, monsieur l'officier de police, je suis accusé de quoi ?

— En somme, docteur Schuss, d'avoir travaillé avec ce Fritz Hesse à l'élaboration d'un ouvrage anthropologique.

— Quel mal y a-t-il à cela ? C'est bien possible en effet mais je ne me souviens pas...

— Pouvez-vous me définir exactement le but de l'anthropologie, docteur Schuss ?

— Absolument ! C'est l'étude de l'homme, envisagée dans la série animale, c'est-à-dire que nous étudions l'homme comme les zoologues étudient les animaux : comportement, adaptation au terrain, évolution, etc. Je ne vais pas vous faire un cours, le sujet est trop vaste !

— Il est vaste en effet, docteur Schuss, et je ne le connaissais pas du tout avant de vous rencontrer. Mais j'aime bien tout savoir. Alors j'ai ouvert un ouvrage qui traitait du sujet et j'ai lu ceci :

"L'anthropologie, au sens strict du terme, s'efforce de définir la notion de race, c'est-à-dire d'établir l'existence de groupes naturels d'hommes présentant un ensemble de caractères physiques et physiologiques héréditaires communs." Ça ne vous rappelle rien, docteur Schuss ? »

Le petit docteur Schuss paraît soudain nerveux. Il essuie ses lunettes qui n'en ont pas besoin, toussote, et semble se ratatiner dans son fauteuil. Le policier, lui, se lève, il a senti qu'il avait abordé un sujet brûlant, et gênant pour le professeur, c'est donc qu'il est sur la bonne voie.

« En somme, docteur Schuss, vous auriez travaillé avec ce Fritz Hesse à un travail bien précis : celui d'établir les caractéristiques de la race juive et de les diffuser parmi vos étudiants, assortis bien entendu des commentaires stupides, et totalement faux, de votre ami Hesse. »

Le petit homme s'agite.

« Je n'étais pas nazi, si c'est ce que vous voulez dire, et ce travail dont vous parlez n'a jamais existé !

— Erreur, docteur Schuss, erreur, la lettre anonyme est assortie d'un joli petit fascicule qui porte vos initiales : "F. S." Frantz Schuss, c'est bien ça ?

— Écoutez, on a pu se servir de mes travaux sans que je le sache. Vous ne croyez pas ?

— Possible, en effet...

— Mais vous n'y croyez pas ?

— Exact, en effet. J'ai fait ma petite enquête auprès des services de renseignements. J'y ai un excellent ami, voyez-vous. Je sais même que vous n'avez pas été inquiété après la guerre, à part un simple interrogatoire.

— Alors excusez-moi, mais encore une fois je ne vois pas le but de votre visite, ni le rapport entre mes supposés travaux et la disparition de ma femme !

— Je vais vous l'expliquer, docteur Schuss. La lettre que voici vous accuse en outre d'avoir assassiné votre femme en décembre 1960. Cette lettre dit très exactement :

"Le docteur Schuss et Fritz Hesse ont exécuté une femme en 1940. Ils ont fait un rapport de dissection qui a disparu malheureusement mais qui abondait

en détails horribles et scandaleux sur ce qu'ils appe-
laient 'l'impureté physiologique de la femme juive'.
Le docteur Schuss est donc un assassin. Je ne peux
pas fournir de preuve sur ce crime mais je 'sais' qu'il
est capable d'avoir tué sa femme. C'est un fou et un
monstre. Mme Schuss n'a pas disparu à Innsbruck.
Je l'ai vue le jour de son retour et elle m'a fait part
de son intention de divorcer. C'est le lendemain
qu'elle a disparu."

« Voilà, docteur Schuss... Qu'avez-vous à répondre ? »

Le docteur Schuss n'a rien à répondre apparemment. Il transpire à grosses gouttes, il est pâle, il
tortille lamentablement son écharpe et ses lunettes.

C'est le moment que choisit le policier pour sortir
un papier de sa poche.

« Docteur Schuss, j'ai là un mandat de perquisition en bonne et due forme, mes hommes attendent dehors. »

Cette fois, le docteur Schuss pleurniche :

« Faites ce que vous avez à faire, mais je vous préviens, c'est une ignominie ! une cabale montée
contre moi ! ces lettres anonymes sont dégoûtantes ! oui dégoûtantes ! Ma femme est partie avec un
cheikh milliardaire... »

Cette phrase, il la répète des dizaines de fois, tandis que l'équipe des policiers fouille sa maison de
fond en comble. Et il rajoute même des détails :

« Excusez-moi, monsieur l'officier, vous ne connaissiez pas ma femme. Elle a toujours été attirée
par le désert. En vérité, elle s'est fait littéralement
enlever par cet homme. Il était aux sports d'hiver en
même temps que nous à Innsbruck, et il se croyait
tout permis, je vous assure ! Dieu sait où est ma
femme à présent, répudiée probablement, ou enfermée dans un harem...

— Quel âge a votre femme, docteur Schuss ?

— Quarante ans...

— C'est elle, sur la photo, là ?

— Oui. Elle était belle, n'est-ce pas ?... »

Le docteur Schuss a pris l'air d'un veuf pour dire

104

cela, l'air et la grammaire, car il a dit « était », comme s'il la savait morte.

Pour être tout à fait objectif, Mme Schuss n'est d'ailleurs pas aussi belle qu'il le dit. Agréable sans plus, bien blonde et bien potelée, avec un visage d'une grande naïveté.

Au fond, se dit le policier, cette femme a très bien pu suivre ce milliardaire arabe. Si elle est capable de croire à n'importe quelle sornette. Mais pourquoi accuser le mari ? Peut-être pour sauter sur l'occasion de le mettre dans les pattes de la police. Son passé est celui d'un pro-nazi, donc quelqu'un pourrait avoir envie qu'il paie. Cette femme qui le dénonce est sûrement la femme de ce Fritz Hesse. Pourquoi le dénonce-t-elle maintenant ? mystère... des remords tardifs, peut-être... ou une vengeance récente...

Tandis que le policier réfléchit, les hommes de son équipe achèvent la perquisition. Ils ont sondé la cave, examiné le jardin, tout est passé au crible. Un an après la disparition de Mme Schuss, il n'espérait pas trouver grand-chose, mais on ne sait jamais. De toute façon, le passé du docteur les intéresse. Il ne reste plus que le grenier. Deux hommes s'y trouvent, perplexes, devant un coffre-fort gigantesque. Un ancien modèle, d'un poids respectable.

L'officier de police les rejoint, accompagné du tremblotant docteur Schuss.

« Voulez-vous l'ouvrir, docteur, s'il vous plaît ?... »

— Eh bien, excusez-moi, je... j'ai complètement oublié où se trouvent les clefs... Je ne m'en sers jamais, voyez-vous.

— C'est désolant, docteur, il va falloir le forcer. Vous n'avez vraiment pas les clefs ?

— Non... Je vous assure... Ce coffre est là depuis des années ! D'ailleurs, il n'y a rien dedans. Je voulais m'en débarrasser mais il est tellement grand. Vraiment, je n'ai rien pour l'ouvrir. »

Qu'à cela ne tienne, la police a des spécialistes. Et une heure plus tard la lourde serrure du coffre-fort est attaquée par l'un d'eux.

Le docteur Schuss a l'air un peu malade. L'officier de police continue son interrogatoire dans le bureau du rez-de-chaussée, les minutes passent. Et le docteur Schuss est de plus en plus malade. Un quart d'heure, une demi-heure passent. Là-haut le spécialiste travaille toujours ; apparemment le coffre-fort est un modèle compliqué. Le docteur Schuss semble aller mieux. Au bout d'une heure, il a retrouvé son air de petit garçon sage et son léger sourire hypocrite. Il recommence à s'excuser d'un ton cauteleux :

« Vous me pardonnerez, mais j'ai l'impression que vous faites un travail inutile... Ce vieux coffre est sans intérêt ! D'ailleurs, que cherchez-vous ? Des papiers ? De l'argent ? Tous mes papiers sont là, sur ce bureau, et mon argent est à la banque. C'est ridicule, vous ne trouvez pas ? Bien entendu, je comprends, vous faites votre travail... »

Il bavarde, il bavarde... et l'officier l'observe pensivement.

Il se dit qu'il n'aime pas cet homme, pas du tout. C'est au milieu du bavardage du docteur Schuss que l'on entend crier au grenier :

« Chef !... Montez vite, c'est épouvantable ! »

Il y a une galopade dans l'escalier, un policier s'empare du docteur Schuss, et le tient fermement. Il a l'air retourné, et il bégaie :

« Chef... il faut le garder à vue ! Là-haut, si vous voyiez chef, c'est... épouvantable... épouvantable... »

L'officier de police se précipite au grenier. Le spécialiste a mis 1 h 10 pour ouvrir le coffre-fort du docteur, et il est là, bras ballants devant la porte ouverte, un peu vert et hypnotisé.

Dans l'immense coffre-fort, des restes humains. En désordre. Indescriptibles. Insoutenables...

L'officier de police Josef Heinrich n'a jamais vu de toute sa vie pareil spectacle. Il se force à parler, mais sa voix a du mal à sortir :

« Refermez, s'il vous plaît. Faites en sorte que la combinaison reste à zéro. Je préviens la Criminelle. »

106

Dans le bureau, toujours fermement tenu par un policier, le docteur Schuss fait l'étonné :

« Que se passe-t-il ?... »

Josef Heinrich le regarde, dégoûté :

« Qui est dans le coffre ? Votre femme ?

— Excusez-moi, je ne comprends pas... »

Cette fois c'est trop... Beaucoup trop. Une colère froide saisit le policier.

« Ne vous fichez pas de moi. Surtout, ne vous fichez pas de moi ! pas avec ce qu'il y a là-haut. Ne me dites pas que vous ne savez pas ce qu'il y a là-haut, une espèce de cadavre dans un coffre-fort, *votre* coffre-fort ! Ça ne vous dit rien ?

— Mais je ne comprends pas. J'ignorais tout de sa présence chez moi, quelqu'un a dû le déposer à mon insu !

— Votre cheikh arabe, sûrement ? Vous prenez les policiers pour une bande d'imbéciles, hein ? C'est ça ?

— Mais je vous assure que j'ignore tout de cette affaire ! »

Josef Heinrich âgé de trente-cinq ans, l'officier le mieux noté de son secteur, réputé pour sa conscience professionnelle, mais aussi pour sa nervosité, manque d'exploser.

« Ôtez-le de là ! emmenez-le, ou je lui tape dessus ! »

Pour mettre les policiers dans cet état, il fallait que le spectacle découvert dans le coffre-fort soit horrible. Il l'était.

Il fallut d'abord identifier le corps. Il s'agissait bien de Mme Schuss. La cause de la mort était indéterminée, et curieusement il manquait une mâchoire, celle du bas.

Un spécialiste la retrouva parmi les spécimens du docteur Schuss, sur son bureau, entre deux reproductions de mâchoires de Néanderthal et de préhominien.

Et le docteur Schuss mit six mois avant d'avouer son crime.

En bref, il avait coupé le cou de sa femme pour

deux raisons. La première, parce qu'elle voulait partir, tout simplement, sans cheikh arabe à la clef. Ceci était pure invention du docteur Schuss.

La seconde raison découlait de la première. Le docteur Schuss avait besoin de spécimens pour ses études et il avouait cela avec détachement : sa femme était d'origine polonaise, il voulait savoir si oui ou non elle était juive.

Au juge d'instruction, il affirma avec un aplomb incroyable :

« Pure curiosité de ma part, vous comprenez. Elle avait toujours nié, mais je n'étais pas sûr. D'ailleurs, j'ai dû la protéger pendant la guerre. Heureusement, j'avais quelques relations. À présent, j'en suis sûr, elle ne l'était pas. »

Fou, le docteur Schuss ? Évidemment un de ces fous dont il vaut mieux oublier l'existence, à condition qu'il ne se rappelle pas à notre mauvais souvenir.

Ce fou-là a terminé ses jours en prison. Il y est mort d'une embolie cérébrale, devant un jeu d'échecs.

Pourquoi pas...

LA FERME DU SILENCE

Toutes les fermes et toutes les campagnes du monde ne se ressemblent pas. Selon qu'on y cultive le blé ou la betterave, la tulipe ou le riz, le soja ou la pomme de terre. Mais les cultivateurs, eux, se ressemblent. Car la terre est la même, et leur amour de cette terre est le même. C'est plus qu'un amour, d'ailleurs, c'est une dépendance, un besoin, un orgueil. La terre est la vie même et elle peut parfois mener loin celui qui la possède.

Ce préambule pour affirmer que les drames paysans sont bien particuliers, et que l'univers paysan du crime a son propre climat. Parfois insupportable aux gens de la ville, et parfois aussi totalement incompréhensible.

Il règne ce soir-là, en 1947, dans cette ferme flamande, un climat bizarre.

La femme a soixante-douze ans. C'est la mère. Soixante-douze ans d'obéissance à tout. Au mari, à la ferme, aux enfants, à l'été comme à l'hiver. Les rides qui creusent son visage l'ont rendue triste comme si elle n'avait jamais été gaie de sa vie, ou heureuse de vivre. Elle a les mains épaisses et dures, croisées sur ses genoux, le front baissé, elle attend. Le gendarme qui vient d'interroger ses fils la connaît depuis des années.

« Alors ? Le père a disparu comme ça ? Il n'a rien dit ? »

Elle répond sans lever la tête.

« Il n'a rien dit.

— Il n'a même pas dit s'il allait en ville ?

— Il ne l'a pas dit. »

Marie Baneke, l'épouse de Johan qui a disparu depuis quinze jours, se lève lourdement pour aller déplacer une marmite de soupe. Sans plus se préoccuper du gendarme, et sans même se retourner, elle dit à ses fils :

« Va falloir manger. »

Pierre et Louis se dandinent un peu devant le gendarme. L'aîné, Pierre, quarante-trois ans, ressemble à sa mère. Les mêmes traits épais, les mêmes plis qui descendent de chaque côté de la bouche, comme deux mornes parenthèses. Louis ressemble à son père, il est beaucoup plus jeune, trente et un ans. Tout est carré chez lui : front, nez, menton. On le dirait taillé dans un morceau de bois, sans douceur, sans polissage. Un visage à l'état brut.

Pierre, l'aîné, s'adresse au gendarme, avec effort :

« Vous boirez pas un verre de vin ? »

Le gendarme refuse, mais s'assoit devant la table où la mère dispose les assiettes et le pain. Il a l'air perplexe.

« Enfin tout de même... on ne disparaît pas comme ça ! Il a dû en parler, dire quelque chose. Et vous auriez pu vous inquiéter plus tôt... »

La mère pose la soupière sur la table, et toujours sans regarder le gendarme, lui répond brusquement :

« Il avait l'argent de la récolte. Y avait pas à s'inquiéter pour lui. C'est pas la première fois qu'il court en ville. »

C'est la phrase la plus longue qu'elle ait prononcée depuis une heure que le gendarme les interroge, ses fils et elle. À présent, elle s'assoit, verse la soupe et s'adresse à Louis d'un geste de la tête et en deux mots :

« Ta femme... »

Cela veut dire que Louis doit aller chercher Élise, son épouse.

Élise s'occupe des bêtes. Le gendarme la connaît bien, elle aussi. Elle a quitté la ferme de ses parents, à dix kilomètres de là, pour épouser Louis. Et, mis à part le jour du mariage, sa vie n'a pas changé. Les poules, l'étable, le lait, les fromages, le jardin, l'occupent toute la journée, de six heures du matin à neuf heures du soir.

Louis entrouvre la porte, et un vent glacial s'engouffre dans la cuisine. Il siffle comme on sifflerait un chien, et l'on entend de loin la voix d'Élise en réponse : « Ho ! » Quand elle rejoint les autres, en essuyant ses deux mains bleues de froid après son tablier, le gendarme s'en va.

« Bon, ben, je vous laisse à la soupe. Si on a des nouvelles, je vous préviendrai. »

Élise, vingt-cinq ans, les cheveux tressés bas sur la nuque, les joues rouges, est la seule à dire au revoir au gendarme. Les deux frères font un signe de la main, la mère boit déjà son bouillon à petits bruits.

La ferme est grande. Quatre vaches, deux cochons, un poulailler important, et des champs à perte de vue. Le père disparu depuis quinze jours, Johan, soixante-quinze ans, la dirige toujours. C'est lui qui vend les récoltes, compte les sacs de noix et les fromages, surveille le mûrissement des poires au cellier, mène les veaux à la foire et les vaches au taureau. Mais les fils font le travail de la terre. La mère cuisine, lave, repasse, épluche, met en conserves. La belle-fille fait le reste. Pas une minute de leur vie ne se perd. Et le soir, après la soupe et le fromage, chacun regagne son lit en silence.

Seul Louis a de la compagnie, puisqu'il est le seul marié. La mère a sa chambre au grenier. Le père a la sienne au rez-de-chaussée près de la cuisine. Où dort-il à présent ? Ni les fils, ni la mère n'en parlent. Lorsqu'il est apparu évident, au bout d'une semaine, que le père ne rentrerait pas de sitôt, que cette fugue-là était plus longue que les autres, la mère a simplement dit :

« Pierre, Louis, allez vous renseigner en ville. Il le faut. »

C'est elle aussi, la deuxième semaine, qui leur a dit :

« Faut voir les gendarmes, on sait jamais. »

Le gendarme est venu, puis reparti. Il est revenu à nouveau, et à nouveau. Les mois, deux ans ont passé, sans nouvelles du fermier Johan.

À la ferme, personne n'a manifesté de chagrin. Personne n'a tenté de chercher plus loin que l'explication du début : le vieux Johan est parti avec l'argent de la récolte de pommes de terre. Depuis le temps qu'il faisait des fugues, depuis le temps qu'il dépensait en ville l'argent d'une saison avec une ou deux filles de trottoir en se soûlant et en hurlant dans les rues, cela devait arriver. Plusieurs fois il était même allé jusqu'à Bruxelles, à Ostende, à Bruges. Il partait toujours sans rien dire, et rentrait sans rien dire. Car il n'y avait rien à dire. Cet argent était à lui. Une fois le partage fait avec ses fils, le reste ne regardait que lui. Même la mère ne posait pas de questions. Depuis cinquante ans, elle n'en posait jamais. Il allait hurler à la ville, comme les loups à la lune, elle restait silencieuse à la ferme, avec ses fils.

Comme l'autre fois, il y a deux ans, la mère est assise près de la cuisinière à bois. Les mains croisées sur ses genoux, le front baissé, elle écoute le gendarme. On sent dans sa manière de s'asseoir qu'elle n'en a pas l'habitude, le corps est en éveil, prêt à quitter ce repos insolite pour repartir au travail. La mère ne mourra pas assise. Elle n'aura jamais de repos. Elle a soixante-quatorze ans maintenant. Pierre et Louis sont debout à côté d'elle. Élise regarde par la fenêtre. Le gendarme ne s'assoit pas.

« On a peut-être des nouvelles... graves... »

Pierre et Louis ont un élan vers leur mère qui ne bouge toujours pas. C'est Élise qui demande :

« On l'a retrouvé ?

— C'est possible, pas sûr...

— Il est mort ?

— Celui qu'on a retrouvé est mort. Il a été repêché dans le port à Ostende. Il y était depuis deux mois environ. Ça ressemble à la description du père. Mais c'est difficile à dire comme ça. Il va falloir aller l'identifier. »

Le silence est pesant. Un silence qui n'apprend rien sur les sentiments des uns et des autres. La mère n'a toujours pas bougé. Le gendarme se racle la gorge.

« On a reçu une photo du cadavre à la brigade, vous pourriez la voir, mais ce ne sera pas suffisant... »

Élise referme la fenêtre et regarde Louis. Louis regarde Pierre qui regarde sa mère. Leur mutisme est habituel, il ne choque pas le gendarme. Enfin la mère parle, sans lever la tête, comme toujours, les yeux errant sur le carrelage impeccable, luisant de propreté.

« Pierre, tu iras. Louis, toi aussi. Je vous donnerai l'argent du voyage. Élise, tu les mèneras à la gare. En revenant, tu prendras le grain chez Acker. »

C'est tout.

Le gendarme salue et s'en va. Il fait beau dehors, les poules s'éparpillent dans la cour et piaillent autour de la voiture qui démarre. Les champs de luzerne et de pommes de terre défilent sous les yeux du gendarme qui dit à son collègue :

« Au fond, ça serait bien qu'il soit mort, et que ce soit lui, le noyé d'Ostende. Pour eux, il est mort depuis longtemps. Ça ne changera rien, sauf qu'ils seront les maîtres, et tranquilles. »

Le lendemain, 7 juillet 1962, Pierre et Louis, en costume noir et chaussures cirées, prennent le train pour Ostende. Six heures de trajet. La mère a préparé leur panier de déjeuner.

L'après-midi, ils se rendent à la morgue municipale. Un peu perdus dans la grande ville, ils ont cherché longtemps, à pied, avant de se résigner à prendre un taxi.

Pierre, l'aîné, montre la convocation au fonctionnaire, qui les conduit à travers d'immenses couloirs en sous-sol. Un homme en blouse immaculée les prend en charge et les installe dans une petite pièce carrelée et blanche. Il s'en va un quart d'heure et revient en poussant un chariot recouvert d'un drap. Une étiquette flotte au pied du cadavre, portant un numéro : 93070, une date : 22 juin 1960. Sexe : masculin.

L'homme en blouse blanche est suivi de deux policiers en uniforme et d'un inspecteur en civil. C'est l'inspecteur qui parle, d'un ton plat.

« Je vous demanderai de vous prononcer sans hésitation. Si vous avez le moindre doute, vous devez m'en faire part. J'ai ici la description des vêtements et le signalement de M. Johan Baneke. Elle correspond dans son ensemble. L'homme que voici n'avait pas de portefeuille, pas de papiers d'identité, pas de cicatrice reconnaissable, pas de bijou. Il lui manquait ses chaussures, et le pantalon ne portait pas de ceinture. Il a séjourné environ deux mois dans l'eau du port et ne porte pas de blessures apparentes. La mort est due à la noyade. Le visage a beaucoup souffert, ainsi que les mains et la partie inférieure du corps. Quand vous serez prêts... nous pourrons y aller. »

Pierre fait un signe de tête. L'homme en blouse blanche soulève le drap et l'inspecteur leur dit d'avancer.

Ils regardent, tous les deux, avec intensité. Puis Louis détourne la tête. Il est pâle. C'est Pierre qui parle le premier à l'inspecteur.

« C'est le père.

— Et votre frère ? Il est sûr ? »

Louis regarde à nouveau. Il se mord les lèvres, mais sa voix est calme :

« C'est le père, c'est vrai.

— Vous n'avez aucun doute ?

— Non, monsieur. On le reconnaît, quand même. C'est le père. »

Pierre et Louis signent des papiers et reprennent le train. Une semaine plus tard, ils suivent le cercueil de leur père, rapatrié au village. L'enterrement est rapide, deux ou trois voisins y assistent.

Dès leur retour à la ferme, Élise, la mère, et ses deux fils reprennent leur travail. Rien n'a changé dans leur vie. Rien ne changera pendant sept ans à la ferme du silence.

Bien loin de cette ferme du silence, bien loin de la tombe où repose le corps de Johan Baneke, décédé à soixante-dix-sept ans d'une dernière fugue, bien loin de là, à Dixmude, un policier relit son rapport. En face de lui, un collègue, venu d'Ostende. Tous les deux achèvent une conversation très intéressante. Le policier d'Ostende conclut.

« Bon. Je vais prévenir la gendarmerie locale. En somme, il n'y a plus aucun doute.

— Aucun doute. Mon olibrius avait intérêt à avouer le meurtre, les juges lui en tiendront compte. Au fond c'était presque un accident. Et de votre côté ?

— Le rapport de gendarmerie n'était pas défavorable, mais il restait un doute. Personne n'avait vu le vieux dans les endroits où il traînait d'habitude. C'était bizarre, mais sans plus. L'identification a réglé le problème. À présent il reste entier.

— Les fils ont pu croire que c'était lui, la ressemblance existe, et le cadavre avait séjourné longtemps dans l'eau.

— Possible. Mais il y a les yeux. Le vieux avait les yeux petits, les sourcils bas. C'était un détail important du visage qui n'existe pas chez l'autre. Il me paraît difficile que ses deux fils ne l'aient pas remarqué. Ils n'ont pas hésité du tout, d'après le rapport de la morgue.

— Qu'est-ce que vous comptez faire ?

— Reprendre l'enquête. »

Cette fois, elle a quatre-vingt-un ans, la mère, presque quatre-vingt-deux. Son visage n'a guère changé, les cheveux sont un peu plus rares, elle est toujours assise près de la grande cuisinière à bois, à peine assise, prête à se lever, prête à reprendre son travail interrompu par l'arrivée des gendarmes. Ils sont beaucoup aujourd'hui. Trois voitures ont envahi la cour. Pierre et Louis, assis de chaque côté de la table, sont encore plus muets que d'habitude, si la chose est possible. Élise regarde toujours par la fenêtre... Elle a vieilli, un peu.

Dehors, on entend du bruit, en haut des portes qui claquent, des meubles que l'on bouge. Les gendarmes sont partout. À l'étable, au poulailler, dans la porcherie, au grenier, à la cave.

Il y a deux heures qu'ils fouillent. Ils ont commencé par le jardin, le verger, la basse-cour, ils ont sondé la cave et le puits, cogné dans les murs.

La mère a dit :

« Qu'est-ce qu'ils cherchent ? »

Le brigadier a répondu :

« C'est la routine. Du moment que votre mari n'est pas mort... Enfin que ce n'est pas lui qu'on a enterré au cimetière, on reprend l'enquête, vous comprenez ? »

Depuis, la mère se tait, comme toujours. Les fils se taisent, parce que la mère se tait, et Élise aussi.

À un moment pourtant, Élise s'adresse au brigadier.

« Les vaches ont soif.

— Il n'y en a plus pour longtemps, ne vous inquiétez pas. »

Élise regarde encore par la fenêtre et annonce d'une voix morne :

« Ils fouillent l'étable... »

Pierre et Louis se regardent. Le brigadier surprend cet échange de regards, mais sans pouvoir y lire quoi que ce soit. Élise continue son petit reportage sur un ton monocorde, à phrases courtes :

« Ils sortent les vaches... Ils amènent des outils... »

Le brigadier sort, laissant deux hommes de garde à la porte ouverte de la cuisine. On entend des coups de pioche au-dehors... Puis deux hommes sortent de l'étable en courant. Élise raconte :

« Le brigadier parle avec deux autres, ils ont des pioches... Le brigadier revient... »

Le brigadier revient en effet. L'air grave, sérieux, il s'adresse aux deux fils :

« Il y a une dalle de ciment, dans l'étable... Qu'est-ce que c'est ? »

Pierre n'a pas sursauté. Ces gens-là ne sursautent pas, jamais. Il a simplement relevé la tête, un peu vite, et Louis regarde la mère, avec inquiétude dirait-on.

« Alors ? C'est quoi, cette dalle ? »

Élise répond :

« Pour l'humidité.

— Qu'est-ce qu'il y a en dessous ?

— De la terre...

— Et pourquoi une seule dalle ?...

— Parce que l'humidité est là.

— C'est tout ?

— Oui. »

Le brigadier ressort. Une voiture et deux gendarmes prennent la direction du village. Trois quarts d'heure plus tard, elle revient, accompagnée d'un ouvrier muni d'un marteau piqueur.

116

Le silence n'a pas cessé de régner dans la grande cuisine. Le soir commence à tomber. Élise s'est assise près de la fenêtre, la tête dans les mains. Pierre et Louis contemplent le dos de leur mère, voûté sur sa chaise. Les deux gendarmes de garde ont fermé la porte d'entrée. Ils ont pris chacun un tabouret, et n'osent pas faire de commentaires dans ce silence impressionnant.

On entend brusquement la trépidation du marteau piqueur. Elle dure assez longtemps. Dix minutes peut-être. Puis le brigadier revient. Son visage est fermé.

« Il va falloir venir avec nous, la mère. On cherchait votre mari, on l'a trouvé. »

Marie Baneke se lève. Pour la première fois, elle regarde le brigadier dans les yeux, comme si elle y cherchait une vérité, une certitude.

Il répète seulement :

« Il faut venir, la mère... »

Alors elle le suit, à pas lourds, traînant ses chaussons, les deux mains croisées sur sa poitrine, agrippées à son châle de laine. Elle entend sans sourciller le brigadier donner des ordres à ses hommes :

« Ils sont en état d'arrestation, tous les deux, et la femme aussi. Que personne ne sorte d'ici. »

Dans l'étable, à la lumière des lampes électriques, la mère piétine des amas de paille et de ciment. Le brigadier la guide vers un trou large d'un mètre environ. Le marteau piqueur a défoncé une dalle de ciment, dissimulée sous la paille.

Le gendarme désigne le trou de la main :

« Il est là... »

Marie Baneke se penche. Les gendarmes éclairent le fond du trou, profond et humide. Il s'en dégage une odeur âcre d'humus et de champignons.

Elle regarde le squelette. Il porte encore le costume des jours de fugue et les chaussures du dimanche.

Des os, rien que des os. C'est son mari, Johan Baneke. Elle regarde, regarde, puis recule et s'adosse au mur de l'étable, les yeux secs. Sa voix ne tremble pas, elle est triste, immensément triste.

« Ils m'avaient juré tous les deux qu'ils ne l'avaient pas tué. Ils l'avaient juré.

— Pourquoi l'ont-ils tué ? Il faut tout nous dire, la mère...

— Je n'ai rien à dire. Ils l'ont tué, c'est tout. »

Elle ne dira plus rien, la mère. Elle regagne sa cuisine, elle regarde partir ses deux fils et Élise entre les gendarmes. Elle entend Élise murmurer :

« C'était pour qu'il ne parte plus avec l'argent, c'était du gâchis, la mère... »

Elle entend son fils Pierre, l'aîné :

« On pouvait plus payer, on aurait dû vendre la terre ! »

Elle entend son fils Louis, le cadet :

« Tu l'aimais pas, la mère, tu l'aimais pas, il criait trop ! »

Et elle reste seule, dans la grande ferme silencieuse. À quoi pense-t-elle ? À qui en veut-elle ? Que dira-t-elle au procès ?

Rien. Elle mourra avant. Et les autres ne diront rien non plus. Rien de plus que ce qu'ils avaient dit à la mère. D'ailleurs, les détails sont inutiles puisque seul, pour eux, le silence était important et que le père criait trop.

LE PROCÈS D'UNE VICTIME

Quatre heures du matin dans un immeuble bourgeois de Stuttgart. C'est un dimanche. Tous les locataires dorment, y compris M. Horst, lorsqu'une violente sonnerie le tire de ses rêves.

Qu'est-ce ? Le réveil, le téléphone ? Non, c'est à la porte. Quelqu'un est suspendu à la sonnette qui ne cesse de résonner, c'est insupportable.

M. Horst, qui est célibataire, et s'est couché très

tard la veille, se traîne jusqu'à la porte en grognant, l'ouvre, et reste paralysé de peur devant le spectacle.

Son voisin est là, devant lui, les yeux fous, il tient un revolver à la main et sa chemise est barbouillée de sang.

« Monsieur Horst, s'il vous plaît, monsieur Horst, appelez une ambulance, vite, j'ai tué ma femme. Je vous en prie, dépêchez-vous, je vous en prie... »

Horst bondit sur le téléphone, sans demander plus d'explications, et quelques minutes plus tard, il aperçoit l'ambulance garée le long du trottoir. Deux hommes en blouse blanche galopent dans les escaliers, il entend un remue-ménage, et immédiatement les brancardiers réapparaissent.

Sur la civière, une jeune femme, recouverte d'un drap rouge de sang, et ses cheveux blonds traînant dans le vide. C'est Loli R..., sa voisine, la victime.

Accroché à la civière, se traînant à genoux sur le trottoir, son mari tente de la serrer dans ses bras en hurlant :

« Dis-moi que tu vis encore, Loli... Dis-moi que tu vis ! »

Les ambulanciers sont obligés de le tirer de force en arrière.

« Allons, monsieur, elle va mourir... restez tranquille... »

Alors l'assassin s'effondre à terre en sanglotant, les deux bras tendus vers l'ambulance qui démarre.

De sa fenêtre, le voisin l'entend crier longtemps encore des choses incompréhensibles.

Que fait la police ? Le voisin a oublié de l'appeler, il n'a songé qu'à l'ambulance et à la femme.

En bas sur le trottoir, le mari se redresse en titubant. Il va peut-être chercher à fuir. Mais non : le voilà qui remonte les escaliers, presque en rampant, comme un animal malade. Un homme comme lui, ingénieur, si calme et si pondéré d'habitude.

M. Horst revient sur le palier, et interpelle son voisin.

« Euh... vous avez tiré sur votre femme ? Vraiment ?

— Oui...

— Qu'est-ce que vous allez faire maintenant ?

— Je ne sais pas... Je ne sais pas... Loli est morte, vous avez vu ?

— Mais les infirmiers ont dit qu'elle était blessée seulement, non ?

— Ils ont dit qu'elle allait mourir. Mais moi j'ai bien vu, elle est morte... morte...

— Il faut appeler la police. »

L'homme fait un geste désabusé. Il s'est assis par terre devant la porte grande ouverte de son appartement. Le voisin peut apercevoir dans la pièce principale un désordre épouvantable et du sang partout. Dire qu'il n'a rien entendu... Il demande :

« Dites, où est votre revolver ? »

L'autre fait un signe d'ignorance. Il a l'air soûl de chagrin. Par moments, il est secoué de sanglots secs.

« Pourquoi avez-vous fait ça ?...

— Pourquoi ? C'est ça le pire ! Pour rien, pour rien ! Je l'ai tuée pour rien. »

Le voisin se dirige vers le téléphone, il hésite encore. C'est bizarre de connaître un homme, un voisin de palier depuis des années, de réaliser qu'il est un assassin, et qu'il faut appeler la police. On a du mal à y croire.

« Allô police ? Voilà, c'est quelqu'un qui a tué sa femme, il faut venir le chercher. Oui il est là. Sa femme ? Une ambulance l'a emmenée il y a cinq minutes. Ah ! non je n'ai pas tout vu. C'est lui qui m'a réveillé, le mari, quoi... L'adresse ? Chez moi, 22 Badenstrasse, 2e étage. Je vous attends. Oui, d'accord. Non, il n'est pas dangereux, il pleure, il dit qu'il a fait ça pour rien. »

Le voisin raccroche. La police va venir. Il ne reste plus qu'à attendre devant l'assassin qui pleure toujours, allongé par terre. Il croit que son histoire est terminée. Il croit qu'il a tué pour rien, c'est ce qui le désespère.

Ce curieux mari jaloux et assassin, pendant une

minute de sa vie, une seule minute, croit regretter cette minute toute son existence. Mais il se trompe.

Frantz R... a trente-deux ans. Il est ingénieur chimiste. C'est un homme calme, bien noté de ses supérieurs, et qui n'a jamais commis le moindre acte de violence envers qui que ce soit. Serait-ce une mouche, selon la formule consacrée.

Très pris par son travail, Frantz n'a pas d'autre passion, sa femme mise à part. Encore serait-il inexact d'employer le mot passion. Il l'aime, il l'a épousée, et leur vie se passe depuis sept ans sans incident notable.

Lorelei, son épouse, surnommée Loli, est une assez jolie femme, sans plus. Des cheveux blonds bouclés, un visage de poupée sans grand caractère, mais séduisant.

C'est elle qui est morte. Elle a reçu une balle de revolver dans le cou, la mort a pris une dizaine de minutes. Le temps pour son mari Frantz de se rendre compte de la stupidité de son acte, de s'affoler, de courir chez le voisin, et de se traîner sur le trottoir comme un animal qui a perdu son maître.

L'instruction ne pose pas de problèmes particuliers. Frantz survit en prison. Un peu hagard, il semble mal réaliser la chose.

Le juge d'instruction est une femme d'allure sévère, la cinquantaine moralisatrice. Elle a avec son inculpé trois séances d'interrogatoire. Le cas est simple, Frantz ne nie rien, au contraire. Il expose les faits avec un certain détachement, comme s'il ne croyait pas à ce qu'il dit, et à ce qui est arrivé...

« Tout a commencé au cours d'une soirée chez des amis. J'ai cru remarquer que ma femme faisait du charme à un ami, enfin je ne sais plus si c'est elle qui lui faisait du charme, ou s'il lui faisait la cour.

— Vous êtes jaloux de nature ?

— Non, je ne crois pas, en tout cas pas jusque-là, je ne m'étais jamais posé la question, à vrai dire.

— Et ce soir-là, vous vous l'êtes posée ? Pourquoi ?

— Je l'ignore. J'avais peut-être un peu bu, mais pas énormément... Tout d'un coup, je me suis demandé si Loli, enfin si ma femme, pouvait me tromper. Ça m'est venu comme ça.

— Qu'avez-vous fait ensuite ?

— Je ne me rappelle plus très bien. Je crois que j'ai d'abord un peu plaisanté. Mais je devais avoir l'air bizarre, parce que ma femme s'est montrée agressive, presque méchante même. C'est pour ça que l'idée s'est installée. Si elle n'avait pas réagi comme ça, je n'y aurais plus pensé, enfin je crois. Mais là, tout d'un coup, j'ai cru comprendre. Je dis bien que j'ai cru comprendre, parce qu'en réalité, tout cela était faux, archi-faux. Je me faisais des idées.

— Vous en êtes sûr ?

— Évidemment.

— Pourquoi ?

— Mais elle me l'a dit !

— Quand ?

— Oh ! le soir même. J'étais énervé en rentrant, j'ai entamé une discussion stupide, je l'ai accusée bêtement.

— Quelle a été sa réaction ?

— Violente ! Elle n'a pas supporté que je puisse la soupçonner une seconde.

— À votre avis, monsieur R..., votre femme vous trompait-elle ou non ?

— Mais non ! Et c'est ça qui est stupide. Je suis un criminel, un fou criminel. Je l'ai tuée pour rien, vous comprenez ? C'est horrible. J'y pense chaque nuit, et je ne comprends pas pourquoi j'ai fait ça ! Comment ai-je pu être aussi stupide, aussi bête !

— Quand avez-vous décidé de la tuer ?

— Mais je n'ai rien décidé, je vous le jure. Ça s'est passé bêtement. On ne se parlait plus depuis quelque temps, ou presque pas. Elle m'en voulait, je le voyais bien. Mais de mon côté, ce doute me tarabustait quand même.

— Donc vous l'avez tuée sous le coup d'une impulsion ? de la colère ?

— Je ne sais pas, je ne sais plus. Il me semble que j'étais malheureux, surtout. Ce soir-là, elle m'a dit qu'elle voulait partir, me quitter, vous comprenez ? Elle ne supportait plus ma jalousie. J'ai essayé de lui expliquer, je ne voulais pas qu'elle parte, je la croyais. Je lui ai juré que je la croyais et j'étais sincère. J'ai voulu la rattraper dans la chambre, elle faisait ses valises, elle me traitait d'idiot, elle disait qu'elle en avait assez de vivre avec un idiot comme moi !

— Quand avez-vous pris le revolver ? Et où ?

— Il était dans le tiroir de mon bureau. J'ai voulu faire le malin. J'ai pris l'arme, et je l'ai menacée, elle s'est mise à rire, elle a dit, je ne me souviens plus très bien, mais c'était à peu près : "Si tu étais cocu, Frantz, tu devrais être le dernier à le savoir."

— Elle a dit : "Le dernier" ?

— Oui je crois. Enfin ce n'était pas important, mais je me suis mis en colère, et j'ai tiré sur elle, sans vraiment m'en rendre compte, mon doigt a marché tout seul, tout seul ! C'était horrible. Il y avait du sang partout sur elle, j'ai cru devenir fou. Je me demande encore si je ne suis pas fou, vous savez ? On ne tire pas comme ça, pour rien. Je ne sais pas ce qui m'a pris ! »

C'est là l'essentiel des trois interrogatoires du juge d'instruction.

Frantz R... attend dix mois l'ouverture de son procès. Dix mois pendant lesquels il refuse de voir sa famille et celle de sa femme. Il refuse même un avocat, qu'on lui envoie d'office et qu'il n'écoute même pas. L'avocat veut, selon lui, jouer le crime passionnel, le faire passer pour un mari trompé, et Frantz refuse. Il a tué pour rien, comme un criminel imbécile, c'est tout ce qu'il veut savoir, et comprendre. Mais le procès va tout changer, et jamais un homme n'a appris la vérité sur lui-même avec autant de brutalité.

Aux assises de Stuttgart, Frantz R... est un homme malade, dépressif. Il est pâle, amaigri, car il n'a presque rien mangé et pas dormi depuis des mois.

Il se lève devant le jury, avec effort, et entend l'acte d'accusation. Le juge, classiquement, lui demande s'il n'a rien à ajouter.

« Si... Je voudrais dire que je ne réclame l'indulgence de personne. »

L'accusé ne croit pas si bien dire. Le défilé des témoins commence. Le voisin, les ambulanciers, les policiers, ceux-là ne font que rappeler l'exactitude des faits. Frantz, la tête dans les mains, ne semble pas les écouter.

Et puis voici le cortège des témoins de la défense. L'avocat de Frantz, bien que nommé d'office, et mal aidé par son client, pour ne pas dire pas du tout, a fait du bon travail. Cinq témoins solides se présentent à la décharge de l'accusé.

Voici le premier : un jeune technicien, père de trois enfants, ami de Lorelei, la victime. Il jure de dire la vérité, et il la dit :

« Je connais Lorelei depuis dix ans, bien avant son mariage, et ma femme aussi. Frantz s'absentait parfois, pour son travail, on l'envoyait à Rome, ou à Londres. Chaque fois, c'était la belle vie. Lorelei invitait tous ses copains. J'en étais, et je peux dire que l'un de nous restait avec elle, quand tout le monde était parti. »

Frantz relève la tête. Il est rouge d'émotion et jette un regard furieux à son avocat. Le témoin s'en va, un autre se présente, jure, et dit sa vérité.

« Je m'appelle Helmut, j'ai connu Lorelei, il y a trois ans environ, au cours d'un dîner. Son mari y assistait, mais elle était placée près de moi. Au dessert, elle m'a donné rendez-vous pour le lendemain. J'y suis allé, c'était à l'hôtel Bloom. Nous y avons passé l'après-midi. »

Frantz semble vaciller dans son box. Il lève la main, et le juge lui donne la parole.

« C'est... c'est horrible de dire ça ! ce n'est pas vrai, Loli n'a jamais fait des choses pareilles. C'est mon avocat qui veut me sauver à tout prix. N'écoutez pas cet homme... Il ment, j'en suis sûr ! »

Mais le témoin est suivi d'un autre. Le concierge de l'hôtel Bloom, justement. Il certifie avoir connu la victime, et l'avoir vue en compagnie du témoin précédent, ainsi que d'autres. Mme R... fréquentait l'hôtel au moins deux fois par semaine et ses pourboires étaient généreux.

Frantz regarde partir cet homme avec stupéfaction, et il écoute les témoins suivants comme s'il découvrait sa vie, comme si tous ces gens inconnus la lui racontaient pour la première fois. Il transpire, il marmonne tout seul, et les jurés l'observent avec étonnement.

Voici un autre amant de sa femme, un célibataire prétentieux, mais sincère à n'en pas douter.

« Cette femme avait le don de séduire tous les hommes, elle y est bien parvenue avec moi. »

Et puis la voisine de l'appartement du dessous.

« Dans la matinée, j'ai souvent vu arriver des hommes chez Mme R... Dès que son mari était parti, elle baissait les volets, et renvoyait la femme de ménage si elle était là. Le mari rentrait parfois très tard, il travaillait beaucoup, alors il lui arrivait souvent de baisser les volets dans l'après-midi. C'était une femme impudique, toujours vêtue de manière provocante. Ses jupes étaient plus mini que les plus mini ! »

Frantz ne proteste plus. Il comprend ce que voulait lui dire le petit avocat. Il croyait qu'il s'agissait d'une tactique de défense. Mais non, tous ces gens disent la vérité. La preuve, voici la propre sœur de sa femme :

« Je lui ai souvent fait des reproches. Frantz était un garçon adorable, et elle le trompait avec n'importe qui. Chaque fois elle me répondait : "Laisse donc ! Frantz me fait confiance, il est idiot. Il ne voit rien, et il ne verra jamais rien, c'est l'essentiel."

Et le défilé continue. C'est un membre du club sportif, il jouait au tennis avec Lorelei :

« On ne savait jamais qui allait être sa future victime. Une fois j'ai même tenté d'en parler à son mari, à mots couverts. Je lui ai dit : "Ta femme est une charmeuse, tu devrais te méfier." Il a ri. Alors je n'ai pas insisté. Vous comprenez c'est difficile de dire à un homme qu'il est cocu. On espère toujours qu'il l'apprendra tout seul. »

Enfin voici la fin du calvaire de Frantz R..., et le coup de grâce en même temps.

C'est le dernier témoin : un homme d'une cinquantaine d'années, le propre patron de Frantz, l'homme qu'il voyait tous les jours au bureau.

« Ce garçon est insensé. Absolument tout le monde savait que sa femme le trompait, sauf lui. Je peux le lui dire en face à présent, je ne risque plus de lui faire du mal. J'ai couché cinq fois avec sa femme, alors qu'il était en voyage, et c'est moi qui l'y avais envoyé. Je dois reconnaître que je ne le connaissais pas très bien à l'époque, c'était au début de son mariage, et il venait d'entrer dans ma société.

« J'ai cru d'abord qu'il était au courant, disons, plus ou moins consentant, et puis j'ai compris qu'il ne savait rien. Sa femme me parlait de lui avec une désinvolture ! Elle disait : "Il est gentil, mon Frantz ! C'est le rêve pour une femme comme moi. Il ne pose jamais de questions, il ne voit rien, et pourtant, bien des fois il aurait pu me prendre en flagrant délit. Mais j'ai de la chance !"

« Elle appelait ça de "la chance", ça m'a choqué. J'ai décidé de ne plus la voir. J'aurais bien aimé avertir son mari, mais c'était délicat. Un collaborateur comme lui, j'avais peur de le perdre. C'est un chimiste remarquable. Et puis au fond, je me disais : "Tant qu'il ne sait pas, il n'est pas malheureux." D'autre part je me sentais coupable aussi. »

C'est maintenant que Frantz a de la peine. Il pleure, à grosses larmes de honte, il renifle, et il regarde tous ces gens, les juges, le procureur, les témoins, le jury, le public.

126

C'est lui l'accusé ! C'est lui le sinistre imbécile, l'idiot, le mari cocu, dont tout le monde riait, que tout le monde plaignait. Et il a tué sans savoir, en plus. Il n'a même pas réussi son crime passionnel.

Il y a un grand silence, après le réquisitoire du procureur. En quelques mots réservés, le magistrat demande une peine honorable : 10 ans pour le principe, car il ne croit pas, lui, à une pareille stupidité. Il ne veut pas y croire, c'est son métier.

L'avocat de la défense n'a guère de mal. Les témoins ont fait le travail pour lui. Qu'ajouter de plus ? L'attitude même de l'accusé parle pour lui. Alors que reste-t-il ? Un crime accidentel, en quelque sorte. Un moment de colère stupide, un jeu idiot. Il n'a tiré qu'une balle, encore a-t-il eu de la chance, si l'on peut dire, car selon le médecin légiste, la victime s'est littéralement jetée sur lui, autrement il ne l'aurait même pas atteinte. Il ne sait pas tirer. Savait-il seulement que le revolver était chargé ? Non, même pas, il a été incapable de le préciser.

L'avocat réclame donc la clémence, puisque tout le monde est d'accord. Y compris le juge d'instruction, une femme pourtant réputée pour sa dureté. L'intime conviction de cette femme est que ce coupable l'est à peine. Messieurs les jurés apprécieront. La Cour se lève pour délibérer, et Frantz, tout à coup, comprend ce qui lui arrive. Il se dresse et hurle :

« Non ! Vous n'allez pas m'acquitter, tout de même ! Je l'ai tuée ! Je l'ai tuée ! Je ne suis qu'un pauvre idiot, c'est vrai ! Elle le disait elle-même, mais ça ne méritait pas la mort ! »

Possible, en effet. Personne ne mérite la mort dans ces conditions, et une victime est une victime.

Une heure plus tard, Frantz R... est acquitté par le jury. Ses dix mois de prison préventive suffiront.

Alors une dernière fois, l'innocent se dresse dans son box mais il ne crie plus.

« Vous n'avez pas le droit... pas le droit ! Qu'est-ce que je vais devenir ? »

C'est vrai. Que devient-on, sans sanction, sans punition, quand on a tué, et qu'on se le reproche ? Que devient-on si personne ne vous condamne ? Si on vous approuve d'avoir été bête, cocu, et criminel ?

Que devient-on tout seul, face à face avec soi-même... Personne ne le sait. Les innocents n'ont pas d'histoire.

LA FESSÉE DE TOM COLLINS

Le petit garçon qui trépigne, tout seul dans l'immense salle à manger d'un appartement de Londres, s'appelle Tom Collins.

Tom Collins a dix ans. C'est un insupportable garnement, qui a déjà usé trois gouvernantes, et mis à fleur de peau les nerfs de tous les domestiques de son père. Depuis l'âge de trois ans, où il a perdu sa mère, Tom est la terreur de la maison. Pour l'instant, il joue à balancer hors de la table couteau, fourchette, et assiette de hors-d'œuvres.

« J'en veux pas ! J'ai demandé du poulet ! Pourquoi est-ce qu'il n'y a pas de poulet ! »

La petite bonne chargée de le surveiller n'a que dix-huit ans, mais une furieuse envie de lui claquer la figure. Envie qu'elle doit réprimer, car Tom, devinant ses intentions, la menace :

« Si tu me touches, tu seras renvoyée ! Et la cuisinière aussi ! Je le dirai à mon père... »

Ce sale gosse en a déjà fait renvoyer d'autres. Alors la petite Clara Farson range ses poings dans les poches de son tablier de dentelle, et attend patiemment que la colère du gosse se calme.

D'ailleurs, cette journée est particulière. Le père de Tom, Robert Collins, est au tribunal depuis le matin. Accusé de falsification de comptes, cet agent de change, à la fortune jusque-là opulente, risque sa carrière, la prison et le déshonneur.

128

Le tribunal siège depuis neuf heures le matin, les domestiques sont anxieux. Vont-ils pouvoir continuer à servir leur maître ?

Tom Collins est en train de répandre un œuf à la coque sur la nappe de dentelle lorsque le maître d'hôtel fait son entrée. Anglais plus que nature, compassé et digne, ignorant les vociférations du gamin, James, le maître d'hôtel, annonce :

« Monsieur Tom, un message vient d'arriver du tribunal. J'ai une mauvaise nouvelle à vous annoncer. Monsieur votre père a été condamné à quinze ans de prison. »

Tom lève un regard incrédule sur le domestique :

« Il ne reviendra pas pour déjeuner ?

— Ni pour dîner, ni avant longtemps, monsieur Tom. »

« Monsieur Tom » en reste interloqué. Au milieu des débris d'assiette, de porridge et d'œuf, il n'est plus qu'un petit garçon chétif, au teint pâle sous une crinière de cheveux blonds. Ses grands yeux marron cherchent à comprendre.

Mais la jeune bonne, Clara Farson, avance déjà vers lui :

« Alors, sale petit monstre ? À nous deux, maintenant. Je vais avoir le plaisir de te flanquer la fessée que tu mérites depuis longtemps. »

Et Clara attrape le gamin par la peau du cou, le retourne sur ses genoux, pour joindre le geste à la parole.

« Une fessée de la part de la cuisinière, une pour la femme de chambre, une pour le chauffeur, une pour moi, et le reste pour tous les pauvres gens que tu as fait renvoyer ! »

Tom Collins a les joues rouges, et le reste aussi. Clara n'est pas méchante, mais Dieu sait que le gamin méritait largement ça !

Depuis son embauche, elle en mourait d'envie. Après tout Tom avait l'âge de son petit frère, et sur le petit frère, les fessées remettaient toujours les choses en ordre.

Mais, pour Tom Collins, cette fessée va marquer

un tournant dramatique de son existence. Il ne l'oubliera jamais. Désormais il va vivre en fonction de cette fessée mémorable.

Ainsi, Tom Collins, déjà orphelin de mère, vient de perdre son père, condamné à quinze ans de prison pour malversation dans l'exercice de sa profession d'agent de change. Sa fortune est confisquée, l'hôtel particulier vendu, et le petit Tom est confié à la garde d'une tante maternelle. Cette dernière s'en débarrasse aussitôt en le plaçant dans un collège.

De collège en collège, d'où il est régulièrement renvoyé, Tom atteint l'âge de dix-neuf ans, et entre péniblement à Cambridge, pour une première année d'études universitaires. Ce sera la première et la dernière, car il n'arrivera même pas au bout de l'année scolaire. Le voilà renvoyé à nouveau, avec pour seul bagage une médaille pour les championnats de natation qu'il a remportés.

Qu'est devenu le petit garçon capricieux ? Un jeune homme plutôt agréable, mince, blond, au visage d'enfant gâté. Plutôt séduisant, mais paresseux comme un loir, Tom renonce aux études, et s'en va rôder dans les milieux de théâtre, où il arrive à gagner de quoi se nourrir, en jouant les figurants et les petits rôles. Il a vingt et un ans, et se trouve en tournée avec une troupe minable, dans la petite ville d'Ilfracombe, sur les bords de l'Atlantique.

Tom se promène sur le bord de mer, au mois de juillet 1902. Et le hasard s'y promène aussi, en la personne d'une jeune femme élégante et peu farouche. Tom s'arrête en la croisant, surpris, ravi, et salue en retirant son chapeau.

« Clara ? Vous vous souvenez de moi ? »

La jeune femme a un sourire négatif.

« Vous êtes Clara Farson ! Vous étiez domestique chez mon père, Robert Collins. C'est moi, Tom, vous m'avez flanqué une fessée, quand j'avais dix ans ! »

Clara éclate de rire en reconnaissant le jeune homme.

130

« Mon Dieu, j'espère que vous ne m'en voulez pas ! Mais vous la méritiez, vous savez ! Vous étiez insupportable ! J'espère que vous avez changé... »

Tom a une grimace comique, il fait le joli cœur, l'invite le soir même au théâtre, et lui donne rendez-vous pour le lendemain.

« Nous irons faire une promenade en mer. »

Clara accepte sans se faire prier. À vingt-six ans, elle a choisi de vivre libre, en fonction des rencontres masculines. Cela semble lui réussir, car elle n'a pas l'air pauvre. Tom est peut-être un peu jeune pour elle, mais sur l'instant elle ne voit que le plaisir d'une balade en barque.

Et Tom aussi. Il n'a plus peur de Clara. Il veut simplement lui montrer qu'il est un homme, à présent.

Le lendemain, Tom loue une barque, et les voilà partis. Tom a pris les rames, il plaisante, et la barque file à un kilomètre de la côte, au rythme régulier et sûr de ses coups d'avirons. Soudain, Clara lui propose de ramer à son tour.

« Vous devez être fatigué, je ne m'y connais pas, mais ça a l'air amusant. Laissez-moi essayer. Tenez, gardez mon bracelet, j'ai peur qu'il ne tombe à l'eau. »

Tom met dans sa poche un lourd bracelet serti de pierres rouges. Effectivement, Clara est maladroite. Les rames ne veulent pas la suivre mais, obstinée, elle veut continuer tout de même.

Sur la rive, quelques promeneurs s'amusent à la voir se débattre. Elle perd une rame qui tombe à l'eau, et se penche pour la rattraper. Tom se penche en même temps qu'elle, et les promeneurs ont à peine le temps de se dire : « Aïe, ils vont chavirer » que la barque se renverse sur eux. Tom est bon nageur, il fait rapidement surface, cherche Clara, et l'attrape par les cheveux, en criant :

« Laissez-vous faire, je vais vous soutenir au-dessus de l'eau. »

Clara, qui a avalé une tasse, lui lance des yeux

furibonds en se débattant, et à bout de souffle, elle arrive à grogner :

« Encore une de vos sales farces, hein ? »

Et sans transition elle lui applique son poing sur le nez. La scène est hors de vue des promeneurs, car les deux naufragés sont cachés par la barque retournée. Tom accuse le coup, et une rage froide l'envahit, la même qu'il y a dix ans, lorsque, humilié, il encaissait la fessée magistrale. Sans lâcher les cheveux de Clara, il appuie sur ses épaules, et la maintient sous l'eau. Elle lutte, remonte à la surface, il la noie à nouveau, et cette fois disparaît avec elle, sous la barque.

Pendant ce temps, les sauveteurs s'organisent. Les barques les plus proches avancent à grands coups de rames, mais cela prend du temps — en 1902 point de moteur. Lorsque deux marins arrivent enfin sur les lieux, c'est pour trouver Tom, agrippé d'une main à la barque, et soutenant de l'autre le corps inerte de Clara. Elle ne respire plus, et Tom est lui-même asphyxié.

À l'enquête, Tom répond aux questions du juge avec beaucoup de tristesse. Il ne cache rien de sa rencontre avec Clara, ancienne domestique de son père, et de leur rendez-vous, mais il ajoute :

« Quand je suis ressorti de dessous la barque, j'ai regardé autour de moi, mais je ne voyais pas Clara. Alors en me tenant au bateau, j'en ai fait le tour, et j'ai vu sa main qui sortait de l'eau à quelques mètres. Après quelques efforts j'ai réussi à m'approcher d'elle et à la saisir. Ensuite, je ne me rappelle plus. J'avais avalé beaucoup d'eau moi-même, et je sais à peine me tenir sur l'eau... »

Le juge comprend. Il se contente de reprocher à Tom Collins sa grave imprudence d'aller si loin en mer, avec une jeune fille, sans savoir nager...

Et Tom ressort libre de l'instruction. Il regagne son théâtre, et c'est à Plymouth, quelques jours plus tard, qu'il retrouve dans la poche de son costume le bracelet rouge de Clara.

C'est la fin du premier épisode. Clara est morte,

mais Tom l'a-t-il tuée ? Non. Pas vraiment. En fait, ce fut un accident stupide. Cette bagarre dans l'eau et sous l'eau, entre elle et lui, ressemblait à une dispute de gosses. De coups de poing en bouillon, Clara s'est noyée vraiment, et Tom ne voulait pas cela. Mais la chose est faite, et il a bien de la chance de s'en tirer à si bon compte. Une chance qu'il va exploiter sans plus tarder.

Tom Collins est un heureux veinard. Il vient d'abandonner le théâtre, qui ne nourrit pas les mauvais acteurs comme lui, et c'est à ce moment-là justement que sa vieille tante maternelle rend l'âme en lui léguant 2 000 livres. En 1903, c'est un capital.

Tom ouvre un bureau de vente d'automobiles. À cette époque, les voitures ne se vendent pas comme des petits pains et Tom n'y connaît rien. Le temps de manger son capital, et il se voit contraint de céder l'affaire à un homme plus avisé que lui.

Le nouveau propriétaire, un brave homme, a bien connu son père d'ailleurs, lequel lui avait mangé pas mal d'économies. Mais sans rancune, il garde Tom comme employé, en lui suggérant toutefois de changer de nom.

« Vous comprenez, Collins, c'est le nom d'un escroc. Votre père est encore en prison, on a beaucoup parlé de lui. Faites donc une demande officielle pour changer de nom, dans les affaires c'est plus prudent. »

Tom Collins suit ce conseil, obtient gain de cause et s'appelle désormais Tom Crullin. Il travaille, vit dans un petit appartement de Richmond et rencontre un beau soir, à la sortie d'un théâtre, Mary Houghton.

Mary est ronde, pas très jolie, un peu naïve, mais sentimentale. Le printemps 1904 lui donne des ailes. Tom en profite, et décide de l'épouser. Dans un geste généreux, il offre à sa fiancée le bracelet rouge de Clara, et Mary est éblouie :

« Oh ! Tom, des rubis. C'est merveilleux ! »

Des rubis ? Diable, Tom ne s'en était jamais douté. S'il avait su, il aurait mis le bracelet en gage. Mais toute réflexion faite, c'est mieux ainsi. Si la défunte Clara possédait un bijou de pareil prix, c'est qu'elle l'avait volé, sûrement. Une fille comme elle, ancienne domestique, et fille facile, n'a pas de rubis.

Le 5 mai 1904. Mariage. Le 15 mai 1904, Tom prend une assurance sur la vie, et sur la tête de sa femme, pour une somme de 2 000 livres. Les jeunes mariés établissent ensuite, devant notaire, un testament réciproque. Comme ils n'ont guère d'argent, le voyage de noces est reculé au mois d'août. Là, les jeunes mariés se rendent dans une petite ville des bords de la Manche, Bognor. La mer y est agitée.

Que va faire Tom, de son nouveau nom Crullin ? Il propose à Mary une promenade en mer. Tom loue une barque. Il prend les rames, et s'éloigne d'environ un kilomètre du rivage, pas plus, pour que les estivants puissent les voir, ni de trop loin, ni de trop près. Il confie les rames à Mary, qui tente de ramer maladroitement en pouffant de rire.

Et qu'attend-il ? Il attend qu'une rame tombe à l'eau. Mais Mary ne les lâche pas. Elle fait du sur place en les agitant de manière désordonnée.

C'est ennuyeux. Tom se lève, et sous prétexte de lui montrer comment faire s'agite, saute, remue, et fait tant et si bien que la barque chavire.

Il n'y a plus qu'à enchaîner sur le scénario précédent.

À l'enquête, le juge ne peut que constater l'accident, ainsi que l'a fait la douzaine de témoins oculaires de ce drame épouvantable.

« C'est imprudent, dit le juge, de partir en barque quand on ne sait pas nager. Vous auriez pu vous noyer aussi ! »

Et Tom, en veuf stoïque, baisse la tête sur son chagrin, tandis qu'un fonctionnaire lui remet le bracelet de rubis trouvé sur le corps de sa femme.

Fin du deuxième épisode.

Tom est riche à présent. L'assurance lui a versé 2 000 livres. Son travail commence à rapporter, les voitures se vendent mieux. Le voilà qui fait la fête en compagnie de jeunes actrices, fréquente les boîtes à la mode, et se retrouve sur la paille, en 1905. Les 2 000 livres ont fondu.

En septembre, il rencontre Margareth Teller, vendeuse dans un grand magasin de Londres.

Margareth n'est pas plus belle que Mary, sa première femme. Mais c'est une fille intelligente, rusée, et soupçonneuse. Elle ne se laisse pas fiancer tout de suite. Elle veut d'abord être sûre que la situation de Tom est aussi confortable qu'il le dit. Tom se contente de lui offrir, en cadeau, le bracelet rouge de Clara.

Margareth remercie d'abord, et se précipite chez un bijoutier pour le faire évaluer :

« Belle pièce, mademoiselle. Si vous voulez vous en défaire un jour, je suis preneur ! »

Alors Margareth épouse.

Et alors Tom l'assure pour une somme de 1 000 livres sterling. C'est moins que la première fois, mais plus prudent. Il vaut mieux doubler cette assurance d'une autre sur les deux têtes, à 1 000 livres l'une... (ce qui, en cas de mort de Margareth, lui rapporte toujours 2 000 livres). Ensuite...

Pas de promenade en barque. Margareth a mauvais caractère, elle est feignante, malpropre et les disputes qu'elle provoque intéressent trop les voisins. Il faut attendre cette fois, prendre patience pendant un an. D'autant plus que Margareth n'aime pas la mer.

« Ça m'ennuie la mer, c'est toujours pareil, dit-elle. Et puis j'ai le mal de mer. »

Tom se fait serpent :

« Si tu arrives à passer une heure en mer avec moi, sans être malade, je te donne dix livres ! »

Pour dix livres, Margareth se ferait noyer.

Le 15 juin 1906, on la ramène sur la plage, inerte, ainsi que Tom, à bout de forces mais vivant. La barque s'est renversée, bien entendu, et Tom joue les maris désespérés, tandis qu'un sauveteur pratique sur sa femme la respiration artificielle.

Et soudain, horreur ! Margareth ouvre les yeux, quelques secondes, une minute, deux minutes, elle a repris conscience, et Tom grelotte d'anxiété. Mais non. Margareth expire, sans prononcer un seul mot.

Enquête, remontrances du juge, remise du bracelet, paiement de l'assurance, et fin du troisième épisode.

Mais il ne faut pas prendre les fonctionnaires de Scotland Yard pour une armée de canards boiteux.

À Scotland Yard, il existe un fonctionnaire chargé des statistiques sur les morts violentes par accident, et qui un jour se met à monologuer :

« Tiens... tiens... Ce Tom Crullin s'appelait Collins en 1903 ; c'est donc le même homme qui par trois fois s'est trouvé sur une barque, avec des femmes qui se sont noyées accidentellement... »

L'inspecteur Morrison, ayant découvert que dans deux cas sur trois les femmes étaient assurées, s'en va donc d'un pas tranquille demander des comptes à ce veuf maudit. Et persuadé d'avoir affaire à un assassin, il attaque de front :

« Je sais tout ! Je veux bien que pour la première fois, il s'agisse d'un accident. Mais vos deux femmes, Mary et Margareth, vous les avez assurées ? Et vous trouvez logique qu'elles meurent de la même manière, et aussi vite ? Allez, avouez, ce sera plus simple ! »

Tom a l'air las.

« Inspecteur, je suis fatigué moi aussi de cette fatalité. Oh ! je sais, je sais, on pourrait croire que lorsqu'une semblable tragédie vous arrive une fois, elle ne peut pas se répéter. Mais, voyez-vous, j'étais si traumatisé par les deux premiers accidents que je ne voulais plus voir la mer. Je n'en dormais plus. C'est Margareth ma femme, qui pour me libérer de cette obsession a insisté. Ne m'en parlez plus, je suis maudit, c'est trop affreux.

— Dites... vous me prenez pour un naïf ?

— Inspecteur, ce sujet est bien trop douloureux pour moi. Je ne tiens pas à en parler. Cela dit, si vous avez le moindre doute arrêtez-moi pour homicide ! »

L'inspecteur Morrison a plus que des doutes, mais il lui faudrait des preuves, et il a beau faire, il n'en trouve pas d'autres que cette extraordinaire coïncidence. Or le procureur ne juge pas cela suffisant, et réclame des preuves concrètes. Prouver la préméditation par exemple, mais c'est impossible. L'inspecteur Morrison est obligé d'abandonner, la rage au cœur.

Tandis que Tom, lui, roule en automobile et fait des folies. Le voilà qui investit son capital dans une production théâtrale hasardeuse. 1907 est une mauvaise année pour le théâtre, et pour Tom, qui a perdu ses milliers de livres si durement gagnées. Il songe à se reposer.

Mais la vie est dure. En prenant un billet de théâtre, justement, Tom croise le regard de la caissière, Ida Batley. Elle est belle ! C'est la première fois qu'il rencontre une femme aussi belle.

Pour lui faire la cour, Tom utilise tout son charme, et il n'en a pas assez, la belle refuse de céder à ce jeune homme au visage d'enfant gâté, à la blondeur fadasse, et aux yeux cruels.

Tom se résigne une fois de plus à utiliser le bracelet de rubis. Ce bracelet magnifique, venu de Clara, en passant par Mary et Margareth, lui ouvre les bras d'Ida. Elle l'épouse en février 1908, malgré l'opposition de sa famille et de ses amis.

Tom Crullin ne va pas recommencer alors que Scotland Yard a l'œil sur lui ? Il ne va pas prendre une assurance, emmener sa femme à la mer, louer une barque et la noyer ? Ce serait stupide ! Tom est-il stupide ? Il faut croire que oui, ou alors c'est une drogue.

À Colwyn Bay, sur la côte de Galles, tout recommence. L'unique variante étant que Tom emmène la barque beaucoup plus loin, pour retarder les sauveteurs et la respiration artificielle. Il ne tient pas à voir Ida lui faire la même peur que Margareth !

Il est en train de débiter au juge enquêteur son laïus habituel lorsque l'inspecteur Morrison surgit comme un beau diable :

« Cette fois je vous tiens ! »

Eh oui, cette fois, le quatrième épisode ne peut pas se terminer ainsi. Trois barques, trois épouses, trois assurances, sans compter Clara. C'est trop.

« Il y a préméditation ! clame l'inspecteur. Au bout de trois, il y a préméditation ! Les juges le diront, ou je ne m'appelle plus Morrison ! »

Voici donc venir l'épilogue, en juin 1909.

Tom Crullin, ex-Collins, comparaît devant les assises sous l'inculpation de meurtre avec préméditation sur la personne de sa troisième épouse Ida Batley. Bien entendu, il nie ! Le procureur voudrait bien l'inculper des deux meurtres de ses deux premières épouses, mais l'avocat de Tom, habile, déclare :

« En tenant compte des deux autres "accidents" vous troublerez les débats. En effet il n'y a aucune preuve de la culpabilité de mon client. Seuls l'inspecteur Morrison et le procureur affirment qu'il y a préméditation dans le troisième ! Ceci est leur intime conviction, mais sur le troisième seulement ! Je le répète, monsieur le juge, débattre des deux accidents précédents serait une erreur préjudiciable à mon client ! »

Le juge s'incline. Il ne sera donc question que de la barque d'Ida et d'elle seulement.

Or des témoins, anciens camarades de collège, viennent affirmer que Tom est un excellent nageur, preuve à l'appui.

Comme il a toujours prétendu le contraire, cela va mal pour lui, mais ce n'est pas suffisant. Car l'avocat, décidément retors, contre-attaque :

« Bon nageur, peut-être ! Il aurait pu sauver cette femme en détresse, peut-être ! Cela relève de la non-assistance à personne en danger ! Où est la preuve de la préméditation et de l'homicide ? Certes, mon client aurait pu et dû sauver cette femme, selon la morale, mais la loi ne l'y oblige pas ! »

Ainsi il pousse l'accusation dans ses derniers retranchements : prouver que Tom a volontairement renversé la barque est le seul moyen.

Hélas ! les témoins lointains de la tragédie ne peuvent l'affirmer. Honnêtement, ils ont vu charrier une barque, c'est tout ! Alors, aussi incroyable que cela puisse paraître, Tom sort du tribunal innocent. La foule veut le lyncher, mais peu importe.

Son avocat réussira même à lui faire toucher l'assurance contractée sur la tête d'Ida !

Incroyable. C'était en juin 1909.

Mais, en octobre 1909, arrive à l'hôtel Carlton de Londres une Américaine fort riche, couverte de bijoux. Le lendemain de son arrivée, la dame se fait assommer et dévaliser dans sa chambre.

Elle fournit à la police une liste de ses bijoux en précisant que la plupart de ces joyaux portent une marque en forme de lion couché.

Les enquêteurs commencent par vérifier toutes les officines de prêteurs sur gages, et que trouvent-ils dans l'une d'elles ? Le bracelet rouge. Un bracelet de rubis portant la marque du lion couché. Il a été laissé en gage en juillet dernier par un sieur Tom Crullin ! En juillet, et bien avant le vol, ce qui semble l'innocenter mais la police vérifie tout de même auprès de la dame riche.

« Oh ! dit-elle. Ça alors ! Comme s'est curieux ! Mon bracelet ! Enfin, c'était mon bracelet. Je l'ai donné il y a longtemps à l'une de mes femmes de chambre pour la remercier. Je l'avais oublié. Oh ! je suis désolée, il figurait encore sur la liste. C'est un oubli de ma part ! Au fait, comment va cette chère Clara Farson ? C'est à elle que je l'ai offert, elle m'avait sauvé la vie, voyez-vous. Cette fille est une excellente nageuse, et elle m'a tirée d'affaire sur la plage, il y a six ans ! J'ai failli me noyer, et cela valait bien un bracelet ! »

Clara Farson. La dame riche ne la reverra plus. Elle a été noyée en tombant d'une barque, en compagnie du célèbre Tom Crullin. C'était un accident, le premier. C'est d'elle qu'il tenait le bracelet magique !

Alors l'inspecteur Morrison, toujours à l'affût, s'en est retourné voir le procureur.

« Dites-moi, s'il est prouvé que l'une des victimes de Tom Crullin était une excellente nageuse, est-ce que cela suffirait à prouver qu'il l'a noyée de force ?

— Certes... certes...

— Alors je le tiens, j'ai un témoin ! »

Ce qui fut fait. Tom fut rejugé pour le premier « accident », celui de Clara Farson. C'était vraiment un accident, à peu de choses près, en tout cas le seul qu'il n'avait jamais prémédité. Mais ce fut lui qui le fit pendre enfin, le 7 décembre 1909, en souvenir d'une fessée bien méritée, et inutile.

LA COMÉDIENNE

Dans un crime dit passionnel, tout le problème est de définir le passionnel, justement ; or, qu'est-ce que la passion ?

Si l'on tient compte de l'étymologie, « la passion est le contraire de l'action. C'est-à-dire un fait indépendant de la volonté qui le subit. C'est donc un mouvement violent et incontrôlé d'un être vers ce qu'il désire ».

Nous sommes en 1920. Ce qui ne change rien à la passion. Sauf que, en 1920, un conseiller religieux se doit de dire à sa pénitente, venue lui demander de l'aide :

« Mon enfant, il faut réprimer ses passions. L'amour ne doit pas devenir jalousie, l'orgueil mène au dépit, le dépit à la violence, et la violence au crime. »

Et le bon pasteur d'ajouter :

« Il n'y a que Dieu qui mérite la passion, car il ne la déçoit jamais. »

C'est très bien. C'est fort bien parlé. L'ennui, c'est que la dame en question a un revolver dans son joli sac à main. Et sa passion à elle, son Dieu à elle l'a déçue. Il faudrait dire ses passions, et ses dieux, d'ailleurs, car cette femme est doublement passionnelle, doublement amoureuse. Elle aime d'abord le théâtre. Et elle vient de se faire siffler. Elle aime ensuite un homme, et il la trompe.

C'est beaucoup pour une seule femme de quarante ans, à la beauté déclinante. Déçue également par son prêtre, Angélique M..., femme trompée et comédienne ratée, va consulter le bas de la gamme en matière de conseil. Elle se rend chez une cartomancienne.

La gitane n'y va pas par quatre chemins : elle n'en connaît qu'un seul. La boule de cristal. Et que voit-elle dans cet univers déformé ?

« Je vois un cercueil dans ta vie ! »

Enfin nantie de quelque chose de précis, Angélique et son revolver se préparent donc à accomplir un crime passionnel, ce qui est curieusement contradictoire, car un crime passionnel ne se prépare pas.

Angélique est une belle femme, et une belle femme se remarque partout, même à la messe. D'autant plus qu'elle se rend à la messe comme au théâtre, pour y jouer la grande scène du II.

Le prêtre a dit : « Allez en paix, la messe est dite. » Les fidèles quittent leur banc, et s'en vont en paix ainsi qu'il est convenable. Angélique sort la première. Vêtue de noir, le visage pâle (poudré de blanc) les yeux cernés (bordés de noir). Sur le parvis de l'église, les bourgeois endimanchés devisent à voix basse.

Angélique guette la sortie de sa victime. La femme qui lui a pris son mari. La femme qui a un enfant de son mari, qui vit avec lui, et qu'elle déteste depuis des mois.

Dans son sac à main, le petit revolver, un Browning, attend de faire son œuvre.

La rivale apparaît. Elle aussi se rend à la messe tous les dimanches. Angélique fouille dans son sac, sort l'arme, et dans un geste théâtral le brandit en direction de la jeune femme. La foule des fidèles fait « Ho... »

Angélique redresse la tête, et tire... mais un petit clic désolant lui répond. Elle s'acharne, mais l'arme ne veut rien savoir. Que faire ? Personne n'applaudit, puisque le crime est raté. Alors, folle de rage, la comédienne improvise devant son public. Elle se jette sur sa rivale, la gifle à tour de bras, la terrasse et la traîne par les cheveux jusqu'aux marches de l'église.

Cette fois, la foule réagit. Certes, le spectacle est shakespearien, mais tout de même... On sépare les deux femmes. On relève la victime, on embarque l'attaquante. Et il ne se passera rien d'autre. Rien d'autre en effet jusqu'au dimanche suivant. Bien sûr on murmure dans les salons et on ricane dans les cuisines, mais c'est tout.

Le dimanche suivant, Angélique est à la messe. Toujours pâle, toujours vêtue de noir, l'air plus dramatique que jamais. Cette fois, elle abandonne la messe à la fin du sermon et va se poster dehors, derrière un pilier.

Il n'y a là qu'un pauvre mendiant accroupi. Sur la phrase traditionnelle « Allez en paix, la messe est dite », les fidèles s'en vont. Apparaît le mari, cette fois. Il est seul. Le petit revolver surgit du sac à main, la main d'Angélique le brandit à nouveau avec emphase.

Et cette fois, le coup part, le deuxième et le troisième aussi. L'époux s'effondre, mort, sur les marches de l'église.

Cette fois la foule a eu droit à la fin du spectacle.

Le rideau tombe et Angélique disparaît dans les coulisses du crime : une cellule sans miroir et sans eau courante.

« Crime passionnel » titrent les journaux. « Une comédienne abat son mari à la sortie de la messe dominicale... Il la trompait ouvertement depuis des années. »

La presse ne fait pas que titrer d'ailleurs. Elle commente. Et les commentaires de cette époque sont tout naturellement en faveur de la coupable. Comédienne, bien sûr, mais « mère de famille ». Théâtreuse, évidemment, mais « épouse lâchement abandonnée ». Par un mari qui, circonstance aggravante, entretenait sa maîtresse dans un appartement à quelques centaines de mètres du domicile conjugal et y passait tout son temps...

Dans la presse toujours, on peut lire la première déclaration de l'inculpée.

« Cette femme était une amie, la nurse de mes propres enfants. Elle m'a volé mon mari. J'ai même dû lui rendre visite le jour où elle a accouché ! Dans ces conditions, mes nerfs étaient à bout. Je ne pouvais plus jouer le soir au théâtre, et le public l'a bien ressenti. Un soir il m'a sifflée. J'étais mauvaise, c'est normal. Quel être humain, digne de ce nom, pourrait jouer la comédie chaque soir à la même heure, alors qu'il vit un drame permanent ? »

Belle tirade évidemment. Qui met d'ores et déjà de son côté les applaudissements du public. On en oublie presque qu'elle a tué un homme...

« Mademoiselle Angélique », au théâtre, avait un certain succès... tant qu'elle était jeune et triomphante. Le public l'a lâchée alors qu'elle vieillissait en femme trompée. Le voilà prêt à faire amende honorable et à jouer le jeu.

Un commentaire de l'époque, le jour du procès de « Mademoiselle Angélique », mérite d'être cité. Nous sommes en 1920, la justice a d'autres apparats qu'aujourd'hui, les commentaires des journalistes judiciaires d'autres envolées :

« L'attrait de ce débat (*sic*) a amené aux Assises un auditoire de choix. La foule est élégante et non moins select dans les tribunes supérieures où ont pris place les notabilités féminines du monde artistique.

Tandis que le président, en robe rouge, surveille lui-même la distribution des places, cent soldats sénégalais, baïonnette au canon, contiennent difficilement l'impatience du public qui se rue aux portes. »

Il pourrait s'agir du commentaire d'un critique théâtral, assistant à une première. Mais le rideau ne se lève pas, et la voix grave du président donne les trois coups :

« Faites entrer l'accusée. »

Angélique « fait son entrée ». C'est la vedette. La star du spectacle. Le commentaire du même journal en rend compte avec emphase :

« Très droite dans ses vêtements de deuil, la face pâle sous le chapeau de crêpe bordé de blanc, elle entre dans le box des accusés. Grande, mince, sous les cheveux châtains. Le visage clair doit être aimable en d'autres circonstances, aujourd'hui l'émoi a creusé les traits, terni les yeux, et donné à cette physionomie un aspect concentré et dur. La voix cependant n'a rien perdu de son éclat, elle est pleine, large, musicale. On imagine que cette femme, tendue dans un suprême effort de volonté, maîtrise parfaitement ses nerfs. Mais les doigts menus qui chiffonnent le voile de crêpe révèlent le trouble profond de l'accusée. »

Le théâtre a fait le plein, l'accusée a réussi son entrée. Tout va bien. S'il y avait un directeur de troupe, il se frotterait les mains.

Car ce peut être un métier d'être accusée de crime passionnel. Un métier réservé aux gens passionnés et aux acteurs confirmés. Quand les choses se déroulent ainsi, on ne peut pas dire le contraire.

La lecture de l'acte d'accusation est une scène difficile. Le journaliste écrit : « Les larmes glissent le long des joues avec discrétion et retenue. »

Voici maintenant les questions. La scène se passe entre le président et l'accusée.

« Vous avez fait un mariage d'amour ?

— Oh !... oui... oui... »

Commentaire : « Le oui est prononcé avec ferveur... »

« Pourquoi haïssiez-vous cette femme ?

— Elle s'est introduite dans mon foyer, comme un serpent. Sous le prétexte de soigner mes enfants, elle a séduit mon mari, et lui a prodigué d'autres soins que je vous laisse deviner.

— Vous n'étiez pas au courant ?

— Au début, j'ignorais tout. J'étais en tournée, mon mari m'écrivait des lettres passionnées. Je les ai fournies au tribunal, d'ailleurs. »

En effet, le président lit une lettre des plus tendres adressée par le mari défunt à sa femme assassin. Le commentaire dit : « Elle défaille un instant, et dégrafe à la hâte le col de sa jaquette de loutre. »

Le président reprend :

« Quand avez-vous été informée de la situation ?

— Ils sont venus habiter un appartement, juste en face du nôtre. Mon mari m'a dit qu'il ne pouvait abandonner cette femme, elle était enceinte, et il croyait l'aimer. Il "croyait" l'aimer, monsieur le président. Je rentrais de tournée, je n'avais pas d'engagement immédiat. J'étais donc à la maison et de ma fenêtre, j'aurais presque pu les voir, elle et lui. Lorsqu'elle a accouché, je suis allée voir le bébé, chez la mère de cette femme...

— Personne ne vous y obligeait ?

— C'est humain, monsieur le président, un enfant n'est pas responsable. Mais quand j'ai vu cet enfant qui ressemblait tant à son père, Dieu, j'ai regretté d'être venue. C'était une souffrance intolérable... »

Le commentaire dit : « Elle sanglote à présent, doucement, et elle murmure : "Le soir il me fallait entrer en scène, rire et chanter... C'était au-dessus de mes forces. Un soir le public a sifflé, et il avait raison. J'ai abandonné le théâtre." »

Le président relève :

« Je croyais que le directeur vous avait renvoyée ?

145

« — Oh ! renvoyée n'est pas le mot, monsieur le président. Il a compris qu'il valait mieux me remplacer provisoirement. »

Le commentaire dit : « Elle tamponne son visage amaigri, à l'aide d'un mouchoir de dentelle, et semble reprendre un peu de force. »

L'interrogatoire continue, c'est l'agression contre la maîtresse, le revolver qui ne part pas (il n'était pas armé), enfin c'est le drame final, que le président évoque :

« Vous aviez pris votre revolver pour aller à la messe ?

— Je l'ai toujours sur moi.

— Vous barriez la route à votre mari ?

— Il me repoussait, il nous repoussait, moi et notre petit garçon. Il disait qu'il ne nous aimait plus, qu'il en aimait d'autres. Alors je ne sais plus... J'ai tiré... »

Le commentaire dit : « Cette fois la voix s'étrangle dans la gorge, la main serre plus nerveusement le voile de crêpe... »

Maintenant, c'est l'appel des témoins. Le directeur de la Sûreté tout d'abord. Il est intervenu lors de la première agression, amicalement car il connaissait la famille. Son témoignage est précis.

« Cette femme est une impulsive, certes, et je crois que sa nervosité s'est accrue dans le milieu où elle vivait. Sa colère était brutale ce jour-là, vulgaire, et les mots employés assez horribles. La victime ne méritait pas de telles injures à mon sens. »

Le public gronde contre cette tentative de remise en question de l'héroïne qui clame du haut de son box :

« J'étais capable de tout quand je voyais cette femme !... » La femme en question approche à la barre. Elle est en deuil elle aussi. Un deuil moins élégant. Elle est venue, fébrile, et parle d'une toute petite voix, tandis que l'accusée darde sur elle un regard lourd de mépris.

Le président :

« Où aviez-vous connu la victime ?

— Dans une ville d'eaux, il était en traitement. C'était un homme très seul, et très bon. Il ne reprochait rien à sa femme, il se plaignait simplement de ses absences perpétuelles et de son manque d'affection. Nous nous sommes aimés simplement.

— Pourquoi êtes-vous venue habiter la ville ? Pour narguer sa femme ?

— Oh ! non... Pour être près de lui, en attendant le divorce. Nous avons eu du mal à trouver un appartement. Je menais une vie retirée, pour ne pas la rencontrer. Je ne sortais que pour aller à la messe. Nous habitions trop près de sa femme. Il en était désolé, il cherchait ailleurs, mais ce n'était pas facile. J'ai accouché à la maison, c'est lui qui s'occupait de tout. Malgré cela, elle est venue me menacer à plusieurs reprises. Un jour, j'étais enceinte de huit mois, elle m'a frappée au ventre dans la rue. »

La foule gronde à nouveau. Chercherait-on à détruire sa vedette ? Angélique interrompt le témoignage d'une voix sifflante :

« Si vous l'écoutez, monsieur le président, avec ses manières douces et hypocrites, elle vous fera croire que c'est elle la victime ! Alors qu'elle se faisait appeler Madame M..., le nom de mon mari, tandis que moi, avec mon pseudonyme, on me prenait pour une femme illégitime ! Un comble... »

La foule apprécie cet outrage, en murmurant comme il convient. Le président réclame le silence, sans conviction, et s'adresse au témoin une dernière fois.

« Comment avez-vous appris le drame ?

— J'étais restée à la maison, c'est la concierge qui m'a prévenue. J'ai couru à l'église, il était mort. »

Angélique se retourne vers le public :

« Elle a osé l'embrasser une dernière fois !... »

La foule fait « oh !... » et le témoin s'excuse d'une toute petite voix :

« Je l'aimais, moi... »

Mais personne ne l'entend, sa réplique se perd dans le simple bruit que fait la vedette en se rasseyant. Le témoin n'a pas de talent, sa voix porte mal.

Les autres témoins parlent mieux et plus fort, mais le public ne les croit pas davantage.

La sœur de la victime :

« Mon frère était malheureux en ménage, il ne trouvait à son foyer ni la présence, ni l'affection, ni les soins qu'il aurait dû recevoir. »

Un domestique :

« Madame n'était jamais là. Quand elle rentrait, elle faisait toujours des scènes. »

Un ami du mari :

« Il voulait la quitter depuis longtemps, mais elle faisait du chantage. »

Le président remet au lendemain la suite des débats, et le commentateur note : « L'accusée a retrouvé sa sérénité, les accusations ne semblent pas l'atteindre. »

Le lendemain, l'armurier qui a vendu le revolver à Angélique fait une démonstration de l'arme aux jurés. On le dirait dans son magasin devant une foule de clients potentiels.

Commentaire : « L'accusée contemple avec calme son Browning. L'armurier vante, par habitude professionnelle, la précision et la commodité de ce bibelot aussi coquet que dangereux... »

Mais s'il y a achat d'arme, il y a préméditation ?... Personne ne soulève la question. Une camarade de théâtre d'Angélique vient pourtant souligner la chose :

« Elle m'a dit en parlant de son mari et de sa maîtresse : "Je zigouillerai tout ça !" »

Angélique rectifie d'un air las :

« Je n'ai jamais employé l'expression "zigouiller". De plus, je plaisantais, je faisais allusion à la prédiction d'une cartomancienne ; elle m'avait dit : "Je vois un cercueil dans votre maison." »

Le témoin insiste :

« J'ai essayé de vous dissuader, mais vous m'avez dit : "Bah ! Je passerai en cour d'assises et on m'acquittera !" »

Angélique se lève, outrée :

« Oh ! mon petit, je n'ai pas dit ça ! »

L'autre réplique dans un élan de chapeau à plumes :

« Oh ! mon petit, vous l'avez dit ! »

Elle l'a dit, c'est vrai, puisque son médecin le confirme. Il l'a entendue lui aussi, et il a même répondu : « Si j'étais juré, je ne vous acquitterais pas ! »

Et les charges continuent de s'accumuler sur la tête d'Angélique. C'est le chef d'orchestre du théâtre qui déclare :

« C'est une coquette, assoiffée d'hommages, comédienne à la ville comme au théâtre... »

La pièce touche à sa fin, et pourtant, malgré le portrait qu'ont fait d'elle les témoins, Angélique n'a pas peur. C'est qu'elle attend l'arrivée de son unique témoin à décharge. Sa sœur. Comédienne elle aussi, mais d'une notoriété certaine et reconnue. Talent incontestable, allure incontestable, voix remarquable, présence remarquable...

C'est avec une grande modération dans le ton qu'elle déclare apporter les preuves que sa sœur aimait son mari, et que son mari l'aimait. Elle décrit remarquablement, par petites touches, ce que pourrait être la vie d'un couple idéal et amoureux, vivant heureux et caché, dans un nid douillet. Elle raconte très bien l'arrivée du serpent, le désarroi de la femme et la lâcheté du mari. C'est beau, c'est très beau. Si le public et les jurés avaient été tentés une seconde de croire les autres témoins, c'est fichu.

Le procureur est paternel, méchant comme il se doit, mais galant comme il ne se doit pas. Il a quatre-vingts ans, c'est le doyen du barreau.

« Que votre pitié s'exerce, messieurs les jurés, mais qu'elle n'oublie pas la juste sanction qui doit punir le crime. »

Voici venir l'avocat de la partie civile. Un inconnu sans grande envergure. Il représente les sœurs de la victime, et réclame le franc symbolique de dommages et intérêts.

Et la défense répond :

« Vous représentez la famille du défunt ? C'est curieux, M. M... étant un enfant bâtard non reconnu, qui pourrait prétendre être son parent ? »

Cela aussi, il faut oser. Mais après en avoir délibéré, la cour accepte la requête. Le petit avocat de la partie civile est donc autorisé à plaider. Il tente de faire admettre au jury que l'attitude de l'accusée aux audiences est faite essentiellement d'artifices de théâtre. C'est intelligent de sa part d'avoir compris le personnage, mais va-t-on le croire ?

Le commentaire dit : « L'accusée écoute les yeux mi-clos, la tête renversée en arrière ; il erre sur ses lèvres un sourire de dédain et de répugnance. »

Enfin voici l'avocat de la défense. Il n'a plus grand-chose à faire. Le public féminin observe avec sympathie cet homme jeune et éloquent qui porte remarquablement la robe.

« Si je demande l'acquittement, ce n'est pas pour la gloire d'une femme, mais pour le devoir d'une mère qui doit élever ses enfants... »

C'est à peu près le gros de sa plaidoirie.

Après un quart d'heure de délibération (le temps de sortir, de gagner la salle réservée aux votes, de mettre ses petits bulletins dans l'urne, et de revenir au tribunal), le jury rend son verdict, à la majorité des voix : acquittement. Le partie civile est condamnée aux dépens.

La pièce est finie. C'était incontestablement le meilleur rôle de « Mademoiselle Angélique », dans *Le Crime passionnel*, mais c'est curieux, personne n'a envie d'applaudir... peut-être parce que le jury s'est trompé de passion, et le public de crime.

LE SANG, DIEU ET L'ARGENT

Un jour de l'été 1972, à l'aéroport de Denver dans le Colorado, le dénommé Henry Terry Johnson, portant un grand sac et un attaché-case, monte dans le Boeing 727 qui décolle à dix-sept heures pour San Francisco. Grand, mince et brun, une épaisse moustache sous des lunettes de soleil miroitantes, il s'assoit vers l'avant de la cabine des premières classes au bord de l'allée centrale.

Quelques minutes après le décollage, il ouvre son attaché-case, y saisit un objet rond qu'il tient serré dans la main gauche. Puis sa main droite ayant sorti un bloc-notes, il abaisse devant lui la tablette pour écrire quelques mots sur une feuille blanche.

Il arrête en la saisissant par le bras la première hôtesse qui se présente. C'est une petite Chinoise.

« Mademoiselle, auriez-vous l'obligeance de remettre ce petit mot au commandant de bord ? »

La petite Chinoise, un peu étonnée, regarde le passager, lui trouve un air tout à fait correct, bien qu'un peu nerveux.

« C'est urgent, insiste Henry Terry Johnson.

— Bien monsieur, j'y vais tout de suite. »

L'hôtesse « trottant » jusqu'au poste de pilotage jette tout de même un regard rapide sur le papier.

Lorsque le commandant, tête nue et en bras de chemise, la voit entrer, son visage décomposé le surprend.

« Qu'est-ce qu'il y a, mon petit ? »

L'hôtesse, incapable de dire un mot, lui tend la petite feuille sur laquelle le commandant lit ces quelques mots : « J'ai une grenade armée dans la main gauche et un revolver sur les genoux. Je vous communiquerai mes ordres par écrit. Tout se passera bien si vous vous y conformez. »

Le commandant, un homme d'âge mûr aux cheveux gris, est réputé pour son calme. Il est si calme qu'il paraît lent dans ses gestes et lourd dans ses attitudes. Après avoir lu et relu le message, il aban-

151

donne pour quelques instants les commandes au copilote et entrouvre la porte de la cabine. De là, voyant en enfilade la presque totalité de l'avion, il demande à la petite hôtesse :

« Qui vous a donné ce papier ?

— L'homme qui vous regarde, en première classe, au troisième rang gauche, celui qui a des lunettes miroitantes. »

Le commandant s'apprête à se rendre auprès du passager mais un geste de celui-ci l'en dissuade. Il croise les bras et sa main droite tient une petite feuille de bloc-notes discrètement tendue au-dessus de l'allée centrale, sans doute à l'attention de l'hôtesse.

« Je crois qu'il vient de nous écrire un nouveau billet, dit le commandant, allez le chercher. »

Voici le texte que rapporte la petite Chinoise :

« Inutile de vous déranger, commandant. Vous risqueriez d'affoler les passagers. Contentez-vous de m'obéir. Prenez vos dispositions pour atterrir à San Francisco. Je vous donnerai d'autres instructions dans vingt minutes. »

Le commandant serre les lèvres. Il réfléchit et mesure son impuissance. L'homme a la situation en main et reste parfaitement calme. La tête tournée vers les montagnes Rocheuses, dont il ne doit pourtant voir que peu de choses, il tient en effet sa main gauche serrée sous son aisselle, autour d'un objet qui pourrait bien être une grenade.

Le commandant retourne lourdement à son siège et avertit la tour de contrôle :

« Ici TWA 329, prévenez les flics. Nous avons un pirate à bord. J'attends ses ordres. Je vous les communiquerai. Pour le moment, il n'y a rien d'autre à faire. »

Sans quitter son fauteuil et sans que les passagers s'en aperçoivent, Henry Terry Johnson, par le truchement de quelques notes brèves et précises, obtient tout ce qu'il souhaitait.

À l'aéroport de San Francisco, l'avion roule et s'arrête près d'un hangar, assez loin des lieux de débarquement habituels. Les passagers découvrent avec étonnement que la passerelle exiguë que l'on amène n'est pas celle que l'on utilise généralement. Trois voitures de police sont arrêtées à proximité. Il en sort un policier en civil portant deux parachutes et deux grosses serviettes de cuir.

Dès qu'il est à bord, le policier tend la serviette au commandant qui a machinalement remis sa veste et sa casquette. Il examine le contenu et d'un signe de tête fait comprendre au pirate de l'air que tout est conforme à ses désirs. Avec l'accord tacite du bandit, il peut alors décrocher le téléphone de bord pour demander aux passagers de bien vouloir descendre dans le plus grand calme.

Ceux-ci qui commencent à comprendre qu'il vient de se produire un incident anormal ne se font pas prier et l'avion se vide rapidement.

Alors l'homme aux lunettes miroitantes enfin se lève. Il arrête au passage la petite hôtesse chinoise qui s'apprêtait à sortir à son tour :

« Désolé, mon petit. »

Puis il crie à haute voix :

« Fermez et verrouillez les portes ! Tout le personnel reste à bord ! »

Le copilote, le mécanicien, le steward et les hôtesses, après un échange de regards indécis, consultent le commandant de bord.

« Commandant, ordonne le pirate, voulez-vous me remettre l'argent, s'il vous plaît ! Et les deux parachutes. »

Le commandant retire rageusement sa veste et sa casquette. En fait tous ses gestes machinaux lui donnent le temps de réfléchir. Le bandit a glissé le revolver dans sa ceinture, il a bien une grenade dans la main gauche. S'il la tient aussi serrée c'est sans doute qu'elle est dégoupillée. Et s'il la tient serrée comme cela depuis Denver il doit avoir des fourmis dans les doigts peut-être même des crampes. Malgré son calme apparent on le devine assez nerveux. Ce n'est pas le moment de prendre des risques, même pour 500 000 dollars.

Alors le commandant prend la serviette et les deux parachutes et vient les poser près de l'homme dont les lunettes miroitent plus que jamais dans les rayons du soleil qui rougeoie à travers les hublots.

Le pirate sous le regard du commandant, plein d'assurance, se rassoit sur le dossier d'un fauteuil. Il s'est placé de façon à pouvoir observer les portes et la cabine de pilotage.

« Que faisons-nous ? demande le commandant.

— Vous faites le plein.

— Où allons-nous ?

— Donnez-moi des formulaires de vol, je vous communiquerai mes instructions. »

À ce moment, il semble suivre pas à pas un plan parfaitement réussi. Mais le plus difficile reste à faire : sortir de l'avion. Évidemment, s'il a demandé deux parachutes c'est qu'il a l'intention de sauter. Le commandant se doute que les policiers ont réagi en conséquence et que l'avion va être suivi par des avions militaires, et que des hélicoptères vont être partout, alertés pour surgir sur le point de son atterrissage.

Une demi-heure plus tard, lorsque le Boeing décolle en direction du Colorado, toute la côte Ouest des États-Unis est déjà informée. Sans que le pirate le sache, une course s'engage entre lui et la police.

Les chasseurs Starfighters décollent d'une base de Californie. Ils sont bientôt rejoints par un lourd Hercule bourré d'appareils de détection. Lorsque la nuit tombe ils font une escorte sinistre au Boeing qui vole à quelques centaines de mètres seulement des plus hauts sommets des montagnes Rocheuses. À terre c'est le F.B.I. qui prend les choses en main.

À Provo, dans l'Utah, un pilote d'hélicoptère de la Garde Nationale prévient son supérieur :

« J'ai hésité, capitaine... Mais je crois qu'il est de mon devoir de vous informer d'une conversation que nous avons eue il y a quelques jours, Mac Coy et moi. »

L'homme a l'air affreusement embarrassé et le capitaine de la Garde Nationale paraît de son côté très étonné.

« Voilà, explique le pilote, un jour nous avons parlé avec Mac Coy d'un pirate de l'air qui a réussi à sauter en parachute avec 200 000 dollars, et on ne l'a jamais retrouvé, vous vous souvenez ?

— Oui.

— Eh bien, Mac Coy m'a dit qu'il se sentait parfaitement capable de faire la même chose, mais lui il demanderait 500 000 dollars. Et lui non plus ne serait jamais pris. Parce qu'en bavardant avec son professeur de parachutisme, il avait compris l'astuce qu'il fallait utiliser. Les parachutes qui sont fournis par les compagnies civiles sont équipés de petits émetteurs radio qui émettent des bip bip, pour qu'on puisse les suivre et les retrouver. D'après Mac Coy, il fallait donc lancer d'abord les parachutes munis de radio, qui attireraient la police, et ensuite sauter soi-même à un autre endroit avec son propre parachute.

— Et vous croyez que le pirate qui vient de détourner l'avion de Denver pourrait être Mac Coy ?

— Je ne dis pas que c'est lui. Et si ce n'est pas lui, j'espère qu'il ne m'en voudra pas. Mais je crois qu'il fallait vous le dire. »

À son tour, le capitaine devrait prévenir les autorités supérieures, mais lui aussi hésite. Richard Mac Coy est non seulement un de ses meilleurs éléments et un héros de la guerre, mais c'est aussi un prédicateur mormon convaincu. Il est inscrit à l'Université Privée des Mormons, la plus sévère et la plus ennuyeuse université des États-Unis, où le tabac est interdit ainsi que l'alcool, le café, le thé et même le Coca-Cola. Il y est interdit de faire l'amour, de porter les cheveux à plus de trois centimètres et les cours de religion sont obligatoires.

Voilà pourquoi le capitaine de la Garde Nationale de Provo hésite à alerter les autorités supérieures :

un homme courageux, animé de tant de foi et de vertus peut-il détourner un avion, même pour 500 000 dollars ?

Et puis, après la radio et la télévision, le pirate qui s'appellerait Henry Terry Johnson, serait brun et porterait une moustache, alors que Mac Coy est blond et imberbe.

Mais pendant ce temps au-dessus des montagnes Rocheuses l'avion poursuit sa route accompagné des deux avions de chasse Starfighters et du lourd Hercule.

À bord, l'homme aux lunettes miroitantes a intimé l'ordre à tout le personnel navigant de rester enfermé dans la cabine de pilotage. Se servant de formulaires officiels de vol, qu'il glisse sous la porte de la cabine, il fait préparer à l'équipage une série de vols en zigzag à 4 000 mètres au-dessus du Colorado, du Nevada et de l'Utah.

Il attend que la nuit soit définitivement tombée, puis faisant ralentir l'avion, il ouvre une des portes et lance au-dessus du Nevada les deux parachutes émettant des bip bip. Les deux chasseurs abandonnent le Boeing, l'Hercule amorce un virage. Déjà les hélicoptères prévenus foncent sur le lieu probable de l'atterrissage des deux parachutes.

Alors, le pirate attend un quart d'heure et lorsque l'avion survolant l'Utah approche de Provo, il saute avec son propre parachute, les deux serviettes de cuir soigneusement attachées à sa ceinture.

À Provo, la ville des Mormons, pieuse par excellence, vers dix heures du soir, le capitaine de la Garde Nationale s'est tout de même décidé à prévenir le F.B.I. à Salt Lake City. Le lieutenant du F.B.I. qui lui répond voulait regarder un match de baseball à la télé et espérait bien ne pas être mêlé à cette affaire. Chauve, binoclard et ridé, il répond d'une voix écrasée par la fatalité.

« C'est intéressant, intéressant. Et vous croyez que ce Mac Coy serait homme à détourner un avion ?

— Non, pas du tout, explique le capitaine, je ne

peux pas garder cette information pour moi, mais, d'un autre côté, Mac Coy n'est pas, à mon avis, un coupable plausible.

— Pourquoi ?

— Écoutez : voilà ses états de service... Je résume. En 1964, lorsqu'il était pilote d'hélicoptère au Viêt-nam, le jeune Mac Coy a trouvé dans la forêt vierge le corps dépecé et châtré de son meilleur ami, torturé par le Viêt-cong. Il le ramène pour qu'il soit enterré.

« En 1967 Mac Coy est décoré de la médaille du Courage pour avoir sorti deux camarades de l'épave en feu d'un hélicoptère sous les balles de l'ennemi.

« Puis il est décoré avec les honneurs, parce qu'au moment de la mousson il avait été volontaire pour dégager un petit poste des U.S. menacé par les troupes ennemies. Il a pu le disperser et démolir leurs chars à partir de son engin avec des gerbes de mitraille et des fusées. Bref, c'est un héros.

— Tous les pirates sont des héros, grogne l'homme du F.B.I. Je vais faire une enquête de ce côté. »

Il sait que son devoir lui commande cette décision. Adieu la soirée tranquille devant la télévision. Il se tasse, écrasé par la fatalité.

Onze heures, à Spring Fields, dans les environs de Provo un jeune homme mange une pizza dans un restaurant. Lorsqu'il se lève, un homme blond et mince qui terminait un jus de fruit à la table à côté lui demande s'il pourrait le déposer en ville. Comme le jeune homme accepte, ils roulent bientôt le long de l'aéroport extraordinairement éclairé par des fusées lumineuses.

« Qu'est-ce qui se passe ? demande le jeune homme.

— Ils doivent chercher quelqu'un, explique son passager. J'ai vu la même chose au Viêt-nam. »

Quelques minutes plus tard, la radio confirme en effet. Après avoir suivi une fausse piste dans le

Nevada la police a été avertie par le commandant de bord du Boeing détourné que le pirate de l'air avait sauté en parachute dans les environs de Provo aux abords immédiats de l'aéroport.

« Il est gonflé le gars ! s'exclame le jeune homme.

— Oui. Il faut croire qu'il avait bien préparé son coup », remarque le passager.

Pendant ce temps, la police qui s'est présentée au domicile du dénommé Mac Coy a fait chou blanc car il n'est pas là. Sa femme non plus. Elle serait paraît-il à l'hôpital.

Une équipe de policiers envahit le quartier, interroge à droite et à gauche. D'une façon générale les gens sont outrés qu'on se permette de suspecter Mac Coy de quoi que ce soit.

Le propriétaire du seul débit de boisson de la ville, qui n'ouvre qu'à dix-sept heures et encore pour ne débiter qu'une bière très légère, leur éclate de rire au nez :

« Écoutez, vous pouvez me croire, Mac Coy est tellement pieux et tellement vertueux, qu'il traverse la rue pour ne pas passer trop près devant mon bistrot. Rien que l'odeur de ma bière le fait fuir. Et vous savez combien elle fait ma bière ? 2º ! Il est si pieux qu'il peut pas dire un seul gros mot. Il ne pourrait même pas prononcer le mot "derrière" et vous voudriez qu'il ait détourné un avion ? »

Mais vers vingt-trois heures, les policiers interrogent à tout hasard la belle-sœur de Mac Coy, une jeune rouquine explosive :

« Non, je ne sais pas où est Mac Coy, dit-elle. Pourquoi le cherchez-vous ?

— Vous avez entendu la radio ? Un homme vient de détourner un avion et de sauter en parachute. Il paraît que ce pourrait être lui. Qu'en pensez-vous ? »

Contrairement à toute attente la jeune femme leur répond tout à trac :

« Ça se pourrait bien. Il m'a proposé un jour de l'aider à détourner un avion. On prendrait

158

500 000 dollars. On sauterait en parachute, etc., le même scénario, quoi ! »

Les policiers de Provo se jettent alors comme des fous sur le téléphone pour prévenir le lieutenant du F.B.I.

Dans son P.C. de Salt Lake City le lieutenant est de plus en plus écrasé par la fatalité. Maintenant qu'il est établi que le pirate a sauté aux environs de Provo, le voilà investi de la responsabilité suprême : il est devenu la plaque tournante. Mais la déclaration de la belle-sœur de Mac Coy le réconforte : cette fois la piste Mac Coy paraît sérieuse. Le pirate identifié, il pourra rentrer chez lui. Hélas ! un nouveau coup de fil des policiers qui enquêtent à Provo refroidit son enthousiasme.

« Autant pour nous, lieutenant. On a peut-être été un peu vite. Ce que nous a dit la belle-sœur de Mac Coy ne doit être entendu qu'avec beaucoup de précaution.

— Pourquoi ?

— Eh bien, d'après ce que nous avons appris ici, elle est un peu dingue, et elle est amoureuse de son beau-frère. Comme celui-ci a toujours repoussé ses avances, elle est littéralement folle de jalousie. »

Le lieutenant, de plus en plus écrasé par la fatalité, repose son téléphone d'un geste las, en poussant un énorme soupir : Mac Coy ? ou pas Mac Coy ?

Dans son bureau qui lui sert de quartier général, il tient une conférence :

« Voyons, résumons la situation. Un homme qui s'est rendu maître d'un avion de la ligne de Denver-San Francisco vient de sauter en parachute aux environs de Provo avec une rançon de 500 000 dollars. À la façon dont il a guidé l'avion et dont il a sauté en parachute c'est un pilote professionnel, un parachutiste et un homme habitué aux opérations de commandos. Or à Provo justement un pilote d'hélicoptère, ancien héros de la guerre du Viêt-nam, aurait parlé à deux personnes d'un projet de piratage qui ressemble trait pour trait à celui-ci. Contre ça, qu'est-ce que nous savons ? Que le pirate s'appellerait Henry Terry Johnson, qu'il serait brun avec une moustache, alors que le suspect s'appelle Mac Coy et qu'il est blond avec des yeux bleus. De toute façon le pirate de l'avion a peut-être les yeux bleus, on n'en sait rien, puisqu'il portait des lunettes, paraît-il.

— Pardon lieutenant, se hasarde un des assistants, il y a aussi sa réputation, c'est un prédicateur d'une des religions les plus sévères d'Amérique du Nord et il est intègre, sobre, prude et pieux.

— D'accord, mais pour le moment votre saint homme n'est pas chez lui, comme par hasard. Alors où est-il ? »

Or vers une heure du matin Mac Coy rentre enfin chez lui, tout surpris d'y trouver son explosive et rouquine belle-sœur.

« Enfin ! C'est pas trop tôt ! Et d'où viens-tu ? lui demande-t-elle.

— J'étais à Spring Fields, tu sais bien, je t'avais prévenue que je travaillais au chalet. »

Mac Coy s'étonne de la nervosité de sa belle-sœur. Elle lui avoue la vérité :

« La police te cherche. Elle te soupçonne d'être l'homme qui a détourné l'avion. Je leur ai dit qu'un jour tu m'avais proposé de le faire !

— Quoi ? C'est malin ! Ils vont croire que c'est moi. »

À son quartier général de Salt Lake City, le lieutenant du F.B.I. décroche son téléphone.

« Lieutenant ! Un de nos hommes qui est posté devant sa maison vient de voir Mac Coy arriver. Qu'est-ce qu'on fait ? »

Encore une décision à prendre, encore une responsabilité, le lieutenant que la fatalité décidément n'abandonne pas réfléchit très vite : les Mormons sont des chrétiens très respectables, mais assez fanatiques. Pas question d'arrêter un de leurs prédicateurs sans un motif valable. Il faut donc agir avec tact :

« Il est pilote d'hélicoptère, ce bonhomme ? Et dans la Garde Nationale ? Bon, eh bien convoquez-le à l'aéroport de Provo, sous le prétexte que vous avez besoin d'un pilote, pour participer aux recherches du pirate.

— O.K. »

Quelques instants plus tard, un blond mince aux cheveux rares et aux yeux bleus, revêtu d'un uniforme de la Garde Nationale, se présente aux ordres à l'aéroport de Provo : c'est Mac Coy.

Aussi discrètement que possible les policiers l'interrogent.

Il paraît très calme. À la fois assez admiratif devant l'exploit que vient de commettre le pirate et réprobateur quant à la moralité de son geste. Il a réponse à tout.

Comme il fournit un emploi du temps minutieux et contrôlable de son séjour dans le chalet de Spring Fields, les policiers ne peuvent rien retenir contre lui.

Aussi lorsque, à quatre heures du matin, les recherches sont abandonnées, Mac Coy rentre chez lui.

Dans son Quartier général, repoussant enfin la fatalité le lieutenant du F.B.I. explose :

« Pourtant c'est lui ! Je suis sûr que c'est lui. Ce type n'est pas normal. Vous trouvez normal vous un type qui se bat comme un lion au Viêt-nam ? Qui porte sur son dos un ami qui a les boyaux à l'air ? Qui sort des copains d'un hélicoptère en flammes sous les balles de l'ennemi ? Qui se porte volontaire pour des missions impossibles ? Qui reçoit des tas de décorations ? Et qui, brusquement, s'inscrit à l'Université des Mormons, ne boit plus une goutte d'alcool, ni de café, ne touche plus une femme, traverse la rue lorsqu'il passe devant un bistrot et devient prédicateur ?

— Ça arrive, lieutenant, grogne un des flics.

— Ben oui, le besoin d'absolu, remarque un autre.

— Il y a des gens comme ça, qui ne font jamais les choses à moitié, explique un troisième.

— D'accord, mais le pirate non plus n'a pas fait les choses à moitié. Pourquoi est-ce que ce ne serait pas la troisième vocation de Mac Coy ? »

Bientôt une nouvelle information va conforter le lieutenant dans son opinion. La femme de Mac Coy, institutrice, a deux enfants. C'est une grande malade. Elle souffre d'une terrible affection des os. Aucun médicament ne peut la guérir. Sa main droite est déjà perdue, elle a dû abandonner sa classe et travaille à mi-temps dans un service social.

Or, vers sept heures du matin un chirurgien de Salt Lake City, qui écoute la radio, apprend que parmi les multiples suspects figure un certain Mac Coy. Il appelle aussitôt la police :

« J'ai vu Mac Coy il y a trois jours, ça m'ennuie beaucoup d'avoir à raconter ça, mais je crois que c'est mon devoir. J'ai dû lui apprendre que la main gauche de sa femme, à long terme, était probablement perdue. Et qu'il n'y avait qu'une opération assez compliquée qui avait des chances de la sauver. Il m'a demandé si cela coûterait cher. J'ai bien été obligé de lui avouer que ce serait très cher. Il avait l'air effondré. Il m'a répété plusieurs fois de suite : "Où voulez-vous que je trouve l'argent ? Mais où voulez-vous que je trouve l'argent ?" Puis il a conclu : "Décidément la vérité on ne la trouve ni en Dieu, ni dans le sang, la vérité, c'est l'argent. Eh bien j'en trouverai et par n'importe quel moyen." »

À neuf heures du matin, un groupe de graphologues convoqués par le lieutenant examinent les instructions de vol que le soi-disant Henry Terry Johnson a écrites au pilote du Boeing. Ces notes griffonnées sur des feuilles de bloc-notes sont comparées à des spécimens d'écriture trouvés chez Mac Coy.

Les graphologues sont unanimes : c'est la même main qui a écrit. Henry Terry Johnson et Mac Coy sont une seule et même personne.

Dix minutes plus tard, Mac Coy est arrêté.

Dans les jours qui suivent, le lieutenant, patiemment, retrouvera à peu près tout son arsenal, les lunettes miroitantes qui cachaient ses yeux bleus, la perruque brune qu'il avait posée sur ses cheveux blonds et même la fausse moustache, la grenade, et le revolver...

Avant d'en prendre pour quinze ans, Mac Coy n'aura eu que le temps de dépenser 6 dollars sur les 500 000 qu'il avait perçus : de quoi s'offrir un jus de fruit dans une pizzeria de Spring Fields.

L'HOMME SAUGRENU

C'est un petit homme assis sur une marche d'escalier, dans le couloir de son immeuble. Il regarde avec attention le paillasson de la concierge, comme si le petit rectangle de corde tressée pouvait lui apprendre la vérité sur toute chose.

Il a cinquante-quatre ans. Le cheveu rare, le teint blafard et deux yeux pâles et bleus, remplis de larmes.

La concierge l'observe derrière ses carreaux. Que fait là son locataire du grenier ? Jonathan Rheïn est un rêveur, toujours dans la lune, un vagabond aux trente-six métiers, un pauvre, un poète de café-tabac... Toute sa vie il a confectionné des vers boiteux et imaginé des contes de fées où le bien triomphe toujours du mal. Jamais aucune femme n'a réussi à partager cette vie approximative, entre le rêve et la réalité. Il vit seul, là-haut sous les combles, dans une pièce unique. Mais que fait-il à pleurer, assis sur une marche d'escalier ? Que dit-il ? La concierge se le demande bien...

Il parle à son paillasson.

« Toi tu connais la vie. Tu ne t'étonnes de rien. Les gens te marchent dessus, ils grattent leurs pieds sur ton dos, ils déposent sur toi tout le mal du dehors... Et tu ne dis rien. Tu es un philosophe de la terre... Mais moi ? Moi je suis un poète de l'air et du ciel, qui cherche le beau... Et tu sais, paillasson ? Je ne le trouve pas... »

La concierge se décide à passer le nez dans le couloir.

« Qu'est-ce qu'il y a, monsieur Jonathan ? Ça ne va pas ? »

Jonathan semble sortir d'un rêve, il examine la concierge, une petite vieille difforme, courbée par des années de serpillière, et d'escaliers à laver...

« C'est vous, madame Shulz ? Ah ! c'est vous. Oui bien sûr, c'est vous...

— Vous pleurez ?

— Je pleure, madame Shulz. Oui je pleure. Et savez-vous pourquoi je pleure ? Non vous ne le savez pas. Je pleure sur la beauté, madame Shulz. Il faut avoir pitié de la beauté. Vous savez ce que c'est la beauté ? Non. Moi, je sais. La beauté c'est fragile, c'est un instant qui passe, comme un oiseau, ou un grain de poussière. Vous voyez ce grain de poussière là ? Il est tombé sur votre paillasson. Il brillait dans la lumière du soir, il était beau, léger, aérien, et il est tombé là ! vous allez lui marcher dessus, c'est fragile un grain de poussière. C'est beau une seconde, et puis, ça se noie dans la laideur...

— Monsieur Rheïn, il est dix heures du soir, il faut aller vous coucher !

— Oh ! je ne peux pas, madame Shulz. Si je vais me coucher voyez-vous, je disparaîtrai moi aussi dans la laideur, comme un grain de poussière.

— Allons, soyez raisonnable...

— Jamais, madame Shulz. Je ne serai jamais raisonnable. Asseyez-vous là près de moi, tenez, je vais vous raconter une histoire. L'histoire du poète et de la belle Hélène, vous voulez bien ?

164

— Monsieur Rheïn, il faut aller vous coucher. Vous me raconterez votre histoire demain !

— Oh ! non. Oh ! non. Demain, il sera trop tard, voyez-vous, le poète c'est moi. Je suis là et je pleure, car je suis un poète assassin. Et là-haut, chez moi, il y a la belle Hélène, elle est morte, madame Shulz. La beauté est morte par ma faute...

— Qu'est-ce que vous racontez ? Il y a une morte là-haut ?

— Oui, madame Shulz...

— Il faut prévenir la police, monsieur Rheïn !

— Certes, certes, il le faut. Mais je veux vous raconter mon histoire d'abord, vous voulez bien ? Vous serez mon public et vous pourrez raconter l'histoire à la police, après, parce que moi je ne saurai plus, voyez-vous. Une histoire comme celle-là, madame Shulz, c'est un grain de poussière, ça brille un instant quand on la raconte, et puis c'est sale ensuite, c'est laid. Je vais vous raconter le beau et vous, vous raconterez le laid à la police. Asseyez-vous là... écoutez-moi : Il était une fois... »

Jonathan Rheïn va raconter son histoire à la concierge. Plus tard, les policiers et les juges appelleront Jonathan « l'homme saugrenu ». Ce poète assassin va faire couler de l'encre dans son pays : l'Allemagne de 1950. Mais au-delà du procès et des bagarres d'experts, il y a l'Histoire vraie de cet « homme saugrenu », à travers lui-même, durant dix ans de sa vie étonnante. C'est pourquoi il faut écouter d'abord, comme la concierge, le conte du poète et de la belle Hélène. Assis sur les marches d'un escalier, devant un paillasson miteux, Jonathan commence :

« Il était une fois une princesse... »

Jonathan Rheïn raconte d'une voix lente et douce, presque tendre, et la concierge écoute, les yeux écarquillés.

« Cette princesse s'appelle Hélène. Elle est blonde, madame Shulz, comme vous l'étiez à vingt ans, vous

vous souvenez ? Elle a de jolis yeux verts et de longs cheveux blonds. Elle s'ennuie dans son château où il fait froid, et elle a peur, car on veut la marier à un homme très laid et très vieux. Elle ne sait pas, la pauvre princesse, que cet homme, laid et vieux, l'aime d'un grand amour. Et elle ignore qu'elle peut tout pour lui. En effet cet homme est un jeune poète, que la malédiction du monde a changé en vieillard repoussant. Mais si elle l'aime, et si elle lui donne un baiser, la malédiction s'en ira, et le jeune poète redeviendra ce qu'il était : beau et séduisant. Vous comprenez, madame Shulz ?

— Je comprends, monsieur Rheïn. C'est du théâtre que vous avez écrit ?

— C'est ça !

— Et comment ça finit ?

— Attendez, madame Shulz, attendez. Au début de la pièce, la belle Hélène est dans son château et le poète changé en vieillard laid et repoussant vient lui rendre visite. Il ne peut pas lui dire qu'il est victime de la malédiction. Il doit se faire aimer d'abord pour lui-même et obtenir un baiser. Alors il écrit un poème pour Hélène et dans ce poème, il va essayer de lui faire comprendre son malheur. C'est un long poème, très beau.

— Dites, monsieur Rheïn... racontez-moi la fin s'il vous plaît.

— Il faut écouter le poème avant, madame Shulz !

— Soyez raisonnable, monsieur Rheïn. Est-ce qu'il y a vraiment quelqu'un là-haut ? Est-ce qu'elle est vraiment morte ?

— Oui, madame Shulz, bien sûr, sinon, je ne vous raconterais pas ma pièce.

— Alors dites-moi vite la fin, monsieur Rheïn, il faut prévenir la police, soyez raisonnable s'il vous plaît. J'ai... j'ai peur, moi !

— N'ayez pas peur. La belle Hélène vous la connaissez, madame Shulz, c'est la petite serveuse du café Blader, elle est si jolie n'est-ce pas ?

— Et le poète c'est vous ?

— Bien sûr. Personne d'autre ne saurait jouer ce rôle.

— Alors ?

— Alors j'ai dit mon poème, madame Shulz, et je m'avance vers la belle Hélène. Je la prends dans mes bras, pour l'embrasser, je crois qu'elle m'aime. Mais la belle Hélène recule, elle a peur de moi. Je la rattrape, je la serre contre moi, je vais l'embrasser. Et elle ne veut pas.

— Et après ?

— Après c'est la laideur, madame Shulz. Elle est morte là-haut.

— Mais je ne comprends pas. Elle est morte dans la pièce ? Elle fait semblant ?...

— Oh ! non. Dans la pièce elle n'est pas morte. Je l'embrasse et je redeviens normal, et nous nous aimons dans l'éternité. Et nous vivons dans les étoiles. C'est très beau, madame Shulz, très beau.

— Je peux monter chez vous, monsieur Rheïn ?

— Vous êtes courageuse, madame Shulz ! oui, très courageuse ! Moi voyez-vous, je ne peux pas. Je préfère rester là, avec votre paillasson. Et puis je dois pleurer. J'en ai besoin vous comprenez ? »

Jonathan Rheïn a les larmes aux yeux, en effet. Et la concierge monte les escaliers, peureusement.

Là-haut au dernier étage, sous les combles, la porte de son locataire est restée ouverte. L'unique chambre est illuminée. Il y a des fleurs dans des vases, le lit est recouvert d'un tissu multicolore. Les meubles sont bien rangés. Une commode, deux chaises, et un tapis. Sur le tapis le corps d'une femme est allongé sur le dos, les bras écartés.

Mme Shulz se penche. Le visage de la petite serveuse du café Blader est pâle, si pâle, elle a les yeux clos. Un mince filet de sang s'écoule sur le tapis. Il part de son dos.

Alors Mme Shulz se met à crier, et court dans l'escalier aussi vite qu'elle peut. Elle n'y croyait pas tout à fait, mais à présent, aucun doute, il y a eu un crime dans la maison.

Jonathan, « l'homme saugrenu », est toujours assis sur une marche. Il lève la tête :

« C'est la laideur, madame Shulz. La mort c'est la laideur. Mais il ne faut pas crier, cela rend la laideur encore plus laide. »

Mme Shulz se dit : « Il est fou ! » et elle se précipite au café Blader de l'autre côté de la rue pour téléphoner à la police.

Quand le car de Police-secours arrive devant l'immeuble, Jonathan n'a pas bougé. Il ne pleure plus, et regarde ses mains avec étonnement. Un policier le relève, on lui passe les menottes, et il continue à regarder ses mains.

Là-haut, un commissaire de police et le médecin légiste examinent le corps. La jeune serveuse est morte. Une paire de ciseaux plantée dans le dos, profondément, a atteint le cœur. Aucune trace de lutte.

Jonathan est interrogé sur place, mais il est incapable de décrire les circonstances du meurtre.

« Je ne sais pas, monsieur. L'ai-je tuée ? Ne l'ai-je pas tuée ? Vous comprenez, nous répétions la pièce, alors pourquoi l'aurais-je tuée, puisqu'elle ne doit pas mourir ? Elle doit vivre et m'aimer. »

Le commissaire s'énerve.

« Mais enfin, vous étiez seul avec elle ! Il s'est bien passé quelque chose ?

— Elle est morte.

— Pourquoi l'avez-vous frappée ?

— Je l'ai frappée ? Oh ! non, c'est quelqu'un d'autre. Elle reculait vers la porte. Elle avait peur de moi. J'étais vieux, laid et repoussant ; et moi je devais l'embrasser, pour retrouver mon corps de poète, vous comprenez ? »

Ah ! ça non, le commissaire ne comprend pas. Il se dit comme la concierge... « ce type est fou ! » Et Jonathan se retrouve en prison, inculpé de meurtre.

Avec le juge, il est plus raisonnable cependant. Mais il nie tout simplement.

« Je ne l'ai pas tuée. Ce n'est pas moi. Je suis un poète, pas un assassin. Vous pouvez demander à tout le monde dans le quartier, ils me connaissent. Je ne tue pas, monsieur le juge. J'écris des vers depuis toujours. Je sais qu'on se moque de moi souvent, mais Hélène, elle, me comprenait. C'était la seule qui comprenait. C'est pour cela que je lui ai donné le rôle de la princesse. »

Le juge tente de débrouiller l'écheveau que Jonathan lui présente en guise d'explication.

« Vous connaissiez cette femme, elle était votre maîtresse !

— Ma fiancée, monsieur, c'est plus joli une fiancée.

— Si vous voulez. Seulement depuis quelque temps, elle vous trompait ?

— Me tromper ? Je ne sais pas. Elle était jolie, beaucoup d'hommes lui faisaient la cour.

— Alors vous étiez jaloux ! Et vous l'avez tuée !

— Mais non ! vous ne comprenez pas ! Moi j'aimais la princesse Hélène, celle de ma pièce, et elle allait m'aimer aussi. Je n'étais pas jaloux, et je ne l'ai pas tuée.

— Oui, d'accord, vous alliez vivre heureux dans les étoiles, je sais ! Mais à part ça ? Sortez de votre rêve un peu, bon sang ! Vous espérez que je vais vous faire interner ? Vous voulez passer pour un fou ?

— Tous les poètes sont fous. Ce sont les autres qui le disent en tout cas, mais moi je ne suis peut-être pas fou. Je sais bien que je n'ai tué personne.

— Alors qui l'a tuée ?

— Je l'ignore, monsieur, je vous assure. Vous savez, elle reculait vers la porte, et la porte était ouverte.

— Pourquoi était-elle ouverte ?

— Pour entrer en scène ! Il fallait bien que nous ayons des coulisses. C'était dans le couloir, les coulisses.

— Bon. Alors elle reculait vers la porte, et vous, vous avanciez vers elle...

169

— C'est ça. Je la prends dans mes bras, et tout à coup elle tombe. Je lui ai dit qu'il ne fallait pas tomber, mais elle tombait quand même, je la soutenais par les bras...

— Que s'est-il passé ensuite ?

— Je l'ai allongée sur le tapis, et j'ai vu qu'elle était morte.

— Avez-vous vu quelqu'un dans le couloir ?

— Il n'y avait personne dans les coulisses au début de la pièce. Après, je ne sais pas. Quelqu'un a pu s'y cacher !

— Et les ciseaux ? Ils sont à vous ?

— Non.

— Vous n'avez pas de ciseaux chez vous ?

— Si, des petits, pour découper les images.

— Mais les empreintes ? Elles sont à vous.

— Mais les empreintes ? Qu'est-ce que c'est ?

— Les traces de vos doigts sur les ciseaux !

— Il y a des traces ? Comment savez-vous ça ? »

Jonathan ignore tout des techniques policières, apparemment. Mais il comprend ce que le commissaire lui explique patiemment.

« Donc, ça veut dire que j'ai mis mes doigts sur les ciseaux ? Eh bien, c'est vrai. J'ai regardé dans son dos, parce que je voyais bien qu'il y avait quelque chose. J'ai pris les ciseaux, mais ils ne voulaient pas sortir. Et puis commissaire j'avais peur, moi, c'était laid tout ça, et impressionnant. Alors j'ai pas insisté.

— Et qu'avez-vous fait après ? Il s'est passé au moins trois quarts d'heure après la mort de la jeune femme.

— Je parlais avec la concierge. Elle aime bien les histoires. »

Voilà. Jusqu'au procès, un an après, Jonathan ne dira rien de plus : il est innocent.

L'accusation maintient sa position. Mobile : jalousie, arme du crime portant différentes empreintes certes, mais celles de Jonathan aussi, et enquête négative quant à la réalité d'un assassin inconnu.

Or bizarrement, une querelle se dessine dans la

presse. Avant, pendant et après le procès. Le cas de Jonathan émeut la ville entière et la partage.

Son avocat, persuadé de son innocence, alimente les journalistes. Il affirme notamment que les accusations ne reposent sur rien de précis, que l'enquête pour rechercher le véritable assassin a été bâclée, et que la police s'est contentée du coupable qu'elle avait sous la main, car c'était plus simple. Un poète, un rêveur, un vagabond qui fait des vers minables depuis des années, qui n'a pas de métier fixe ! Un jour cheminot, un jour balayeur, et la plupart du temps chômeur. On le dit fou, c'est facile. On ne le croit pas, parce qu'il s'exprime bizarrement, on l'appelle « l'homme saugrenu » sans chercher plus loin la vérité.

Du côté de ceux qui le pensent coupable, il y a surtout un romancier détective à ses heures et constructeur de théories à l'emporte-pièce.

Pour lui, Jonathan, « l'homme saugrenu », est coupable. Il a soigneusement fait la reconstitution du crime : Jonathan, emporté par l'ambiance de sa pièce et par son personnage a tué sans s'en rendre compte. En quelque sorte il a rajouté une scène à son texte. Il en est plus ou moins conscient, mais refuse d'accepter ce crime.

Suit une démonstration assez convaincante, il faut le dire, sur la manière dont Jonathan a saisi les ciseaux qui traînaient sur la commode près de la porte et a frappé la jeune femme, selon un angle déterminé en fonction de l'axe de la blessure.

Au procès, la bataille continue. Les jurés ne savent plus où est le théâtre, où est la réalité, et Jonathan lui, assis sagement dans son box, contemple les rayons du soleil qui passent à travers les hautes vitres de la salle du tribunal. Son rêve continue. Rêve ou cauchemar, on ne sait. Il courbe la tête avec résignation devant le verdict : dix ans de réclusion, avec circonstances atténuantes...

C'est un drôle de verdict.

Le voilà en prison, silencieux, et composant des poèmes ou des contes pour enfants, qu'il déclame dans sa cellule à un public imaginaire qu'il a dessiné sur le mur.

Au-dehors, la bataille continue : innocent, coupable, les spécialistes s'invectivent au nom de la liberté des droits de l'homme et de l'erreur judiciaire.

Cela dure jusqu'en 1957, date à laquelle Jonathan est libéré pour bonne conduite, après sept années d'internement.

Il retrouve le soleil, les grains de poussière et les étoiles et il part sur les routes, en vagabond, ignorant que sa libération anticipée a réveillé les passions de plus belle.

Il court ainsi les chemins pendant quelques années. On écrit sur lui des théories et des livres. Mais nul ne sait où « l'homme saugrenu » promène sa solitude de poète approximatif. Et puis un jour, Jonathan réapparaît. Il a soixante-quatre ans. Il frappe à la porte de son avocat, lequel s'est battu et se bat encore pour prouver l'innocence de son client et le faire réhabiliter.

« Bonjour monsieur. Je suis venu vous dire la vérité. J'ai tué Hélène, c'est juste. Mais c'était un accident stupide. Hélène a reculé trop vite, elle a heurté un commutateur électrique, et nous nous sommes retrouvés dans le noir. J'avais les ciseaux à la main, ils me servaient d'épée pour mon rôle, j'étais un vieux seigneur, laid et repoussant, avec une épée.

« J'ai trébuché dans le noir, et nous sommes tombés tous les deux l'un sur l'autre. Quand j'ai rallumé, j'ai vu qu'Hélène était tombée sur les ciseaux que je n'avais pas lâchés. La violence du choc a fait pénétrer la pointe dans son dos... Elle n'a pas beaucoup souffert. Elle est morte tout de suite... »

Jonathan reste un moment à regarder l'avocat stupéfait. Puis il s'apprête à partir, comme il était venu. L'autre le rattrape :

« Mais pourquoi ne l'avez-vous pas dit tout de suite ?

— Dire quoi ? Ah ! la vérité ? Elle est laide la vérité, vous savez... »

172

Et Jonathan est reparti sur les chemins, laissant la bagarre reprendre autour de son cas, sans s'en mêler lui-même. Il n'a pas reparu. S'il vit encore, il doit approcher des quatre-vingts ans. Il doit contempler quelque part, en Allemagne ou ailleurs, un brin de poussière quelconque qui brille dans le soleil, beau et fragile, et philosopher à son sujet, en vieillard plus saugrenu que jamais.

LE PRISONNIER DE LA MER

Le vent a soufflé toute la journée, et le petit yacht a eu bien du mal à atteindre le petit port de Minorque. Il est enfin à l'abri. Harald Spruck et son épouse sont épuisés et se couchent de bonne heure. Harald Spruck surtout. Il n'a qu'une jambe, et naviguer à la voile dans ces conditions, c'est plus que du sport pour lui, c'est un exploit. Il a cinquante-neuf ans. Toutes ses économies sont passées dans l'achat du *Sylvia II*, le nom de sa femme. C'est leur manière de vivre leur retraite. Le moignon de sa cuisse le fait terriblement souffrir après une journée de mer :

« Bonne nuit, Sylvia, je suis éreinté.

— Bonne nuit, Harald. »

Le silence envahit la cabine. Le *Sylvia II* tangue doucement dans le port. Minuit : Harald et Sylvia se réveillent en sursaut et le mari chuchote :

« Tu as entendu ?

— Oui, qu'est-ce que c'est ? »

Sylvia obtient immédiatement la réponse, mais c'est une autre voix qui la donne, en même temps, elle est aveuglée par le faisceau d'une lampe de poche.

« Tu le vois bien ce que c'est ! Et tiens-toi tranquille ! »

La voix vient de l'écoutille du pont. En levant la tête le couple aperçoit une main tenant un revolver, puis la silhouette d'un homme devant la porte de la cabine. Une silhouette massive et haute. La voix est mauvaise et la main jette une corde.

« Allez, ligote ta femme et fais ça bien, sinon ça ira mal. »

Toujours ébloui par la lampe électrique et menacé du revolver, Harald saute sur sa jambe valide et obéit. Il ligote sa femme du mieux qu'il peut, tandis que les suppositions tournent dans sa tête.

Qui est ce type ? Un pirate ? Un gangster ? Qu'est-ce qu'il veut ? Le bateau ? Harald a fini de ligoter sa femme et il l'entend respirer fort, la peur lui coupe le souffle, elle cherche de l'air. Il veut la rassurer, mais dans le noir l'homme le bouscule.

« Allez, à ton tour. Allonge-toi là ! »

Et il le ligote fermement, avec rapidité. Harald n'a toujours pas vu son visage.

« Bon. Maintenant, pour que vous sachiez de quoi il retourne, je suis Rolf Meyer ! »

Il a dit ça d'un ton conquérant et fier de lui, comme s'il annonçait : « Je suis Rackam le Rouge ! ou Barberousse ! » Manifestement, on doit trembler encore plus, à l'annonce de son nom. Mais ce nom ne dit rien aux deux prisonniers, et ils gardent un silence prudent.

« Rolf Meyer, hein ? Ça vous épate ! J'ai déjà tué des gens comme vous, un type avec sa femme, il s'appelait Gerke, un ancien para. Il a voulu se jeter sur moi, alors j'ai aussi tué sa femme, d'ailleurs, elle criait ! et la gosse aussi... »

Les Spruck n'ont jamais entendu parler de ce crime, mais ce n'est pas étonnant, ils ne lisent pas les journaux depuis qu'ils sont en mer. Cela dit, ils comprennent que l'homme vient de leur avouer un triple assassinat, et cela n'a rien de rassurant. Sylvia se retient de crier à s'en faire mal et Harald désespéré se dit : « Eh bien, ça y est ! Le genre de truc qui n'arrive qu'aux autres, c'est pour nous cette fois. On va crever bêtement, assassinés par un dingue, le 3 septembre 1980. »

Meyer brandit son revolver une nouvelle fois, il vient de se cogner dans le noir et grogne :

« On ne bouge pas, on m'écoute ! La lumière, bon sang ! Où est-elle ? »

Harald lui indique la lampe. Et la cabine s'éclaire enfin. Le visiteur est un costaud. Il porte une moustache, il est mal rasé, vêtu d'un tee-shirt assez sale. Harald remarque les deux bras musculeux couverts de poils, portant chacun un tatouage d'un goût douteux. Il s'agit d'un cercueil flottant sur l'eau et surmonté d'une croix.

L'homme s'assoit et le couple peut examiner son visage à loisir. Front petit et buté, arcades sourcilières proéminentes, nez mince et double menton. Il se dégage des traits une sorte de méchanceté triste et molle, un drôle de mélange.

« Bon, je ne vous fais rien. J'ai échoué avec mon bateau. J'ai besoin de votre argent. Où sont vos passeports et les permis de navigation ? »

Harald désigne la sacoche qui contient le tout, dans le placard au-dessus de sa tête. Meyer fouille dans les papiers et, ayant trouvé ce qu'il voulait, s'assoit confortablement sur la troisième couchette vide. Il semble moins nerveux.

« J'ai fait un sacré voyage jusqu'ici ! Si les copains me voyaient ! Je suis parti de Gênes, j'ai fait l'île d'Elbe, la Corse, par Solenzara, la Sardaigne par la côte Ouest, et hop, jusqu'à Ibiza ! Il y a une semaine j'étais à Porto Cristo, à Majorque, et aujourd'hui me voilà. J'avais volé le bateau, mais un jour j'en aurai un à moi, c'est sûr, ça ! »

Tout en parlant, Meyer balance son arme d'une main à l'autre. Il la contemple tout à coup avec plus d'insistance :

« Vous voyez ça ? C'est un Walter P 28, avec un canon scié, ça fait des trous particulièrement gros... oui... particulièrement gros. Bon, maintenant je vais m'étendre et dormir, mais ne faites pas de bêtises. Je ne dors que d'un œil. Au point où j'en suis maintenant, ils ne peuvent pas me donner moins que la perpétuité, alors, un ou deux de plus ! »

Et il s'endort. Après s'être retourné deux ou trois fois, en serrant le pistolet contre lui.

Une longue nuit d'angoisse commence pour Harald et Sylvia Spruck. Ils n'osent pas bouger ou faire la moindre tentative d'évasion. L'homme les tuera, ils l'ont bien compris. Puisqu'il n'en est plus à « un ou deux près ». Mais qui est cet homme ? Ils l'ignorent bien sûr.

La police internationale le recherche depuis plus de six semaines dans tout l'ouest de la Méditerranée. Il est soupçonné d'un triple assassinat. Et il en est capable puisqu'il l'a avoué lui-même à ses otages. Il s'est emparé d'un bateau à Chiavari, près de Gênes. Après avoir assassiné les propriétaires, un couple d'Allemands. Les corps n'ont pas été retrouvés. Le bateau, un petit yacht de 7 mètres, jaune et blanc, leur avait coûté 5 000 marks. C'étaient leurs premières vacances.

Le 22 juin, ils arrivaient en Italie, en voiture avec le bateau en remorque. À Chiavari, le capitaine du port se souvient très bien qu'un grand gaillard costaud aux bras tatoués les a aidés à mettre à flot.

Le 25 juin, le même bateau est échoué près d'un camping, dans le sable. C'est le même homme qui le pilote, il se fait appeler Henri. Les campeurs qui l'aident à dégager le bateau aperçoivent la tête d'une fillette, derrière un hublot. Elle pleure. Ils la prennent pour sa fille.

Le 26, « Henri le tatoué » fait réparer sa rame, le 27 il invite trois campeurs à dîner sur « son » bateau. L'un d'eux demande :

« Et votre fille ?

— Je l'ai accompagnée au train, elle a dû rentrer en Allemagne. »

Il avait donc gardé l'enfant, Michaela, treize ans, à bord, et elle est morte entre le 25 et le 27 juin 1980, trois jours après ses parents. On ne saura jamais réellement dans quelles conditions.

La disparition de la petite famille a été signalée par le grand-père, et le triple assassinat immédiatement soupçonné. Le voleur se sert de chèques au nom du propriétaire, qu'il signe maladroitement. Il se sert également d'un passeport, perdu il y a un an par un ingénieur du nom de Henri Gesh.

La police commence à le suivre à la trace, mais sans jamais l'attraper, car elle arrive toujours trop tard. Il est identifié grâce à ses tatouages. C'est bien Rolf Meyer, un ancien détenu, libéré sous probation. Il s'est même offert le culot d'envoyer à ses anciens camarades de cellule une photo de lui en couleurs, et à bord du bateau dont il a maladroitement repeint l'ancien nom par un neuf. Les spécialistes identifient facilement le bateau sur la photo.

La chasse à l'homme prend de l'ampleur. Le 14 juillet, Meyer est signalé à l'île d'Elbe. Le 23 à Solenzara, le 9 août en Sardaigne. Puis pendant quatre semaines, l'homme et le bateau disparaissent. Plus aucune trace.

Le 3 septembre à minuit vingt, il vient d'attaquer les Spruck et il dort, en ronflant, sur sa couchette. Que va-t-il faire ? Le bateau volé a échoué, il en a trouvé un autre, avec des papiers et de l'argent, alors va-t-il tuer une nouvelle fois ? Dans l'horrible logique qui est la sienne, il semble bien que oui, s'il se sent menacé.

Le matin du 4 septembre 1980 se lève sur le petit port de Minorque. Le *Sylvia II* paraît tranquille. Sur les quais quelques promeneurs, des pêcheurs et un enfant qui joue.

Personne ne se doute qu'un assassin se réveille à bord du petit yacht. Il veut déjeuner et se sert tranquillement. Aussi brutal qu'il était la veille, le voilà aimable et poli avec ses otages :

« Bon. Je vous ai raconté mes histoires de meurtres, mais c'était pour vous intimider, tout ça ne vous regarde pas, hein ? D'ailleurs, je suis incapable de faire du mal à une mouche, c'est vrai... Vous voulez du café ? Je vais rester quelques jours avec vous, quatre ou cinq, je ne sais pas, on verra bien. En attendant on va lever l'ancre, et je vous détacherai après, d'accord ? Vous comprenez j'ai besoin du bateau pour aller à Gibraltar, et puis après aux Caraïbes. Alors on va d'abord aller faire des provisions à Majorque. »

Et le *Sylvia II* lève l'ancre. C'est Meyer qui fait la manœuvre. Au large, comme promis, il libère ses otages. Le revolver, toujours coincé dans la ceinture de son pantalon, suffit à prévenir toute tentative d'attaque ou d'évasion. D'ailleurs, Harald ne se sent pas de force à lutter contre lui. Avec une seule jambe il est limité. Sylvia, elle, préfère rester sur le pont, le plus loin possible de Meyer. Cet homme lui fait une peur épouvantable. Pire, elle éprouve de la répulsion, et chuchote à son mari :

« C'est un sadique, j'en suis sûre. Je t'en prie, ne le laisse pas m'approcher. S'il tente quoi que ce soit, jetons-nous à la mer ! »

Dès leur arrivée à Porto Cristo, le port de Majorque, Rolf le tatoué décide :

« Vous le mari, vous allez faire les courses. Je garde Madame en otage, alors pas de bêtise. N'essayez pas de prévenir la police. Si je vois la moindre chose suspecte autour du bateau, pan pan ! »

La mort dans l'âme, le malheureux Harald descend à terre, muni d'une liste de provisions, tandis que Rolf s'enferme dans la cabine avec la femme. Sylvia est blanche de peur. Il y a cinq jours qu'elle a peur. Rolf, lui, paraît tranquille. Il se sert à manger, et lui raconte sa vie.

« Vous savez, j'ai fait de la prison, longtemps. La première fois qu'on m'a arrêté, j'avais dix-sept ans, je conduisais sans permis, ça c'était rien. Mais après j'ai fait des choses. En 70, on m'a mis en prison et vous savez pourquoi ? Viol ! mais j'étais pas tout seul, et ils m'ont collé treize ans ! pour des bricoles, finalement, j'ai violé personne, moi... »

Ce qu'il ne dit pas, c'est qu'il a réellement participé à des attaques et violé une douzaine de femmes, seul ou avec des complices. Ce qu'il ne dit pas non plus, c'est que le psychiatre l'a catalogué comme sadique et obsédé au dernier degré. Il a une autre idée de lui-même :

178

« En prison, ça allait, remarquez. J'ai bouquiné plein de livres sur la mer et les bateaux. J'adore ça. C'est ma passion, moi, les bateaux. J'ai suivi des cours en prison, j'ai appris la voile... »

Cette passion, véritable d'ailleurs, semble le calmer momentanément. À tel point que sa conduite en prison est jugée exemplaire. Il a la permission de commander des journaux, des livres, de prendre des cours, et en 1979, il est libéré. Il n'a fait que huit ans sur les treize. En partant, il dit à ses camarades :

« Quand j'aurai mon bateau, je vous enverrai des cartes postales des Caraïbes ! »

Au lieu des Caraïbes, et peut-être pour pouvoir s'y rendre, le libéré s'attaque à des supermarchés, mais il est imprenable. Un indic signale à la police qu'il a formé une bande pour prendre un juge en otage et faire libérer un détenu. On le recherche, il a disparu. Mais il ne craint pas d'envoyer à la prison des photos de lui, en play-boy, posant sur des voiliers. Il n'a pas renoncé à son rêve. Il a tué trois personnes pour ce rêve. Et il continue de rêver, devant son otage paralysée de peur, des Caraïbes.

Tandis que Rolf raconte à Sylvia tout ce qu'il fera aux Caraïbes, Harald Spruck, lui, se précipite dans une cabine téléphonique. Il appelle son fils en Allemagne. La communication est mauvaise, et le fils met un certain temps à comprendre l'incroyable aventure de ses parents. Harald se dépêche de lui donner le maximum de renseignements.

« Surtout ne préviens pas la police, tu entends ? Ta mère est seule avec lui ! J'ai trouvé un journal dans un kiosque tout à l'heure, qui parle de lui, si tu savais ! Il y a sa photo et celle des gens qu'il a tués...

— Mais qu'est-ce que tu veux que je fasse ?

— Viens, si nous sommes deux, nous pourrons peut-être nous en sortir, moi je ne peux rien avec ma jambe !

— Mais s'il décide de partir tout de suite ?

— Écoute, je vais essayer de lui faire comprendre que le *Sylvia II* n'est pas assez solide, de le retenir ;

179

de toute façon, il veut aller à Gibraltar, et ensuite aux Caraïbes. Ça j'en suis sûr.

— Papa ? Tu tiendras le coup ? J'arrive ce soir, je prends l'avion...

— Je tiendrai le coup, fils. Mais sois prudent. Pas la police !

— Ne t'inquiète pas. On improvisera. J'arrive, papa, tiens bon. »

M. Spruck a les larmes aux yeux. Il se précipite dans un café pour avaler un cognac et court après ses provisions en boitillant. Il ne faut pas donner l'alarme à Meyer. Il faut gagner du temps.

Meyer, lui, fait toujours la conversation à Sylvia pendant ce temps :

« Je l'avais remarqué, votre bateau, c'est pas exactement ce que je voulais, mais votre mari est handicapé, alors je me suis dit : avec lui, j'aurai pas de problème. C'est vrai, un type qui a une patte en moins se bagarre pas comme un autre, forcément. »

Sylvia pousse un soupir de soulagement quand Harald Spruck, avec sa « patte en moins », rapporte les provisions. Il est onze heures du matin à Majorque. Il a eu le temps de consulter un horaire d'avion. Si tout va bien, le fils sera à Palma en fin de journée. Le temps de faire la route en voiture et à minuit, une heure, il sera là.

En attendant, il chuchote la bonne nouvelle à sa femme. Meyer les a enfermés et s'affaire sur le pont.

« Sylvia, il faut sympathiser avec lui, gagner du temps...

— Alors parle-lui de bateaux, il en est fou. »

La journée s'écoule, presque dans la bonne humeur. Meyer raconte les avatars qu'il a subis sur son bateau volé, et Harald lui raconte comment il a choisi son bateau, et pourquoi. Il glisse de temps en temps sur la longue course que représentent les Caraïbes, et le voilier qu'il faudrait. Il trace même la route avec son ravisseur. Les voilà plongés dans les cartes et les calculs, les provisions et les escales. À minuit, Meyer déclare :

« Bon. Vous allez dormir, j'aviserai demain. »

Il semble réfléchir et estimer le *Sylvia II*. Il enferme le couple dans la cabine.

« Je vais prendre l'air sur le pont, j'aime bien regarder les étoiles. J'aime la nuit sur la mer. »

À deux heures du matin, le fils, Herbert Spruck, arrive à Porto Cristo en voiture. Il est accompagné de deux journalistes. Un charter les a déposés à Palma et ils ont foncé sur la route. Les voilà sur le quai, cherchant le *Sylvia II*. Ils le repèrent. Rien ne bouge à bord, tout est silencieux.

Les trois hommes se retirent dans l'ombre, pour réfléchir à l'attaque. Le mieux serait d'attendre l'aube. Si Meyer monte seul sur le pont, ce sera l'occasion. En attendant, il faut surveiller.

Il est presque trois heures du matin lorsque les guetteurs voient quelque chose bouger du côté du *Sylvia II*. C'est le yacht voisin, qui se détache du quai, et file sans bruit vers la sortie du port.

Herbert et les deux journalistes croient comprendre ! Ce bateau qui file sans lumière et sans bruit, c'est Meyer qui s'enfuit !

D'un bond, ils sautent à bord du *Sylvia II*. Herbert a la gorge serrée en criant :

« Papa ? Maman ? Où êtes-vous ? »

Ils sont là, recroquevillés sur leur couchette, mais vivants. Ils ne se sont même pas aperçus que leur gardien avait filé à l'anglaise. Le bateau voisin était plus gros, plus solide, plus beau, et surtout, il était vide d'occupants. Alors, tandis que père, mère et fils s'embrassent et se racontent, les deux journalistes foncent sur une vedette, suivent le yacht, qui file vers le large. Sur le pont, une silhouette solitaire se débat avec les voiles, c'est Meyer. Les journalistes regagnent le port, et alertent la police. Mais il faut des heures avant que la *Guardia civil* comprenne ce qui se passe.

Il est sept heures du matin lorsque enfin la chasse s'organise. Mais le bateau fuyard a disparu derrière une anse rocheuse. La police espagnole essaie de la suivre par voie de terre, mais le chemin est pénible, et c'est dans le courant de l'après-midi qu'ils retrouvent enfin le yacht, toutes voiles envolées.

Meyer cette fois avait choisi trop gros. C'est à peine s'il avait réussi à hisser la misaine. Incapable de manœuvrer seul, il s'est échoué. Quelques traces de pas dans le sable, et c'est tout. Le marin présomptueux a disparu. Nous sommes le 8 septembre 1980.

Le 12 septembre 1980, les mains de deux policiers s'abattent sur les puissantes épaules de Meyer dans une rue de Palma de Majorque. Il rêvait à un autre bateau, à la liberté des mers, aux Caraïbes... Il aura la perpétuité dans une prison allemande. C'est le prix de trois assassinats, dont celui d'une enfant de treize ans, et d'un kidnapping. Les experts le croyaient réintégré par son amour de la mer et des bateaux. Or il avait tué pour la même raison, et il aurait tué encore, s'il en avait eu besoin.

Comme il disait à ses otages :

« Qu'est-ce que vous voulez qu'ils me fassent de plus, maintenant ? C'est la perpète, c'est tout. Alors, un de plus ou de moins... »

À PROPOS D'UNE CAUSE CÉLÈBRE

Comment un simple fait divers peut-il devenir ce que l'on appelle ensuite une « cause célèbre ? ». Et d'ailleurs qu'est-ce qu'une cause célèbre ? C'est un procès qui dépasse les juges eux-mêmes, en ce sens qu'il rebondit sur le public. Cela tient parfois à la victime, parfois à l'assassin, parfois à l'avocat qui défend cet assassin, et qui est célèbre lui-même. Parfois aussi à l'horreur du crime malheureusement. Plus rarement à l'innocence possible de l'accusé, c'est-à-dire au doute et à la crainte de l'erreur judiciaire. En France, nous avons toute une série de causes célèbres, depuis la malle de Lyon, jusqu'au procès de Marie Besnard, en passant par l'affaire Seznec. À partir du moment d'ailleurs où le nom de l'accusé est précédé du mot « affaire », la cause est entendue célèbre.

Ainsi en Angleterre, il y eut dans les années 50 « l'affaire Scorse ». Une drôle d'affaire, qui mit en scène des personnages que nous connaissons mal. Des personnages que nous avons tendance à juger *a priori*, car ils ne nous ressemblent pas.

Bertha Scorse était une marginale. C'est pourquoi sa cause est devenue célèbre. Son physique, sa personnalité, la nature de son crime, tout était réuni pour cela. Ainsi que le verdict final de la cour du Devonshire.

Aux assises d'Exeter, le président du jury vient de se lever pour annoncer d'une voix morne :

« Coupable, sans circonstances atténuantes. »

Et le silence qui pesait dans la salle devient écrasant. Le juge coiffe selon le rite la toque de soie noire par-dessus sa perruque blanche, et prononce l'unique sentence permise par le verdict :

« La mort par pendaison. »

L'accusée ne bronche pas. L'accusée est allongée sur une civière, mourante, elle le sait. Un médecin et une infirmière sont à ses côtés, prêts à intervenir en cas de malaise fatal. Et cette condamnation pourtant grave perd de son importance. Mourir pendue, ou sur une civière, par ordre d'un jury, ou de personne, où est la différence ? Même à vingt et un ans. Car Bertha a vingt et un ans. Et à vingt et un ans, elle serait prête à mourir, de sa propre main si on la laissait faire. L'Histoire vraie de cette jeune fille désespérée a donc secoué l'Angleterre. Une affaire simple, à condition d'admettre la personnalité de l'accusée. Ce qui n'est guère facile.

Meurtrière à vingt et un ans, cela suppose presque toujours une enfance compliquée. Bertha enfant est racontée par sa mère au cours du procès. Une mère partagée entre l'horreur et l'indulgence.

« Elle a commencé très jeune à nous poser des problèmes. Ses rapports avec les enfants de son âge étaient malsains. Nous l'avons mise en pension, espérant que la discipline et l'exemple lui serviraient de guides, sans résultat. »

Le président se racle la gorge. Il est gêné. C'est que le procès vient seulement de commencer, et il tente d'éclaircir la personnalité de l'accusée. Lui la connaît, mais pas les jurés. Il se doit donc de poser des questions précises.

« Voulez-vous dire qu'elle faisait à ses camarades des propositions de jeux, comment dirais-je... sexuels ?

— Oui, monsieur le président.

— A-t-on essayé de la punir ?

— Elle était punie constamment, mais les pires sanctions ne donnaient rien, alors nous l'avons retirée du pensionnat, pour la montrer à un médecin. C'est là que nous avons découvert sa maladie. Bertha était atteinte de tuberculose. Le médecin nous a affirmé que la maladie avait fait de sérieux ravages, non seulement physiques mais mentaux...

— C'est-à-dire ? A-t-il associé sa maladie à son comportement ?

— Oui, monsieur le président. Il nous a dit que chez certains sujets, la tuberculose provoquait des désordres sexuels. Il m'a donc conseillé de la soigner à la maison. Cela a duré des années, et elle ne guérissait pas.

— Parlez-nous de son caractère, madame.

— C'était une adolescente, enfin une créature étrange. Je ne l'ai jamais comprise. Vous comprenez nous avions honte, son père et moi. Il était dur de l'aimer. Elle était égoïste, autoritaire, aigrie même. La maladie en était peut-être responsable, mais aux pires moments de faiblesse, alors qu'elle tenait à peine debout, je l'ai vue prendre des colères si violentes qu'elles faisaient peur. Elle ne se connaissait

184

plus, et j'étais obligée de l'enfermer dans sa chambre.

— Quelles étaient les raisons de ses crises de colère ?

— Je l'ignore, monsieur le président. Nous faisions tout pour elle...

— Accusée, pouvez-vous répondre ? »

Les yeux de la foule et des jurés se tournent avec avidité vers la civière où gît Bertha. Un peu redressée, la tête soutenue par un énorme oreiller, la jeune fille a l'air perdu dans des pensées qui n'ont rien à voir avec son procès. Une créature étrange, a dit sa mère. C'est vrai. Bertha est laide. Irrémédiablement. Un corps maigre, un cou décharné, et un visage qui paraît énorme, aux traits épais, au regard noir, insoutenable. Elle ne répond pas immédiatement.

« Accusée, je répète la question, quels étaient les motifs de ces crises de colère envers vos parents ? »

La voix de Bertha est rauque, mais puissante. Étonnante, venue de ce petit corps malingre. Le ton est sans réplique.

« Ils m'empêchaient de vivre ! »

La mère fond en larmes, et regagne sa chaise. Le juge doit maintenant poursuivre l'interrogatoire de Bertha. Car elle est seule à pouvoir témoigner pour cette période de son existence. À dix-sept ans, le médecin l'envoie dans un sanatorium. Il n'est que temps. Les soins familiaux n'ont pas enrayé la maladie. Bertha ne mange pas, jette la nourriture par les fenêtres, et s'épuise en nuits d'insomnie, ou en colères délirantes.

« On m'empêchait de vivre », a-t-elle dit. Au sana, elle va vivre. Être heureuse même, c'est là qu'elle va rencontrer sa future victime. Et c'est là que le public et les jurés font la grimace. Car cette victime est une femme. Et Bertha en tombe amoureuse, jusqu'à la folie.

Au sanatorium, Bertha, qui a dix-huit ans à ce moment-là, se sent libérée de la domination familiale. Elle éclate. De toutes les manières possibles. Elle joue de son physique ingrat et de son caractère dominateur pour impressionner même les infirmières pourtant habituées aux malades difficiles. Et voilà que le hasard lui attribue comme compagne de chambre une jeune femme, Joyce Dunstan, son amour et sa folie. Joyce est exactement le contraire de Bertha. À vingt-six ans, elle a gardé un visage de collégienne bien nourrie. Avant d'atterrir dans ce sanatorium, elle a passé trois ans à se soigner chez elle, avec son mari. À grands renforts de régimes reconstituants et de repos forcé. Cette bonne volonté n'ayant pas suffi, Joyce doit passer par le sanatorium. Voilà donc cette jeune femme plantureuse et lymphatique, au caractère aimable, qui rejoint dans la même chambre Bertha l'agressive, Bertha la dure, la laide, Bertha à la volonté d'acier, et aux désirs torturants.

Le président exprime la situation d'une phrase courte et définitive.

« Vous avez terrorisé cette jeune femme, dès son arrivée !

— Je suis tombée amoureuse d'elle, immédiatement. Je l'aimais, je ne lui voulais aucun mal.

— Cet amour était malsain, vous le saviez...

— Rien n'est malsain. Je suis comme ça. Si Dieu m'a faite ainsi c'est qu'il admet le malsain. Donc ce n'est pas malsain. Je l'aimais, je l'aime encore, vous ne pouvez pas comprendre cela ?

— Je n'ai pas à comprendre cela. Il s'agit d'amour contre nature.

— Et après ?

— Vous avez forcé cette jeune femme. Elle était mariée, heureuse en ménage, vous n'avez songé qu'à la détourner de son bonheur,

— C'est faux, complètement faux. Elle était heureuse avec moi. Elle acceptait tout.

— Elle ne vous aimait pas. Vous le saviez. Il s'agissait là de jeux sordides et immoraux !

— Vous ne comprenez pas. Vous êtes bien portant, vous. Vous êtes à l'aise dans votre peau, et vous ne connaissez de l'amour que le côté immergé de l'iceberg...

186

— Accusée, je vous rappelle à l'ordre. Il s'agit de vos agissements coupables, et c'est tout. Tenez-vous-en aux faits. »

Bertha se laisse aller au fond de sa civière. L'oreiller glisse et une infirmière le redresse. Le président est mal à l'aise. Il ne fait que son métier. Mais son métier aujourd'hui consiste à torturer une jeune fille mourante. Il préfère appeler une infirmière, comme témoin.

L'infirmière, qui a suivi pendant dix-sept mois les deux malades, Bertha et Joyce, fait un récit froid et précis.

« Je ne pouvais pas ignorer les relations de mes deux malades, bien que je n'aie jamais eu à sévir. Elles se cachaient. Mais j'ai entendu les disputes et les reproches. Cela a commencé lorsque Joyce a parlé de rentrer chez elle. Elle allait beaucoup mieux. En fait, sa santé faisait des progrès considérables, et le médecin lui avait annoncé une guérison certaine. À ce moment-là, Joyce a repoussé Bertha. Elle voulait se consacrer uniquement à sa guérison. Elle voulait appliquer strictement, et même au-delà, les prescriptions du médecin. C'est-à-dire calme, repos, du corps autant que de l'esprit.

« Bertha l'a très mal pris. J'ai été le témoin d'une scène monstrueuse, à tel point que j'ai dû intervenir. Nous avons séparé les deux femmes, et comme il était prévu, Joyce a guéri rapidement. Elle est même rentrée chez elle plus tôt que prévu.

— Et Bertha ?

— Son cas était désespéré. Il n'a fait que s'aggraver. Les médecins ont décidé de la renvoyer chez elle, car ils la croyaient perdue.

— A-t-elle manifesté des colères, ou une jalousie quelconque, après le départ de la jeune femme ?

— De l'abattement surtout. Un désespoir terrible, cela n'aidait pas le traitement. »

Ce désespoir, Bertha va le traîner pendant quinze mois. À nouveau enfermée chez elle, à bout de forces, maigre à faire peur, toussant et s'arrachant les côtes au moindre énervement, elle écrit à sa bien-aimée des lettres passionnées.

« On ne veut pas que je vive avec toi, et je ne peux vivre sans toi. Ton souvenir me laisse au bord de la folie. J'essaie de ne plus me souvenir, mais cela me rend plus folle encore de souffrance. »

Sa mère lit ces lettres, et ne les envoie pas. Par contre, elle les conserve, bien que le dégoût la torture. Elle sent venir la crise finale, mais que faire ? Le plus simple pour elle est d'attacher Bertha. De la ligoter sur son lit. Pour l'empêcher de délirer, de se lever, de crier dans les couloirs un amour obscène, que personne ne peut comprendre, que personne ne peut admettre. Et pourtant, il existe, il faut le croire.

Au bout de quinze mois de souffrance, Bertha ne résiste plus. Elle, qui ne pèse que trente kilos, dont le visage ingrat ressemble à celui d'une morte, elle qui n'a plus ni force ni raison, elle se lève. Elle arrache ses liens, elle s'habille et se traîne dans la rue. Assise sur le trottoir, elle arrive à héler un taxi. Il est là, ce chauffeur, aujourd'hui. Il témoigne d'un air hébété.

« Elle avait l'air d'une morte-vivante. Son visage était si pâle, ses yeux tellement bizarres qu'elle m'a fait peur et pitié à la fois. Elle m'a donné une adresse à trente kilomètres, en me disant : dépêchez-vous, je n'ai plus beaucoup de temps à vivre, voilà de l'argent, prenez-le, mais dépêchez-vous.

— Avait-elle l'air de préparer une mauvaise action ? Ou vous a-t-elle donné l'impression d'être folle ?

— Non, monsieur, elle avait l'air malade et désespéré. Je lui ai demandé si elle voulait voir un médecin. Elle m'a répondu une drôle de chose... Je ne me souviens plus très bien, mais ça disait à peu près : "Je me moque de crever pourvu que j'y arrive." Alors je lui ai demandé où elle allait si vite. "Chercher quelqu'un que j'aime", elle m'a dit. Si j'avais su, monsieur le président... »

Pauvre témoin. Il a l'air outré. S'il avait su quoi ?

Qu'il s'agissait d'un amour démoniaque, ainsi que le dira le procureur de la Reine ?

Car il se passe, en cette cour, une chose étrange. On a oublié la victime. Elle est devenue prétexte, entité, on ne lui donne pas de nom, elle n'existe que dans la mesure où elle met en évidence la monstruosité de Bertha. Il n'y a qu'elle, Bertha, à se souvenir.

« Je l'ai tuée, mais je ne voulais pas lui faire de mal. Je l'aimais. Je voulais vivre avec elle.

— Vous n'avez pas pensé une seconde qu'elle préférait son mari ?

— Je ne pouvais pas y croire. Pas après notre existence à deux et ce que nous avions vécu.

— N'insistez pas sur cet aspect des choses. La Cour est suffisamment avertie, et les jurés aussi. Dites-nous comment vous avez tué.

— Avec un coupe-papier qui traînait sur la table. C'est ce qu'on m'a dit.

— Pourquoi ? Vous ne vous souvenez pas ?

— Je ne sais pas. J'étais en colère, je voulais qu'elle revienne et elle, elle faisait semblant d'avoir oublié, de me reconnaître à peine. Je me souviens, elle riait, d'un petit air gêné, ridicule. J'ai vu rouge. Je ne sais rien de plus.

— Vouliez-vous tuer en arrivant ?

— Je ne voulais qu'elle. »

Bertha a le visage couvert de sueur, elle est grise, ses cheveux lui collent aux tempes. Cet interrogatoire a quelque chose d'indécent. Bien que nécessaire, il procure une impression étrange. Cette jeune fille, laide et mourante, semble déjà torturée par autre chose que les questions qu'on lui pose.

Et l'observateur a envie de dire : « Condamnez-la puisqu'elle a tué, mais laissez-la tranquille, ça ne sert à rien tout ça, elle est malade, et à moitié folle, qu'on en finisse. »

Folle, oui. C'est ce que déclare le docteur Craig cité comme expert.

« Elle était, au moment du crime, en proie à une démence telle qu'elle a réussi à enfoncer l'arme avec une vigueur démesurée. Un athlète professionnel n'aurait pas déployé autant de force que cette mourante. Pour accomplir un geste pareil, pour tuer sur le coup avec un simple coupe-papier, il faut une force ou une volonté exceptionnelle. Cette femme était hors d'état de distinguer le bien du mal, puisqu'elle était hors d'elle-même... »

C'est fini. Il ne reste que la défense. Prouver que Bertha est mourante, qu'elle l'était déjà au moment du crime, est simple. C'est évident. En énumérant tous les avis des médecins qui ont soigné Bertha, son avocat espère obtenir les circonstances atténuantes. Et seulement cela. Car en Angleterre, le crime passionnel n'existe pas. Tuer est un acte impardonnable, quel qu'en soit le mobile.

Les jurés se retirent. S'enferment une heure et quinze minutes. Il y a là des fermiers, des petits commerçants, un ou deux bourgeois du Devonshire. Ils regardent la civière que l'on ramène pour entendre le verdict.

Bertha ferme à demi les yeux, elle semble dormir, épuisée. Ce sera la mort par pendaison. Elle ne réagit pas.

Les circonstances atténuantes paraissaient acquises, pour le public et la presse. Nul n'imaginait que l'on allait pendre une mourante. Eux, l'ont voulu. Ce sont d'honnêtes Britanniques, issus du comté le plus puritain d'Angleterre.

Et l'Angleterre se demande alors si ces puritains n'ont pas exigé la pendaison moins pour le crime que pour les amitiés particulières de Bertha Scorse.

La reine lui accordera sa grâce. Ce sera la grâce de mourir, dévorée par la tuberculose et la demi-folie, quelques mois plus tard. Mais l'affaire Scorse est née. Des polémiques s'engagent, juridiques et passionnées. Le procès de Bertha devient ce que l'on appelle une cause célèbre. Avec une restriction.

Si l'on interroge les juristes en Grande-Bretagne, ils précisent : c'est un cas « plus ou moins » célèbre chez nous, un cas « particulier ».

Plus ou moins, et particulier. C'est normal pour une meurtrière plus ou moins femme, plus ou moins responsable, aux amours plus ou moins particulières.

L'HOMME ET L'ENFANT

C'est une religieuse à l'uniforme incertain, bleu gris, sandales de cuir et petit bonnet blanc. Sœur Phœbée est américaine. Elle vit à Brooklyn et elle a près de soixante-dix ans en 1955.

Elle est assise dans la salle d'attente d'un psychiatre de New York. Une religieuse dans le cabinet d'un psychiatre, c'est étonnant. Sœur Phœbée n'a d'ailleurs pas pris de rendez-vous. Elle est arrivée de bonne heure, et a demandé à voir le docteur d'Ambrosio.

L'infirmière un peu surprise n'a pas osé la renvoyer.

« Vous serez obligée d'attendre... le docteur a énormément de travail en ce moment !

— Ça ne fait rien.

— C'est pour une consultation ?

— Oui.

— Excusez-moi, je dois remplir une fiche. Voulez-vous me donner le nom du malade ? Est-ce que c'est vous ? »

Sœur Phœbée lève un regard bleu et souriant vers l'infirmière.

« En quelque sorte, oui. Mais ne remplissez pas de fiche, le docteur décidera lui-même, il me connaît, vous savez. »

Sœur Phœbée n'a pas l'air malade. Et si un petit grain de folie l'habite, Dieu seul le sait. Assise sur le canapé du salon d'attente, elle tient sur ses genoux une pile de dossiers. Que veut-elle ?

L'infirmière croit le deviner. Encore une quête pour une œuvre quelconque. Elle croit avoir raison. Les religieuses comme sœur Phœbée passent leur temps à réclamer aux riches ce que les pauvres n'ont pas.

Mais la richesse, ce n'est pas toujours l'argent. Et ce que vient mendier sœur Phœbée aujourd'hui dans le cabinet d'un psychiatre est beaucoup plus sérieux. Elle vient mendier la vie. Et en cela, elle n'est pas loin de considérer le docteur d'Ambrosio comme une sorte de Dieu sur terre. Voici donc Richard d'Ambrosio. Quarante ans, psychiatre, et nouveau dans le métier. Son cabinet commence à prendre de l'importance, c'est un passionné au visage ouvert, au front large, souriant. Il ne ressemble pas à l'image (souvent fausse) que l'on se fait des gens comme lui. Il a plutôt l'air d'un athlète.

L'infirmière le cueille au vol dans son bureau.

« Docteur... c'est une bonne sœur ! Elle n'a pas rendez-vous et je ne sais pas ce qu'elle veut. »

Richard d'Ambrosio paraît surpris lui aussi.

« Ah ? Eh bien faites-la entrer, nous verrons bien. »

Sa pile de dossiers sous le bras, sœur Phœbée pénètre dans le cabinet confortable, s'arrête sur le seuil, et regarde le médecin des pieds à la tête, avec un sourire entendu.

« Alors, petit Richard ? On ne me reconnaît pas ? On ne se souvient plus de sœur Phœbée et du collège de Brooklyn ? »

Le « petit Richard » a un moment d'hésitation devant cette vieille femme. Un court moment. Et tout lui revient d'un seul coup : Brooklyn, le quartier pauvre de son enfance, la misère, les taudis, et la chance qu'il a eue. Sœur Phœbée était un merveilleux professeur de mathématiques. C'est un peu grâce à elle qu'il est devenu ce qu'il est aujourd'hui. Il se souvient très bien à présent. Il revoit la religieuse, cette grande femme énergique, tapant sur la table pour calmer une quarantaine de gamins braillards et mal élevés. Il entend encore sa voix haute dominer la classe.

« Les enfants, la vie est telle que Dieu l'a voulue. Aussi y a-t-il des imbéciles parmi vous. Que les imbéciles se taisent et que les autres travaillent. Nous ferons le tri en fin d'année ! »

Richard avait décidé alors qu'il ne serait pas du côté des imbéciles.

Les retrouvailles sont brèves. Avec sœur Phœbée on entre toujours très vite dans le vif du sujet. Elle dépose la pile de dossiers sur le bureau de son ancien élève, et attaque :

« Voilà. Tu as grandi, j'ai su que tu avais un cabinet de psychiatre à New York. Or j'ai besoin de quelqu'un comme toi. Mais je t'avertis, je n'ai pas d'argent. Ma communauté s'occupe d'un orphelinat pour enfants déshérités. Nous avons de tout. Tu connais Brooklyn, les gosses y poussent comme des mauvaises herbes dans un jardin en friche. J'ai en ce moment une bonne centaine de petites filles. La plupart s'élèvent vaille que vaille. Mais les problèmes graves sont là. Vingt dossiers que j'ai faits moi-même. Vingt gamines, qui vont de l'attardée mentale à l'hystérique, en passant par tous les stades possibles et imaginables.

« Alors voilà, j'ai fait ce que j'ai pu jusqu'à présent, avec les moyens du bord, mais je ne suis pas spécialiste, et il y a sûrement là-dedans quelques enfants que tu pourrais soigner. Ces gosses ont besoin d'un psychiatre, c'est à toi que je voudrais les confier. D'abord parce que je te fais confiance. Tu es sûrement devenu un bon médecin. Ensuite, parce que je ne peux pas payer. Le peu d'argent dont nous disposons sert à la nourriture et l'habillement. Nous faisons les soins nous-mêmes, l'école nous-mêmes. Tout. Seulement voilà, Richard, nous ne savons pas soigner les enfants fous. Et je ne veux pas qu'on les enferme. Aide-moi.

— D'accord ! Je vais voir ça. D'abord, les dossiers. Comment sont-ils établis ?

— Le plus précisément possible. Antécédents des enfants, bilan médical, âge et comportement depuis leur arrivée chez nous. Les observations sont notées par moi. J'espère que tu t'y retrouveras. Je ne connais rien au jargon médical. C'est du charabia.

Quand un gosse fait une crise de nerfs, j'appelle ça une crise de nerfs. Mais je dis pourquoi il l'a faite. »

Richard d'Ambrosio sourit. Sœur Phœbée n'a pas changé.

« Je les étudierai cette semaine et je vous promets une matinée de visite par semaine. Je ne peux pas faire mieux. J'ai des clients difficiles et je débute.

— Je sais, mais n'oublie pas une chose, petit Richard, mes enfants aussi débutent ! »

Voilà comment le docteur Richard d'Ambrosio s'est retrouvé chaque semaine dans un orphelinat de Brooklyn, et surtout, voilà comment il a fait la connaissance du dossier numéro 8. Celui qui a marqué sa vie et sa carrière, celui à propos duquel il a écrit plus tard un livre intitulé : *Pas d'autre langage que le cri.*

Pour l'heure, en cette année 1955, le dossier numéro 8 est ouvert sur sa table. Les autres sont simples. Pas celui-là. Les autres sont des problèmes à résoudre, qu'il pourra résoudre, pas celui-là. Les autres parlent de misère mentale, celui-là parle d'horreur. Une horreur silencieuse. La plus terrible qui soit.

Le dossier numéro 8 porte le nom de Laura S... Âge : douze ans. Taille : 1,40 m, poids : 27 kilos, cheveux bruns, yeux bleus.

De son écriture ferme et ample, sœur Phœbée a résumé la vie de Laura, depuis sa naissance jusqu'à l'entrée à l'orphelinat à l'âge de quatre ans. Laura est née de parents alcooliques, en 1943. Alcooliques, chômeurs, et misérables. Jud et Betty, nés eux-mêmes dans les bas-fonds de Brooklyn, habitent une cabane et ils ont déjà deux enfants. Mais le père a des crises de délirium et la mère a tenté deux fois de se suicider. Ils sont régulièrement internés l'un et l'autre, désintoxiqués, soignés et remis en liberté. Mais leur cas est désespéré. Les deux enfants disparaissent à l'âge de dix et douze ans. Ils vont faire leur vie tout seuls, c'est dramatique, mais cela vaut mieux pour eux.

En 1943, entre deux internements, Betty attend

un troisième enfant, c'est Laura. Elle naîtra dans des conditions affreuses, d'une mère amaigrie, malade et imbibée d'alcool. Laura pleure, comme tous les bébés. Mais le père ne supporte pas les cris de l'enfant. Il la bat, les voisins le savent. Mais dans ce quartier, on ne se mêle pas souvent de la misère des autres. Un soir pourtant, les hurlements de l'enfant sont si terribles qu'une voisine appelle la police. Il faut enfoncer la porte du taudis pour découvrir le drame épouvantable qui s'y passe. Le rapport du policier est éloquent :

« Le père était ivre mort par terre, la mère dormait, et j'ai eu du mal à la secouer. J'ai découvert une petite fille de dix-huit mois. Elle était couchée dans une poêle à frire, sur le feu. Le père a déclaré plus tard qu'il l'avait mise là pour la faire taire. »

Atrocement brûlée, l'enfant est confiée à un hôpital où elle survit miraculeusement, mais dans quel état... Deux ans de soins n'ont pu effacer les horribles cicatrices. La petite Laura est alors confiée à l'orphelinat et sœur Phœbée note le jour de son arrivée :

« Les brûlures ont endommagé le dos, les épaules et les reins. Une jambe est particulièrement atteinte, et le muscle n'existe plus. Les veines ont éclaté en varices, le visage n'est pas atteint, mais l'enfant louche considérablement. Elle marche avec difficulté et refuse tout contact. »

Et puis, au fil des années, Phœbée note des détails tout aussi terribles.

Cinq ans : Laura ne parle pas. Elle ne supporte pas la présence des autres enfants, qui la prennent souvent comme souffre-douleur. Elle ne sourit jamais. Elle pleure toutes les nuits, sœur Margaret la tient dans ses bras pendant des heures, sans arriver à la consoler.

Six ans : Laura n'a toujours pas prononcé un seul mot. Elle ne réclame ni à manger, ni à boire. Il faut l'obliger à se nourrir. Les crises de larmes ont cessé depuis quelques mois. Mais elle ne dort presque pas. Elle garde les yeux ouverts dans le noir, en silence.

Sept ans : Laura est muette. Si elle tombe et se fait mal, elle ne crie même pas. Elle suit l'école avec les enfants de son âge, mais n'y participe pas. Elle refuse de dessiner comme les autres, et ne veut pas regarder les livres d'images. Pourtant elle observe autour d'elle, en tout cas elle regarde, sans aucune manifestation. Elle dort un peu mieux, mais semble faire des cauchemars. Les sons qu'elle émet alors sont bizarres : des sortes de plaintes et de grognements semblables à ceux d'un animal.

Ainsi passent les années d'enfance de Laura. Sans amélioration notable. Jusqu'à l'âge de douze ans, et jusqu'à la décision de sœur Phœbée de confier son dossier avec d'autres à son ancien élève devenu médecin psychiatre.

Aujourd'hui, pour la première fois, Richard d'Ambrosio demande à rencontrer Laura. Il est bouleversé. Peut-il quelque chose pour cette enfant martyre et silencieuse ? Il va s'y acharner en tout cas.

Sœur Phœbée lui amène l'enfant. Il faut la soutenir. Laura marche avec difficulté, en s'appuyant contre les murs, courbée, la tête basse, et les bras pendant le long du corps. On l'aide à s'asseoir et immédiatement l'enfant se recroqueville sur elle-même, comme si elle voulait disparaître à la vue du médecin. Elle dissimule son visage derrière une petite main brûlée. Richard d'Ambrosio n'aperçoit qu'une tignasse noire :

« Laura ? Bonjour, Laura. Je m'appelle Richard. Veux-tu me regarder ? Montre-moi tes yeux, Laura... »

L'enfant ne bouge pas d'un millimètre. Petite boule de terreur silencieuse. Richard écarte sa main sans effort, et découvre un visage curieux, triangulaire, aux traits fins, à la peau presque transparente. Le regard de l'enfant se perd dans le vide. Elle ne regarde pas le médecin, un mur invisible les sépare.

Immédiatement le psychiatre décide :

« Vous allez me la laisser. Je l'installe chez moi.

L'infirmière prendra soin d'elle dans la journée. Je veux pouvoir lui consacrer chaque minute de liberté. »

Sœur Phœbée décide de rester elle aussi. Laura la connaît, la transition sera moins dure pour elle. Et puis il y a les nuits de cauchemars, ou de pleurs silencieux. Depuis des années, Laura a pris l'habitude d'être bercée comme un bébé dans les bras des religieuses, c'est le seul contact qu'elle ait jamais accepté. La seule communication entre cette enfant muette et un autre individu.

Courageusement le psychiatre entame son travail. Il a décidé de parler à Laura. De lui parler tout le temps. Il décrit tout ce qui les entoure, tout ce qui pourrait l'intéresser, et l'environne d'objets divers. Des jouets de toute sorte bien sûr, mais aussi d'un matériel hétéroclite. Chaque fois que le regard de Laura se pose sur un objet, Richard le lui donne. Il espère une réaction.

Mais en réalité, le regard de Laura effleure les choses, sans les voir. Et quand on les lui donne, elle n'y prend pas garde. Des semaines et des semaines d'observations méticuleuses, de monologues interminables, ne donnent rien. Laura ne réagit toujours pas.

Richard essaie alors une autre méthode. Il s'installe devant elle avec un paquet de bonbons. Et il mange des bonbons jusqu'à l'écœurement. Il espère agir sur la gourmandise. Laura ne bronche pas, jusqu'au moment où par mégarde, Richard laisse tomber un bonbon. Et là, il manque de sauter de joie ! L'étincelle a jailli, il en est sûr. Laura a bougé, elle a esquissé le geste de tendre la main. Elle a « regardé », vraiment « regardé » le bonbon, et sa main a « voulu » le prendre. Mais cette première réaction n'a duré qu'une seconde. La main est retombée, le regard s'est à nouveau perdu dans le vide.

Pendant des mois encore, Richard d'Ambrosio s'acharne, invente, il est sûr que le cerveau de l'enfant n'est pas atteint. Sûr qu'elle doit réagir à quelque chose, et que le reste suivra. Mais par quel bout démêler cet écheveau de silence ?

Dans la rue, Laura a peur du bruit et surtout des autres enfants. Elle s'accroche au médecin, c'est un début, mais qui ne sert à rien. Cela veut dire simplement qu'elle s'est habituée à lui, et n'a plus peur de lui. C'est tout. Que faire d'autre ? À force de réfléchir, le psychiatre construit une théorie.

Selon lui, le choc s'est produit à l'âge de un an et demi, le jour des brûlures. C'est ce jour-là que la souffrance et la peur ont rendu Laura muette et indifférente au monde extérieur. C'est ce jour-là qu'elle s'est repliée définitivement sur elle-même. Or qu'a-t-elle vu ce jour-là ? Un père et une mère qui crient dans une cuisine. C'était ça, son foyer, des personnages qui crient dans une cuisine. L'idée du psychiatre peut paraître folle, mais il y croit.

Richard d'Ambrosio se met en quête d'une maison de poupée, avec des meubles et deux personnages en celluloïd. Deux petites poupées. Et il se remet à expliquer, à monologuer tout seul devant Laura : là, il y a la chambre, avec le lit de maman et de papa. Là il y a l'armoire avec les vêtements. Ici c'est la cuisine, avec la table, les chaises et le fourneau. Assis à la table, il y a papa et maman, et Laura.

Inlassablement, Richard décrit la vie d'un foyer, père, mère et enfant. Et un jour, alors qu'il ne s'y attend plus, Laura bouge ! Laura se traîne près de lui, Laura tend sa petite main, la plonge à l'intérieur de la maison et d'un geste renverse les meubles !

Richard en crierait de joie. Il remet les meubles en place, rassoit les personnages, et Laura recommence. Elle met les poupées par terre, et renverse les meubles.

Richard est presque sûr d'avoir trouvé. Le voilà le souvenir, l'unique souvenir conscient de Laura. La scène qui a précédé son martyre. Elle a vu des meubles renversés, des gens qui se battaient et qui criaient...

Alors il hésite. Peut-il aller plus loin ? En a-t-il le droit ? C'était son idée depuis le début en jouant avec Laura à la maison de poupée, mais à présent il hésite... Reconstituer la scène ? C'est peut-être dangereux pour le cerveau fragile de Laura. D'un autre côté, où est l'espoir ? Alors lentement il se décide. L'estomac noué, la gorge serrée. Il installe un personnage dans la maison de poupée, un petit poupon. C'est Laura, et il entame son théâtre tragique. Il joue tous les rôles.

Le père et la mère se disputent, ils crient très fort des injures, ils tapent sur la table et renversent les chaises. Soudain le père crie : « Cette enfant crie trop fort, je vais la battre », et il prend le poupon et le bat, en criant de plus en plus fort.

Cette fois Laura s'agite, un son curieux, rauque et furieux sort de sa gorge, elle se précipite sur les jouets représentant ses parents et se met à frapper, à frapper, à frapper ! Puis dans un effort surhumain, elle crie : « N... Non ! »...

C'est le premier mot qu'elle prononce depuis l'âge de dix-huit mois. Il fallut encore des mois et des années d'efforts pour lui apprendre à parler. Richard d'Ambrosio s'occupa de tout. Il réussit même à la faire opérer gratuitement par un chirurgien de ses amis.

À quatorze ans, Laura ne portait plus de cicatrices visibles. Elle n'était plus une enfant martyre. À quinze ans, elle avait compris qu'on pouvait l'aimer, et qu'elle pouvait aimer les autres. À seize ans, elle revit son père qui voulait la « connaître ». Il faillit tout gâcher, et Laura essuya une grave dépression nerveuse, qui vit sa raison au bord du gouffre à nouveau.

Mais lorsque sa mère, à son tour, voulut lui rendre visite, elle la jeta dehors. Et à vingt ans, Laura entreprit des études d'infirmière puéricultrice. Elle voulait soigner les nouveau-nés. C'est ce qu'elle fait depuis des années dans une clinique new-yorkaise. Les bébés la rassurent. Et selon le docteur Richard d'Ambrosio, il n'y a pas de meilleure thérapeutique contre l'angoisse que le sourire d'un bébé.

CE FOU DE WILSON

Sur le campus de l'université d'une ville du Nebraska règne une agitation normale, en ce milieu d'année scolaire 1966. On y parle beaucoup rock and roll, sport, mode, et un peu travail selon les groupes. On y parle flirt, voitures et parents, on y parle mathématiques, sciences et psychologie, cinéma, drogue, racisme et guerre.

Ils ont entre dix-sept et vingt-cinq ans, ils viennent de tous les coins, de la ville, de la campagne, des usines, des industries locales. Ils viennent de ce monde qui appartient aux adultes, et ils le discutent indéfiniment. Vont-ils y entrer, comment et pour y faire quoi ?

Le campus est un vaste domaine planté d'arbres, où les étudiants refont le monde entre deux cours.

Les professeurs ont leur coin réservé, un fumoir-bar-bibliothèque, où ils discutent à peu près des mêmes choses, mais dans le sens inverse. Chacun de ces deux petits mondes, étudiants et professeurs, voit les choses de la vie par un bout différent d'une même lorgnette.

Un seul homme les regarde par les deux bouts : James Broock Wilson.

Ce matin-là, il traverse le campus. Sa silhouette caractéristique se reconnaît de loin : grand, mince, avec des bras et des jambes d'une longueur démesurée. Il est vêtu d'un costume trop vaste pour lui, et sa cravate, transformée en ficelle, flotte sur son épaule.

Les étudiants le saluent cordialement au passage. Ils l'aiment bien, ce professeur de psychologie un peu fou. Ils aiment bien cet air lunaire, ce regard bleu perpétuellement étonné, ce nez long orné d'énormes lunettes de myope.

Mais ce matin-là, James Wilson traverse l'université au pas de course, sans répondre à leur salut. Sans s'asseoir dans l'herbe avec eux pour parler de n'importe quoi. Il fonce véritablement vers le

repaire des professeurs, ouvre la porte, marquée
« réservé », la referme d'un coup de pied brutal et
dans le silence qui s'est fait instantanément,
annonce d'une voix grave et tendue :

« Messieurs, vous êtes tous des imbéciles ! De
dangereux imbéciles. Vous ne méritez pas l'énorme
tâche qu'on vous a confiée. Mais ça ne se passera
pas comme ça, si vous cherchez un adversaire à
votre taille, me voilà ! »

C'est la première fois, en cinq ans de professorat,
que James Broock Wilson pénètre dans le sanctuaire des profs. Et c'est la première fois qu'il élève
la voix pour s'adresser à qui que ce soit, depuis quarante ans qu'il existe. C'est donc que la situation
est grave.

Elle est grave en effet, mais ses collègues ne s'en
rendent pas compte. Un silence méprisant accueille
cette tirade. Alors, James Broock Wilson ouvre la
porte à nouveau pour sortir, et avant de la refermer :

« Okay. Vous vous foutez complètement de savoir
qu'un gamin de vingt ans a voulu se suicider à cause
de vous... Moi, non ! »

Et vlan... Il disparaît, toujours au pas de course,
en direction du bureau du président de l'université.

Voici que commence la dernière journée de
James Broock Wilson à l'université d'Ashland, au
Nebraska. Tout sera fini au coucher du soleil, ainsi
que le veut la tradition de l'Ouest américain. Car
James Broock Wilson joue aujourd'hui la dernière
scène de son western personnel.

La porte du bureau présidentiel s'est ouverte
comme la précédente en coup de vent, et la secrétaire, une petite rousse aux ongles peints en rouge,
a sursauté au point d'en perdre sa lime à ongles.

« Professeur Wilson ! Que se passe-t-il ? Qu'est-ce
qu'il y a ? Vous êtes fou ! le président est en conférence !

— À propos du jeune Edward je suppose. Eh
bien, ça m'intéresse !

— Mais je ne peux pas vous laisser entrer, c'est impossible.

— Pourquoi ? Vous êtes chargée de le protéger ? Il a peur de moi ? Il a raison !

— Professeur Wilson, calmez-vous je vous en prie. Il va vous entendre.

— Je m'en fous, vous entendez ! D'ailleurs il faut qu'il m'entende, alors si je dois crier derrière cette porte, je crierai ! Et je crierai ce que j'ai à crier ! Que vous êtes des criminels, des assassins, des monstres d'intolérance, et qu'un gosse est en train de jouer sa vie dans cette histoire. À vingt ans, il a cru qu'il fallait mourir, parce qu'on le renvoie de ce sanctuaire à distribuer les diplômes ! Mais de quel droit ? »

Une voix sèche et distinguée l'interrompt brutalement :

« Du droit de la simple logique, professeur Wilson. Si vous avez des réclamations à formuler, je vous serais reconnaissant d'utiliser les voies habituelles. C'est-à-dire de demander un rendez-vous à ma secrétaire, et de vous y présenter au jour et à l'heure fixés, avec calme. »

C'est le président Nickols lui-même qui vient de parler. Visage froid, regard dur, il observe ce Wilson débraillé avec autant de mépris que l'assemblée des professeurs, il y a dix minutes.

Nickols est président depuis vingt ans. Il se targue de diriger une université où règne le calme, et où les agitations du monde extérieur ne pénètrent pas. Il le croit sincèrement, et il considère que les deux mille élèves qui la fréquentent sont bâtis sur le modèle de ses propres enfants. Tête bien pleine, cheveux gras, dents saines, et Américains bon teint. C'est-à-dire de préférence Blancs et de préférence conservateurs.

Derrière lui, son adjoint Maxwell, professeur de sociologie. Un petit homme sévère, d'une culture et d'une intelligence redoutables.

Wilson agite nerveusement un énorme mouchoir à carreaux, s'essuie le visage, se mouche et reprend son souffle :

« Monsieur Nickols, les conventions sont des cailloux que les hommes déposent sur leur chemin, afin de buter dedans. Ils feraient mieux de faire comme les enfants et de jouer avec les cailloux.

— Très intéressant, Wilson. Si c'est là l'essentiel de votre cours de psychologie, plus rien ne m'étonne ! Mais nous en reparlerons plus tard.

— Oh ! non. Oh ! non, monsieur le président, nous allons en parler tout de suite. La mort n'attend pas, elle. Elle est en train de rôder autour du petit Edward, mon élève, le vôtre, monsieur Maxwell ! »

Maxwell, prudemment, passe une tête derrière le large dos du président, et se permet un commentaire :

« Le petit Edward est un cancre de la pire espèce, si je puis me permettre, Wilson. Vous ne pouvez pas le nier !

— Je ne nie jamais rien. Je ne suis pas comme vous, et je dis que les cancres ont le droit d'exister. Je dis que s'il y a un cancre, c'est à cause de vous. Parce que nous ne savons pas quoi leur enseigner. Cancre ! bon à rien, inutilisable, rebut de la société, niveau intellectuel déficient ; ce sont vos propres mots, professeur Maxwell, des mots qui tuent un gamin de vingt ans. Pour un sociologue, c'est un coup réussi ! Qui dit que le cancre ce n'est pas vous ? Qui dit que ce gamin n'a pas une autre vision de la société ? Qui dit que cette vision n'est pas respectable ? »

Cette fois, le président Nickols en a assez.

« Wilson, cette discussion est stupide. Nous étions en train de décider du sort de ce jeune homme, justement. Et je tiens à ce que la décision soit prise en toute objectivité. N'y mêlez pas d'éléments passionnels.

— Objectivité ? À deux ? Comment voulez-vous que l'objectivité de deux personnes représente la vraie objectivité ! Vous êtes d'accord tous les deux, vos opinions se confondent, et celles de mes collègues suivront la marche. Je récuse votre objectivité. Je lui apporte ma contradiction, et vous devez l'entendre ! Nous sommes dans un pays démocratique, où chacun a le droit de s'exprimer clairement. Quitte à se faire tuer par un soi-disant paranoïaque, en traversant la ville de Dallas !

— Professeur Wilson, vos opinions sur la mort du président Kennedy ne nous intéressent pas. Vous gonflez démesurément le problème. Il s'agit de savoir si l'élève Edward peut être réintégré à l'université, ou non. C'est tout. Et cette décision m'appartient !

— Je veux en parler aussi ! Vous ne m'en empêcherez pas, je ne quitterai pas ce bureau avant d'avoir exposé mes arguments. Edward n'est pas là pour le faire, et pour cause, hier soir il s'est tiré une balle dans la tête avec ça !

— Comment avez-vous cette arme ?

— Peu importe, cette arme est une pièce à conviction, c'est un symbole, elle doit figurer aux débats. Vous ne pouvez pas parler d'Edward sans regarder en face ce joli jouet de mort que l'on vend dans toutes les armureries de la ville, en vente libre, à la disposition des fous, ou des désespérés. Alors posez-la sur votre bureau, asseyons-nous et parlons ! Parlons d'Edward avant qu'il ne meure à cause de vous ! »

Bousculant le président Nickols, bousculant le professeur Maxwell, Wilson pénètre dans le bureau confortable du chef de l'université. Il pose le revolver sur la table, bien en vue, sur le dossier de l'étudiant Edward, s'essuie le front, desserre sa cravate, et s'assoit dans un immense fauteuil de cuir, en annonçant :

« La séance est ouverte ! »

Ses deux adversaires hésitent, la petite secrétaire rousse fait un geste pour s'esquiver, mais le président la retient :

« Jenny, vous prendrez note des déclarations du professeur Wilson, prenez un bloc, je veux un rapport détaillé, au mot près... »

Wilson a un sourire désabusé :

« Pour vous en servir, et me virer ensuite peut-être ? N'ayez pas peur, Jenny, je parlerai lentement, je connais votre sténo. »

Et la porte du bureau du président se referme sur cette étrange conférence.

L'objet de tout ce remue-ménage, à l'université d'Ashland, le jeune Chris Edward, est dans le coma à l'hôpital voisin. La balle unique qui devait le faire mourir a raté la tempe, et fracturé tout le bas du visage. S'il vit, Edward n'aura plus de visage. À vingt ans.

Et pourquoi ? C'est Wilson qui entreprend de l'expliquer au président Nickols et à son adjoint.

« Parce qu'on lui a trop dit et répété qu'il n'était qu'un minable ! Voilà un garçon comme un autre, somme toute, mis à part qu'il est fils de fermier, et qu'il a préféré les études à l'élevage du bétail. C'est ce que vous croyez, mais ce n'est pas le cas. Edward aurait élevé du bétail, si son père n'avait pas décidé qu'il lui fallait un fils universitaire. Voilà Edward bombardé étudiant, qui affronte une première année universitaire, en traînant de la paille à ses chaussures. Et que se passe-t-il ? Je vais vous le dire : Edward n'est pas à l'école, il est devant un tribunal permanent. Chaque maladresse, chaque erreur, lui est renvoyée au visage comme un coup de poing. Chaque note est un coup de poignard. »

Le président intervient :

« Wilson ! Nous ne pouvons tout de même pas donner des notes correctes à un élève qui manifestement est largement au-dessous de la moyenne de ses camarades, votre argument est ridicule !

— Ce n'est pas un argument, encore une fois cessez de considérer cette affaire comme un cas de justice. C'est une explication que je vous donne. Edward est incapable de suivre les cours, bon, pourquoi ne pas l'orienter autrement ? Pourquoi ne pas aller voir son père et lui expliquer la chose ? Au lieu de cela vous prenez la décision de le renvoyer en fin de trimestre !

— Cette décision ne concernait pas uniquement ses résultats scolaires ! Vous le savez !

— Nous y voilà. Alors j'écoute, faites-moi part de vos griefs.

— Il n'en est pas question.

— Vous n'osez pas ! Vous n'osez pas avouer que vous avez viré Edward parce qu'il a osé participer à une manifestation anti-raciale !

— Wilson, vous vous égarez. Cette manifestation ne concernait pas que les Noirs, il y avait des homo-sexuels, une chienlit insupportable, le campus n'est pas fait pour ça !

— Edward n'est pas homosexuel !

— C'est vous qui le dites ! Moi je n'en jurerais pas !

— Non seulement vous n'en jurez pas, mais vous le lui flanquez à la figure en public ! Vous le traitez de minable, à l'esprit dégénéré ! Les élèves vous ont entendu ! Et vous n'avez pas le droit de faire ça ! Vous n'avez pas le droit de renvoyer ce pauvre gosse à un père intraitable, avec l'étiquette de dégénéré sexuel et de minable intellectuel. Vous n'avez pas le droit de lui cracher : "Quand on est le dernier par-tout, il est normal que l'on se mette du côté des der-niers." Vous savez ce qui s'est passé ? vous savez que la moitié du campus l'a traité de sale homo ? que son père l'a tabassé ? qu'il l'a ramené aux cours en le traînant comme un chien au bout d'une laisse ? Vous savez que personne n'a pris sa défense ? vous savez que c'est un enfant fragile, déséquilibré, que vous l'avez poussé au suicide ? Vous l'avez poussé à acheter ça, et à se tirer dans la tête !

— Wilson, cette fois c'en est trop ! Vos accusa-tions sont ridicules, et votre comportement n'est pas digne d'un professeur responsable. J'ai déjà noté à plusieurs reprises que vos cours de psychologie s'écartaient dangereusement des bornes admises, mais cette fois !

— Les bornes admises ? elles sont où, vos bornes ?

206

Elles ne vont pas plus loin que les œillères que vous portez.

— Wilson, cet entretien est terminé ! Je ne suis pas disposé à suivre un cours de psychologie du genre du vôtre. Je connais vos principes : liberté, paresse, contestation, remise en question, mépris des lois et des principes. J'ai eu tort de vous laisser faire œuvre de subversion chez moi !

— Ce n'est pas chez vous ! Cette université est aux jeunes, ils y sont chez eux. Ils ont le droit d'y recevoir toutes les idées, je ne fais pas de politique, moi, je n'impose rien, ni morale, ni religion, ni comportement ! J'en discute ! Et aucun de mes élèves n'aurait acheté ça, pour se tirer dessus, si vous ne vous en étiez pas mêlé. Vous avez profité de mon absence pour renvoyer ce gosse !

— Vous allez prendre la porte, Wilson, mais avant cela, considérez que cette malheureuse affaire est de votre faute ! Si vous n'aviez pas entretenu ce garçon dans l'idée qu'il était aussi capable que les autres, nous n'en serions pas là ! Maintenant prenez la porte ! J'en ai assez entendu, et ne remettez pas les pieds ici. Vos déclarations sont suffisamment instructives, vous irez professer ailleurs ! et Edward ira aussi étudier ailleurs ! »

Wilson est devenu pâle. D'un bond, il a soulevé son grand corps maigre, et ses yeux bleus ont viré au noir.

« Vous osez insinuez que c'est moi qui ai tué ce garçon ? »

Il s'approche du bureau et s'empare du revolver.

« Vous osez rejeter la responsabilité sur le dos de ce pauvre Wilson ? Un caractériel, selon vous... un homme bizarre, un subversif ! Vous osez prétendre que ce pauvre gosse a acheté ça, à cause de moi ? »

Le professeur Maxwell, qui s'était tu jusque-là, intervient maladroitement :

« Allons, Wilson, ne jouez pas avec ce revolver, vous n'allez pas ajouter l'intimidation à ce discours complètement fou ! »

Le canon de l'arme vacille dangereusement vers Maxwell, puis revient vers Nickols.

Wilson est hors de lui, il semble étouffer des sanglots, en parlant, sa pomme d'Adam fait des bonds sur un long cou maigre...

« Vous... Vous êtes ignobles... nuisibles... C'est vous qui ne méritez pas de vivre, vous ! »

La secrétaire pousse un cri, et lâche son bloc en criant :

« Professeur... Non !... »

Son cri est étouffé par le premier coup de feu tiré sur le président Nickols.

Elle hurle au secours à présent, et se précipite sur la porte, au moment où le deuxième coup de feu abat le professeur Maxwell.

Une galopade dans les couloirs, étudiants et professeurs surgissent, à l'appel de la pauvre fille, qui ne peut plus parler, qui montre la porte du doigt, qui montre Wilson, debout, le regard fou, l'arme à la main.

De l'autre côté du bureau les corps de ses deux victimes sont immobiles.

On entend Wilson murmurer encore dans le silence soudain...

« Nuisibles, c'est ça, nuisibles... »

Puis il retourne l'arme vers lui, appuie le canon sur son front, en plein milieu, et tire une dernière fois.

Le choc le projette en arrière, et il s'effondre, tué net, dans l'immense fauteuil de cuir, où son corps dégingandé ressemble soudain à un pantin ridicule et désarticulé.

Le soleil se couche, sur le campus de l'université d'Ashland au Nebraska, sur trois morts.

Deux seront inhumés avec des discours, des veuves, des larmes, et des manchettes de journaux.

Le troisième, mort solitaire, sans femme, ni enfant, ni couronne, restera « ce fou de Wilson qui assassina deux éminents directeurs d'université, au cours d'une crise de paranoïa, parce qu'il était renvoyé ».

Et le jeune Chris Edward retournera dans la ferme paternelle, défiguré à jamais.

LA GRAND-MÈRE DE L'EST

Le mur de Berlin est à cent cinquante mètres. Dick Traum l'aperçoit de sa fenêtre. La nuit parfois on entend tirer. Ce sont les policiers de l'Est qui s'acharnent après l'ombre d'un fuyard.

La grand-mère de Dick habite du côté de l'Est. Sa fille et son petit-fils, côté Ouest. Deux fois par an, mère et fils franchissent le mur pour rendre visite à la vieille dame. Aujourd'hui est jour de visite. La grand-mère de l'Est accepte volontiers les sucreries, le café, et les livres que son petit-fils lui rapporte de l'Ouest. À l'Ouest, il y a toujours du nouveau pour elle. Nouveau aussi, ce sourire détendu sur les lèvres de Dick, qui vient de fêter ses vingt et un ans. Nouveau toujours, cet air heureux sur le visage de sa mère.

La grand-mère de l'Est observe son petit-fils. Cette grande carcasse de roux, aux yeux bleus, aux larges mains, n'est pas un séducteur. Le nez est gros, la lèvre inférieure épaisse et tombante, contraste avec la supérieure, mince, fine, comme un trait. Dick est un garçon faible, triste, beaucoup trop doux de caractère, et qui voue à sa mère un amour démesuré. La grand-mère de l'Est n'aime pas cela. Et elle n'aime pas ce nouveau sourire aux lèvres de Dick.

« Comment va ton père, Dick ?

— Il est parti, Mamy. Il y a six mois.

— Parti ? Comment ça ?

— Maman et lui se sont disputés une fois de plus, et papa a fichu le camp. Il était furieux, il a dit qu'il ne reviendrait pas de sitôt. »

La grand-mère observe maintenant sa fille.

« Elsa ? Regarde-moi ! Il t'a battue ?

— Oui maman, il avait bu, tu sais. On rentrait

d'une petite soirée chez des amis, et... oh ! et puis à quoi bon, tu sais bien de quoi il est capable !

— Je sais. Tu n'avais qu'à divorcer plus tôt. Tu aurais évité à ton fils de prendre des raclées toute sa vie. Il serait peut-être moins minable aujourd'hui.

— Maman !

— Minable, oui. Regarde les choses en face une fois dans ta vie. À son âge qu'est-ce qu'il a réussi, dis-le-moi ? »

Dick baisse la tête, l'air mauvais, son visage veule n'ose pas affronter la terrible grand-mère, qui continue sans se soucier de lui à invectiver sa fille.

« Je vais te le dire, moi, ce qu'il a réussi. Rien. Sauf la mort des autres, en attendant la sienne un jour au l'autre.

— Maman, tu exagères, ce n'est pas de sa faute ! c'était des accidents !

— Des accidents ! la mort d'une gamine de quatorze ans, piquée à l'héroïne, tu appelles ça un accident ? Ton fils dans le coma, piqué à l'héroïne, c'est un accident ? On le sort de là à coups d'électrochocs, et qu'est-ce qu'il invente pour faire mieux ? La mort d'un autre copain dans un terrain vague, toujours à l'héroïne...

— Il m'a promis de ne plus se droguer, maman.

— Ma pauvre fille, tant que tu lui donneras de l'argent sans que ton mari le sache, que crois-tu qu'il fera ? Au fait, il est où, ton mari ?

— On ne sait pas, maman. Il est parti, on te l'a dit... Il n'a pas dit où, et nous n'avons pas de nouvelles.

— Alors il est mort. »

Dick et sa mère sursautent en même temps avec la même terreur. Dick surtout. Ses mains tremblent, son regard est devenu fixe.

« Pourquoi dis-tu ça ?

— Parce qu'il n'a pas téléphoné à sa mère le 27 juillet pour son anniversaire, elle me l'a dit. Et ça, il n'a jamais oublié. Parce que tu ne me l'as pas écrit, toi non plus, parce qu'un homme ne disparaît pas pendant six mois sans donner de nouvelles. Je connais Peter, c'est un alcoolique, une brute dès qu'il a bu un verre de trop, mais il n'aurait pas quitté son métier.

— Qui t'a dit qu'il l'avait quitté ?

— Sa mère. Elle me téléphone de temps en temps, elle s'est renseignée. Peter a laissé tomber son camion du jour au lendemain. C'était le meilleur chauffeur de sa boîte. Alors je dis qu'il est mort. »

La grand-mère de l'Est se tait un moment, elle fixe le regard fuyant de sa fille, puis enchaîne :

« Et tu as l'air heureuse, délivrée. Donc tu sais qu'il est mort... »

Elle regarde son petit-fils avec la même intensité.

« Et Dick aussi le sait. Il n'a jamais souri autant de sa vie... »

Andrea Locnig, soixante-douze ans, la grand-mère de l'Est, vient d'ouvrir elle-même la première page de cette Histoire vraie. Une Histoire vraie sur fond de drogue et de mur de Berlin, décor sinistre s'il en est.

Elsa Traum et son fils unique, Dick Traum, regardent avec terreur la grand-mère Andrea. Où veut-elle en venir ? Que sait-elle ?

La vieille dame range soigneusement les gâteaux venus de l'Ouest dans une boîte en fer. Puis elle s'installe dans son vieux fauteuil de cuir, et un chat énorme, noir comme le diable, lui saute sur les genoux. Elle prend son temps. Elle a dit ce qu'elle avait à dire. Ce qu'elle suppose depuis des mois. Elle n'a jamais débordé d'affection pour son gendre, ce colosse incapable d'avaler de la bière sans taper sur sa femme et son gosse à bras raccourcis. Peter Traum ressemblait à son fils, grand, roux et œil bleu. À cette seule différence que, chez lui, l'œil bleu était autoritaire, les cheveux et la barbe rousse drus et indisciplinés. À jeun c'était un homme supportable, si l'on exceptait son attitude envers son fils. Il le traitait de raté, d'imbécile, de chiffe molle, et les injures pleuvaient autant que les coups. Il y avait des raisons à cela : un fils qui se drogue, rate ses examens, et se fait renvoyer de tous ses emplois. Mais ce n'était pas la bonne manière de régler le problème. Dick se réfugiait vers sa mère, laquelle lui pardonnait tout. Ils mentaient tous les deux, sur tout, même les choses les plus graves.

Mais le jour où l'on a retrouvé Dick, mort cliniquement d'une « surdose » à côté d'une fillette de quatorze ans, ils n'ont pas pu mentir. La fillette était morte, et Dick a été ranimé *in extremis*. Après trois mois de cure de désintoxication, il a trouvé du travail comme mécanicien, et sa première paie fut une nouvelle dose d'héroïne, avec cette fois un jeune camarade de vingt-deux ans. En le voyant mort dans ce terrain vague, la seringue plantée dans son bras, Dick s'était enfui, et réfugié dans les jupons de sa mère. La police avait eu bien du mal à l'en extirper, pour le coller en prison. Et le père avait recommencé à cogner dès sa libération. Chacun sa méthode, aussi inefficace l'une que l'autre.

C'est à cela que réfléchit la grand-mère, en caressant l'énorme chat noir qui ronronne sur ses genoux, en regardant sa fille, qui ne lui ressemble pas. Aussi fade qu'elle a du caractère, son petit-fils aussi laid qu'elle était belle à son âge...

« Alors ? Nous disions que Peter était mort... J'écoute ? »

Dick serre les poings autour des épaules de sa mère, comme pour la protéger.

« Tu n'as pas le droit de dire ça, grand-mère. Tu vois bien que tu fais de la peine à maman...

— De la peine ? Laisse-moi rire. Je parie que depuis six mois, vous menez tous les deux une petite vie de rêve, hein ? Le grand méchant loup n'est plus là pour te botter les fesses ! Ça doit valser, l'argent, valser, les seringues ! montre-moi ton bras si tu l'oses ? Allez ? viens là... »

Dick recule et bafouille :

« J'en ai besoin de temps en temps, on ne peut pas s'arrêter comme ça.

— Bien sûr. Il faut aller à l'hôpital pour ça, et tu

n'y vas pas, bien entendu. Et ta mère te laisse faire, bien entendu. »

Elsa bondit de sa chaise :

« Il a eu trop de peine, trop d'ennuis, trop de malheurs... J'aimerais qu'il s'arrête, mais c'est trop lui demander d'un seul coup... Pas maintenant. Il se fera soigner plus tard, quand il aura oublié.

— Plus tard ? Quand ? Oublié quoi ? Que tu as tué son père, c'est ça ? »

Dick se met à hurler :

« Non ! Non ! Ne dis pas ça ! Je te défends de dire ça ! Je te défends. C'est pas vrai. Elle n'a rien fait, rien ! »

Le petit salon aux meubles de bois peint a résonné de ses cris, et le chat lui-même a craché de peur, en s'enfuyant, le poil retroussé.

Grand-mère Andrea se lève, s'approche de son petit-fils, et le gifle posément.

« Du calme. Ne te mets pas à délirer chez moi. Ici, on enferme les toxicomanes jusqu'à ce qu'ils crèvent, ou qu'ils s'en sortent. Alors du calme ! »

Dick se calme instantanément et se met à pleurer. Sa mère le console et quelques minutes passent. Puis la grand-mère décide :

« Bon. Je crois que le mieux est de tout me dire maintenant. De toute façon la mère de Peter a demandé à la police de faire des recherches. Donc vous serez interrogés. Voyons ça tranquillement. »

Et elle s'installe à nouveau dans son vieux fauteuil, tandis que le chat reprend sa place avec méfiance, sur ses genoux.

Il est tout à fait exceptionnel qu'un drame familial aussi grave nous soit rapporté avec autant de précision.

Mais la grand-mère de l'Est est un être exceptionnel. Elle a connu deux guerres et, veuve, elle y a perdu ses fils. L'un de ses fils, enrôlé dans l'armée d'Hitler, s'y est conduit de manière si admirable selon l'éthique nazie, et si monstrueuse selon la simple humanité, qu'elle l'a vu fusiller en 1946. Son commentaire à ce sujet, celui d'une mère pourtant, montre qui est cette femme :

« Mon fils a eu ce qu'il méritait, pour la justice des hommes, et moins qu'il ne méritait, selon moi, qu'on ne m'en parle plus. »

Quand le mur de Berlin a surgi devant elle, coupant en deux ce qui lui restait de famille, elle est restée à l'Est dans son petit appartement. Sa fille Elsa vivait à l'Ouest avec son époux. Commentaire à ce sujet :

« Ouest, ou Est... un mur n'est qu'un mur, il barre l'horizon, pas la mémoire, c'est tout ce que peut faire un mur. »

Voilà qui est grand-mère Andrea. Voilà pourquoi elle s'attaque avec autant de certitude à sa fille Elsa et à son petit-fils Dick en leur disant :

« Bon. Je crois que le mieux est de tout me dire maintenant... Qui a tué Peter ? »

Dick pleure toujours sur l'épaule de sa mère, il tremble et renifle, et bafouille :

« On était bien tous les deux, hein maman ? Pourquoi elle nous fait ça ? Dis... Pourquoi... Elle ne nous aime pas ! Elle est comme papa. Ne lui dis rien, c'est une méchante femme. On n'a qu'à partir et la laisser, hein ? Dis, maman... On n'a qu'à partir... Qu'est-ce que tu veux qu'elle fasse à l'Est ? Personne ne la croira ! »

La grand-mère soupire :

« Je comprends ton père, et les claques qu'il te distribuait, mon pauvre garçon. Décidément tu es pire qu'une larve. Lâche ta mère, et viens ici ! Viens ici je te dis ! Regarde-moi, imbécile. Que tu aies tué ton père, et je crois que c'est toi qui l'as fait, c'est une chose. Mais que tu te caches comme un cafard, que tu n'oses pas le dire tout haut, ça, je ne supporte pas !

« Ta grand-mère paternelle a déposé une plainte il y a une semaine, elle me l'a dit au téléphone. Elle habite à l'Ouest, comme vous. Et la police sera là demain, ou dans quelques jours. Tu t'es regardé ? Tu te vois devant un policier ? Mais pauvre fou, tu ne tiendrais pas une seconde. Alors parle. Je veux savoir, je veux décider moi-même ce qu'il y a lieu de faire. Je t'écoute, et toi aussi, Elsa. Et ne mentez pas ! Je le vois tout de suite, quand vous mentez. »

Dick jette un regard éperdu en direction de sa mère, qui lui fait signe d'un mouvement des paupières. Alors il commence, d'une voix peureuse, une confession pénible.

« C'était en janvier, on avait passé la soirée chez des amis. Papa avait bu. Il s'est jeté sur moi pour me battre.

— Pourquoi ? »

Dick se tait, le front buté, et la grand-mère crie : « Allez ! Pourquoi ?

— À cause du procès dont j'étais menacé. Pour la mort de mon copain. On voulait m'accuser de non-assistance à personne en danger, mais il était déjà mort quand je me suis sauvé, c'est pas de ma faute !

— Pas de ta faute, pas de ta faute... Ne geins pas, s'il te plaît. Qui avait acheté la drogue, hein ? Allez continue.

— Je ne sais plus très bien, ça s'est passé vite. Maman a voulu me défendre, alors il s'est retourné contre elle. »

Elsa intervient :

« C'est vrai, maman, il m'aurait tuée tu sais, un jour ou l'autre...

— Possible. Mais des gifles n'ont jamais tué personne, et si tu n'en voulais pas, tu n'avais qu'à divorcer, je te l'ai assez dit. Après ? Qu'est-ce que tu as fait, Dick ?

— J'ai pris une carabine, et j'ai tiré sur lui. Trois fois. Il est tombé par terre. Maman a dit qu'il était mort.

— Et d'où elle venait, cette carabine ?

— Je l'avais achetée à l'automne précédent.

— Pour quoi faire ? Tu avais besoin d'une carabine pour réparer les voitures ?

— Pour l'avoir, c'est tout, c'est maman qui m'a donné l'argent.

— Ah ! c'est maman, décidément, entre les seringues et les carabines, tu le gâtes en jouets, ton fils !

— Mais je croyais qu'il voulait aller à la chasse.

— À la chasse à quoi ?

— Maman, je te jure qu'on n'a pas pensé à ça !

— Peut-être... Peu importe, finalement. Qu'est-ce que vous avez fait du corps ? »

Dick, cette fois, se tait et retourne se réfugier dans les bras de sa mère. Il transpire, il a les yeux exorbités...

La grand-mère s'attaque à sa fille, cette fois.

« Alors ? Vas-y... Puisqu'il n'a pas le courage.

— On avait peur. On a bu quelque chose pour se calmer. Dick était malade, on a attendu une heure ou deux, on ne savait pas quoi faire, et puis on l'a descendu à la cave, roulé dans le tapis.

— Il y est encore ? Vous l'avez enterré ?

— Non... »

Comme si elle se jetait à l'eau Elsa se décide. Tandis que son fils gémit sur son épaule, et qu'elle le berce, en lui tenant la tête, elle entame la dernière partie de la confession. La plus horrible.

« Dick l'a découpé à la hache, en plusieurs morceaux. Je n'ai pas vu, moi. Je n'aurais pas supporté.

— Mais lui, il a supporté !

— Il avait pris de la drogue avant, du LSD, sinon il n'aurait pas pu, il faut comprendre. »

La grand-mère se lève, un peu pâle, le regard dur et lointain. Elle écoute la suite en tournant le dos à sa fille, qui continue d'une voix tremblante :

« ... Il a mis les... morceaux dans des sacs de plastique, et il est allé les jeter dans les poubelles. Ça lui a pris trois jours. Il est allé jusqu'en banlieue pour ça. On n'a jamais retrouvé le corps, personne. Il y a des machines qui broient les ordures à Berlin, tout a disparu. La tête, on l'a jetée dans une décharge publique. C'était trop gros, j'avais peur qu'on ouvre le sac.

— Tu l'as aidé ?

— Oui. À transporter les sacs, la nuit. Autrement, il n'aurait pas été assez vite, et c'était horrible. Après j'ai dû laver la cave, pendant une semaine, tous les jours, ça ne voulait pas partir. J'ai dû gratter le ciment, Dick y a versé de l'acide et de la chaux, on avait peur que la police vienne fouiller chez nous. Mais personne n'est venu. J'ai dit à son patron qu'il était parti à l'Est.

— C'est tout ? C'est fini ?

— C'est fini, maman.

— Bon. Rentrez chez vous. Je ne veux plus vous voir. Plus jamais.

— Maman ? Tu ne vas pas nous dénoncer, dis ? Pas maintenant ? On est si heureux, à présent, on est libres, tu comprends ? S'ils arrêtaient Dick maintenant, qu'est-ce que nous deviendrions ?

— Rien de plus que ce que vous êtes déjà. Filez maintenant, disparaissez, vous me donnez la nausée. Dehors ! Dehors ! »

Ils sont partis, en courbant le dos. Ils sont passés devant les policiers de l'Est, ceux de l'Ouest, en tremblant de peur et ils se sont enfermés dans l'appartement, comme des rats.

Le lendemain, la police était là. La police de l'Ouest, avertie par la mère de Peter Traum.

À huit heures du soir, la veille, elle avait reçu un coup de téléphone de la grand-mère de l'Est. Un long coup de téléphone, qui racontait tout. Avec une conclusion sèche et sans appel de la vieille dame :

« Mes enfants sont des monstres. J'ignore pourquoi. Mon petit-fils est digne de sa mère et de ses oncles. Alors qu'ils l'enferment et qu'on n'en parle plus jamais. Qu'ils l'empêchent de donner le jour à des monstres comme lui. C'est tout ce que je peux faire, à moins de le tuer moi-même. »

Dick a tout avoué. Privé brutalement de drogue pendant les interrogatoires, il a failli mourir, et on a dû le soutenir par petites doses d'héroïne, tandis que sa mère était surveillée de près dans sa cellule, pour l'empêcher de se suicider.

La grand-mère de l'Est est venue au procès, avec

une autorisation de séjour de quarante-huit heures. Elle a entendu le verdict : réclusion à vie, pour la mère et le fils.

Et elle est repartie, de l'autre côté du mur. Qui n'est jamais qu'un mur et barre l'horizon, mais pas les souvenirs.

DEUX CENTS TROMPETTES PLUS UNE

Le train Glasgow-Londres est en gare à deux minutes du départ. Dans le compartiment n° 5, un homme seul, vêtu de gris, tient dans ses bras un bébé enveloppé d'un châle rouge. L'homme regarde sur le quai, où personne ne lui fait signe. Dans le couloir, un jeune couple hésite à prendre place à ses côtés. La femme qui paraît une vingtaine d'années fait un pas en avant, mais son compagnon la tire par le bras, et ils vont s'installer dans le compartiment suivant, le n° 7.

Lorsque le train démarre, il emporte avec lui deux mystères. Et lorsqu'il arrive à Londres, les deux mystères se confondent. En vérifiant les wagons de première classe, le receveur découvre sous la banquette du n° 5 un bébé mort dans un châle rouge. À l'arrivée de la police, le receveur décrit l'homme vêtu de gris :

« Je n'ai pas bien vu son visage. Une quarantaine d'années peut-être, mais je n'en suis pas sûr. Quant au bébé, il avait l'air de dormir. »

Cette maigre description ne mènera les enquêteurs nulle part. En fouillant le compartiment suivant, ils découvrent, abandonnée sur la banquette, une petite trompette en plastique jaune. Une sorte de jouet d'enfant. Le receveur se souvient du jeune couple qui occupait le compartiment n° 7.

« Des jeunes mariés sûrement. La jeune dame agaçait son mari en soufflant là-dedans. Elle a dû l'oublier. »

218

Espérant recueillir un témoignage plus précis sur l'homme au bébé, la police emporte la petite trompette jaune. Et dans les journaux du lendemain, on signale le fait, en demandant aux voyageurs à la trompette de se présenter à Scotland Yard pour un témoignage important.

Mais personne ne se manifeste. De plus l'autopsie de l'enfant démontre qu'il est mort de mort naturelle. Il n'y a pas eu crime, et l'homme qui a abandonné l'enfant n'est pas retrouvé. Le bébé sera enterré sans nom, le 16 octobre 1948.

La petite trompette jaune reste sur les étagères des pièces à conviction de Scotland Yard. Ce n'est pas important, une trompette. Sauf pour Georges Muncey, dont l'Histoire vraie ne parle que de cela.

Georges Muncey est un étrange garçon. Élevé par sa mère jusqu'à l'âge de vingt-six ans, déjà orphelin de père, il assiste en 1947 à l'enterrement de Mme Muncey mère, son seul soutien, sa seule famille. Sa mère était énergique. Elle était grande et autoritaire. Elle l'aimait, le dirigeait, l'étouffait peut-être, mais à présent Georges se sent perdu. Il est seul devant le prêtre. Seul devant les officiants et ce grand cercueil de chêne qui l'abandonne, lui arrache plus que des sanglots. Un désarroi total. Le magasin de sa mère à Chichester est vendu honorablement par un notaire, et il en retire 800 livres. Une somme assez importante en 1948. Georges quitte la petite ville pour s'installer à Londres, où il loue une chambre modeste. Et il se met à vivre à sa manière, c'est-à-dire qu'il passe d'un cinéma à l'autre, et d'un théâtre à l'autre. Vivre en rêve, dans la fiction des autres, c'est son seul courage.

Il a loué un fauteuil au théâtre, où l'on joue une opérette célèbre cette année-là : *La Veuve joyeuse*. Et il revient presque chaque soir pendant une semaine. C'est un garçon correct, timide, au visage un peu enfantin, et aux traits sans consistance. La dame mûre qui a loué le fauteuil voisin le trouve très sympathique.

« Vous aimez l'opérette ? Moi aussi. »

Elle a engagé la conversation. Georges ne l'aurait jamais fait de lui-même. Mais cette dame de quarante-trois ans, sans aucun attrait, un peu pédante et autoritaire, devient en peu de temps son amie, sa confidente, sa mère en quelque sorte. Cette amitié platonique en apparence est tout de même un peu trouble. Georges s'en rend compte, lorsqu'il parle d'une jeune fille qu'il a rencontrée.

« Une petite vendeuse ! »

Le ton de Mathilde Caller est méprisant. Il devient méchant lorsque Georges lui confie que la jeune fille veut l'épouser à tout prix.

« Mon petit Georges, débarrassez-vous de cette péronnelle, elle n'en veut qu'à votre argent.

— Mais je n'ai presque plus d'argent, l'héritage de ma mère a fondu.

— C'est à cause d'elle ! Vous l'avez traînée dans un palace à Ramsgate pendant quinze jours ! Je vous avais prévenu. À force de jouer les grands seigneurs... Débarrassez-vous de cette fille, Georges, croyez-moi, d'ailleurs je suis sûre qu'elle n'apprécie pas notre amitié ?

— En effet, elle voulait venir vous voir, elle est jalouse.

— Jalouse ? Décidément, cette fille est d'une vulgarité ! N'en parlons plus, je pourrais me fâcher, mais avant, vous allez me promettre de vous débarrasser de ce boulet. C'est entendu ?

— Entendu. Vous avez raison. »

Georges ne parle plus de la jeune fille. Et quelques mois plus tard, Mathilde Caller devient sa femme. Il a vingt-sept ans, elle en a quarante-quatre. Il est veule, elle est autoritaire. Il n'a pas d'argent, elle est riche. Bref, il a retrouvé sa mère.

« Georges, tu vas travailler. Il n'est pas convenable qu'un mari ne gagne pas au moins de quoi nourrir sa femme. »

Mollement, Georges trouve une place de commis-vendeur dans un grand bazar, 2 livres sterling par semaine, plus les commissions sur les ventes.

Et c'est là que quelque chose se déclenche. Il y a un mois qu'il est là à vendre des bricoles sans intérêt, lorsqu'un jour, un petit bruit désagréable le fait sursauter : un collègue vient de lui souffler dans l'oreille, avec une petite trompette de plastique jaune...

« Arrêtez ce bruit, c'est stupide ! »

Georges a soudain changé de visage, et le farceur n'insiste pas. Il remet la trompette dans la vitrine, avec pour seul commentaire intérieur : « Ce type est lugubre. »

Le soir même, la trompette a disparu. Sur le registre de vente, elle est mentionnée pour un shilling et un penny, son prix. Rentré chez lui, Georges fait brûler le jouet dans le poêle, et une âcre odeur de plastique se répand dans l'appartement. Mathilde se met à tousser :

« Qu'est-ce que tu fais ? C'est une horreur !

— J'ai brûlé une trompette, elle m'embêtait !

— Une trompette ? En voilà une idée. Qu'est-ce qu'elle t'a fait cette trompette ?

— Oh ! rien, elle était là, elle m'embarrassait, c'est tout... »

Mathilde aère l'appartement et ne fait pas de commentaire. L'incident est d'ailleurs sans importance. Mais le lendemain, au magasin, le chef de rayon interpelle Georges :

« J'ai vu que vous aviez vendu la petite trompette jaune ?

— Euh... oui...

— C'est une bonne chose. Nous avons un stock de ce jouet, je ne sais pas pourquoi le patron a acheté ça, mais il faut s'en débarrasser, vous allez vous en charger. Si un gosse en a acheté une, nous risquons de vendre les autres. »

Et Georges se retrouve avec deux cents trompettes de plastique jaune, en vrac sur un rayon de vente promotionnelle, à 1 penny de réduction. La trompette se vend 1 shilling pièce. Le chef de rayon l'encourage :

« Guettez les femmes avec des enfants, et faitesleur l'article. Nous avons eu le lot à moitié prix. Sur 200, nous ferons encore 100 shilling de bénéfice ! »

Mais c'est étrange, Georges est tout pâle. Chaque fois qu'un enfant agrippe un jouet et souffle dedans, il a un sursaut nerveux. Et en même temps, il cherche à les vendre avec une frénésie curieuse. Mais le succès n'est pas évident.

Georges fait disparaître six douzaines de trompettes en même temps, il les brûle dans la chaudière du sous-sol. Mais ce n'est pas suffisant. Il en reste encore une centaine. Alors, à bout de nerfs, il ramène de chez lui une grande valise en crocodile, cadeau de mariage de Mathilde. À l'heure du déjeuner, il enfourne tout le lot de trompettes jaunes dans la valise, et cache le tout dans son vestiaire. À son retour, le chef de rayon s'étonne :

« Vous avez tout vendu d'un coup ?

— Oui. Une chance. C'est un vieux monsieur, un peu farfelu. Il a acheté le tout pour une institution d'orphelins.

— Et il n'a pas demandé de remise ?

— Euh, non, même pas. C'est un vieux fou, je crois, il a payé sans rechigner. »

Le soir, Georges avec sa belle valise remplie de trompettes quitte le magasin sans encombre. Le chef de rayon a bien remarqué la valise, car elle se remarque mais son employé a le droit de partir en week-end, et il ne s'en étonne pas outre mesure. En prenant son billet de train pour rentrer chez lui, Georges dépose la valise à ses pieds. Il paie, ramasse sa monnaie, et... plus de valise ! Un voleur à la tire galope avec elle, persuadé de découvrir dans ce bagage de luxe des merveilles.

Georges ne court même pas derrière lui. Tant pis, et tant mieux. Il achètera une autre valise pour expliquer la disparition. Au fond, il ne savait pas quoi faire de ces trompettes. Le voilà débarrassé.

Le lendemain d'ailleurs, son chef de rayon lui tape sur l'épaule en riant. Il tient le journal à la main.

« Votre vieux fou n'a pas eu de chance ! Écoutez : un certain Jack Mended, sans domicile fixe, a été arrêté à la gare centrale alors qu'il s'éloignait avec une valise qu'il venait de voler. Le voleur a été doublement malheureux. Arrêté, il a découvert que son butin était un lot de trompettes en plastique ! »

Et le chef de rayon de conclure :

« C'est votre original, sûrement. Il va être content de les retrouver ! »

Georges ne dit rien. Il vient de penser tout à coup que la merveilleuse valise de crocodile est irremplaçable. Elle porte ses initiales à l'intérieur. Et la marque du fabricant en toutes lettres avec l'adresse. C'est un objet d'une grande valeur. La police voudra sûrement la rendre à ses propriétaires, et la chose est simple, car le marchand est connu à Londres. Il connaît ses clients, il connaît Mathilde sa femme, qui achète chez lui tous ses bagages. Dans quarante-huit heures, peut-être moins, la police va rapporter cette valise. Que dira-t-il ? Comment expliquer pourquoi il a fait disparaître un lot de trompettes jaunes en plastique ? Cela paraîtra ridicule.

Georges est affolé. Comme peut être affolé quelqu'un qui a une idée fixe. Et les trompettes sont une idée fixe. Elles lui sonnent à l'oreille, lui vrillent le crâne, il voudrait les piétiner toutes, les faire disparaître à jamais de son univers. Pourquoi est-il poursuivi par de ridicules jouets au son encore plus ridicule ?

Georges demande à rentrer chez lui, il a mal à la tête, il a besoin des jupons de sa mère, de sa femme en l'occurrence, et le chef de rayon le laisse partir, impressionné par sa pâleur.

Quelques heures plus tard, dans le bureau du commissariat central de Londres, un inspecteur examine la valise de crocodile, en écoutant le rapport d'un agent.

« Je suis allé chez le marchand, il a tout de suite retrouvé le nom du propriétaire. Georges Muncey. Pour aller plus vite, je lui ai demandé de téléphoner à son client. C'est une femme qui a répondu. Mme Muncey. Elle a dit être l'épouse de Georges Muncey, et a répondu que cette valise ne lui appartenait pas.

— Le marchand est sûr de lui ?

— Sûr, monsieur l'inspecteur. Il se rappelle même que cette dame a offert le bagage à son mari juste avant leur mariage. C'était un cadeau somptueux. Alors je suis allé voir la dame en question, et elle m'a redit la même chose. Alors je vous l'apporte. On ne sait pas quoi en faire, nous ! »

L'inspecteur remercie l'agent, et regarde les petites trompettes avec attention. Elles ressemblent absolument à l'autre. Celle qui traîne sur un rayon des pièces à conviction, depuis la découverte de cet enfant, mort et abandonné dans un train il y a huit mois. Curieux.

L'inspecteur reprend le dossier. Sur une fiche, il lit que des recherches ont été faites pour retrouver les voyageurs du compartiment n° 7 du train Glasgow-Londres. L'enquête a simplement révélé que le jouet avait été acheté à Glasgow, dans une boutique de souvenirs, par une jeune femme. La jeune femme ne s'est jamais manifestée.

Quel rapport peut-il y avoir entre tout ça ? Un enfant mort abandonné par un homme en gris. Un jeune couple introuvable avec une trompette, et une valise en crocodile contenant une centaine de ces mêmes trompettes ? La valise étant refusée par son propriétaire apparent ?

L'inspecteur met une petite trompette dans sa poche, et lit le rapport de l'agent :

« Le dénommé Georges Muncey a déclaré : "Cette valise n'est pas la mienne, c'est une erreur." Questionné, il a également déclaré travailler au grand bazar de Kensington et ne pas avoir les moyens de s'offrir un bagage aussi luxueux. »

La trompette dans sa poche, l'inspecteur se rend au grand bazar, où le chef de rayon lui apprend deux choses intéressantes :

1º Georges Muncey a vendu le lot de trompettes à un original inconnu.

2º Il avait une valise ce jour-là, en crocodile, qu'il a emportée le soir même.

La maison de M. et Mme Muncey est un petit pavillon bourgeois entouré d'un jardin. La sonnette tinte délicatement, et une femme d'âge mûr ouvre la porte elle-même.

« Inspecteur Benny, madame, de Scotland Yard. Je désirerais voir votre mari.

— Il est souffrant.

— Je sais, madame. Rien de grave, son employeur me l'a dit. Une petite migraine. Dérangez-le, s'il vous plaît !

— C'est encore à propos de cette valise ? Elle n'est pas à lui !

— Erreur, madame, son employeur l'a confirmé. Et vous le savez, c'est vous qui l'avez achetée.

— En admettant ? Ce n'est pas un crime.

— Alors pourquoi ne pas la reprendre, si ce n'est pas un crime ?

— Que voulez-vous à Georges ?

— Savoir pourquoi il a menti à propos de ces trompettes.

— Il les a payées. Il ne voulait pas avoir l'air ridicule d'acheter ce lot de trompettes en plastique. C'est tout.

— J'aimerais qu'il me le dise lui-même, madame Muncey. Voyez-vous, j'ai un autre petit mystère, à propos de trompette... lié à la mort d'un enfant, un bébé de trois mois, peut-être pourra-t-il m'éclairer ? »

Mais Georges boude comme un enfant capricieux, devant l'inspecteur :

« Je n'ai rien à dire. Rien. Je déteste les trompettes, c'est tout. »

225

Le plus extraordinaire dans cette histoire absurde, c'est que l'inspecteur ne sait absolument pas ce qu'il cherche, ni s'il y a quelque chose à trouver d'ailleurs. Il pose sa question sans idée préconçue, un peu au hasard, simplement guidé par cette coïncidence :

« Une trompette, celle-là par exemple, dans un train, ça ne vous rappelle rien ? »

Tout va si vite, que le policier a du mal à suivre. Georges devient soudain hystérique, il se jette sur un divan, se met à hurler et à jeter les coussins partout. C'est un gamin malade, hoquetant qui pleure et qui geint :

« Mathilde, défends-moi ! maman, il va me faire du mal, empêche-le. Je l'ai tuée ! C'est pas de ma faute hein ? C'est toi qui l'avais dit. Elle l'a dit, c'est vrai monsieur, je vous le jure. Elle a dit débarrasse-moi de cette fille. Hein tu l'as dit ? »

Mathilde tente de l'arrêter :

« Georges, tais-toi ! Tais-toi, tu deviens fou, tais-toi ! »

Fou, Georges ?

Il en a l'air, mais il se calme aussi brutalement qu'il a éclaté :

« Je m'en fiche d'abord, c'est pas de ma faute. J'ai tué Ethel. Ethel c'était ma fiancée, hein ? Dites, monsieur, elle était jeune, elle voulait qu'on se marie, on est allés à Glasgow pour faire un petit voyage, elle avait acheté une trompette. Elle faisait l'idiote, elle soufflait dedans sans arrêt. Maman voulait que je me débarrasse de ma fiancée. Mathilde aussi. »

L'inspecteur a du mal à comprendre. Maman ? Mathilde ? Ethel ? Quel rapport avec l'homme en gris, et le bébé mort dans un châle rouge ?

Il lui faudra des jours pour démêler cet écheveau bizarre et réaliser qu'il a découvert un crime sans le vouloir. Georges a tué Ethel sa jeune fiancée, en rentrant de voyage. Il l'a tuée à coups de tuyau de plomb, et a abandonné le corps dans l'appartement. Comme il avait donné un faux nom, il se faisait

226

appeler Prince, Dieu sait pourquoi, la police ne l'a jamais identifié et le crime d'Ethel est resté impuni.

Mais dans la tête de ce garçon mythomane et un peu fou, il ne restait qu'un seul souvenir de ce crime. Une idée fixe. Il revoyait Ethel jouant de la trompette à son oreille en riant, dans le train. Cette obsession avait grandi, devant le stock de jouets à vendre. Grandi au point de lui faire faire des bêtises. En se débarrassant des jouets, il croyait se débarrasser de son crime.

Une fois ses aveux terminés, et Georges redevenu lucide, l'inspecteur a essayé d'aller plus loin :

« Vous étiez dans le train ce jour-là, en même temps qu'un homme avec un bébé. Vous vous en souvenez ?

— Oui. Ethel voulait s'installer en face de lui, elle adorait les bébés. Moi pas.

— Vous n'êtes pas restés dans son compartiment ?

— Non. On s'est installés à côté, j'ai dit à Ethel que le bébé pleurerait sûrement, et qu'on serait plus tranquilles. C'était en première, il n'y avait pas beaucoup de monde.

— Vous pourriez décrire cet homme ?

— Non.

— Vous ne lui avez pas parlé ?

— Non. Je déteste les bébés, je vous dis. Je n'ai pas fait attention à lui. Ethel y est allée, elle.

— Comment ça ?

— On s'était disputés à cause de la trompette, alors elle est sortie un moment, et elle a parlé avec l'homme dans le couloir.

— Il avait l'enfant dans ses bras ?

— Non. Je suppose qu'il dormait dans le compartiment, il avait fermé les rideaux je crois.

— Vous a-t-elle parlé de lui, de leur conversation ?

— Oui, mais je n'ai pas écouté. Elle m'agaçait, elle était toujours curieuse de tout, je crois qu'elle a dit quelque chose comme : "ce type a l'air malheureux" ; mais je n'en suis pas sûr...

— À votre avis, elle aurait pu décrire cet homme ?

— Oh ! oui, sûrement ! Rien ne lui échappait. »

Georges a un petit sourire mauvais :

« Ça vous aurait intéressé, hein ? Seulement je l'ai tuée le soir même, voilà. C'est tant pis pour vous, et moi je ne sais rien. D'ailleurs je m'en fiche, de votre bébé ! »

Georges Muncey a été pendu, pour le crime d'Ethel Fairbrass. Une jeune fille un peu écervelée de vingt ans, la seule à avoir parlé à l'homme en gris dans le train Glasgow-Londres. La seule, peut-être, qui détenait un petit morceau du châle rouge, ce voile de mystère qui enveloppait un bébé inconnu, dans les bras d'un homme inconnu, le 12 octobre 1948.

L'ENREGISTREMENT

Comment peut-on entrer dans l'intimité d'un homme et d'une femme qui se déchirent ? Comment peut-on savoir ce qu'ils se disent, mot pour mot, intonation par intonation, menace par menace ? Comment peut-on deviner celui des deux qui va mourir, celui des deux qui va tuer ? Comment peut-on, puisqu'ils sont enfermés dans un appartement, seul à seul, et sans témoin vivant ?

C'est simple et c'est un peu monstrueux. L'un d'eux a appuyé sur le bouton d'un magnétophone. L'un d'eux, mais lequel ? Celui qui va mourir ? Cela voudrait dire qu'il le devine. Mais s'il le devine, pourquoi se servir uniquement d'un magnétophone et pourquoi ne pas se défendre mieux s'il tient à la vie ?

Alors peut-être celui qui va tuer. Cela voudrait dire qu'il a besoin de tuer d'une « certaine manière ». Et qu'il veut prouver la manière dont il a tué. Celle-là et pas une autre.

Dix-huit minutes de bande enregistrée, plus les

vingt-cinq dernières secondes de la vie d'un être, voilà l'essentiel d'un procès d'assises, la fin de dix ans de mariage, l'unique témoignage irréfutable d'un crime pas comme les autres.

Voici d'abord ce que l'on sait des deux personnages, avant d'entendre leur voix.

Ils sont mariés depuis 1950. Ils vivent à Lucerne, en Suisse. Lui, c'est un homme de quarante-cinq ans, Johann B... Il est P.-D.G. d'une affaire que son père dirigeait avant lui, et avant lui son grand-père. Milieu aisé, où l'argent n'est pas un souci, mais une manière de vivre. Il n'en connaît pas d'autre. Johann est un homme que l'on qualifie d'intelligent et d'efficace. C'est aussi un homme plein de charme et d'élégance. De taille moyenne, brun, au visage net et soigné, où l'on remarque des yeux plus gris que bleus.

Elle a trente-sept ans, c'est Maria. Origine italienne et noble. Son père est marquis. Elle a passé une partie de son enfance dans l'un de ces vieux palais fantastiques rongés par la lagune de Venise, entre des statues de bois peint, sous des plafonds immenses aux lustres scintillants. Elle est belle, d'une beauté animale, avec un visage d'oiseau, aux yeux noirs étirés vers les tempes, et blonde, comme le sont parfois les Vénitiennes.

Johann est arrivé au volant de sa voiture, il a donné congé à son chauffeur. Elle est arrivée en taxi, sortant de chez le coiffeur. L'appartement où ils se retrouvent n'est pas le leur. Pourtant Johann en a la clef. Il le loue depuis un an. C'est là qu'il trompe sa femme, avec qui lui plaît. Maria le sait. Elle connaît l'adresse. Comme elle savait que Johann s'y rendrait aujourd'hui.

Un petit immeuble luxueux et discret. Au dernier étage, pas de nom sur la porte. Une grande pièce unique, meublée dans un goût particulier. Tapis et divan bas, coussins, dans un coin un bar-cuisine pour soirée intime, dans l'autre une salle de bain somptueuse. Ce décor n'a qu'un but. On le devine aisément.

Lui est arrivé le premier, semble-t-il. Mais quand le magnétophone se déclenche, il est impossible de savoir qui l'a mis en marche. Une seule chose certaine, ce n'est pas un hasard. L'enregistrement commence en effet au milieu d'une phrase. On entend un vague bruit de fond, le déclic de départ, et quelques mots, c'est l'homme qui parle. Il est interrogatif :

« ... au moins pendant ce temps ?...

— Téléphone-lui pour dire que tu es occupé...

— Tu crois cela nécessaire ? Si je t'ai fait souffrir n'en parlons pas ici.

— Ici ou ailleurs, ça m'est égal, Johann. Est-ce que tu aurais peur de m'expliquer ? Je t'avais dit que je viendrais...

— Je n'y croyais pas.

— Maintenant tu es obligé d'y croire, alors téléphone ! »

Le ton est légèrement tendu, mais courtois. Les bruits que l'on devine sont ceux du téléphone que l'on décroche, assez loin de l'appareil. Puis on entend la voix de Johann.

« Allô ? C'est vous ? J'avais peur que vous soyez partie. Oui, un contretemps... un rendez-vous imprévu... vous m'excusez ? Oui, oui, bien sûr... C'est ça... entendu... Mais non je vous assure... Au revoir ! »

Un silence traîne pendant quelques secondes. Puis la voix de Johann :

« Tu veux prendre quelque chose ?

— Tu dis ça comme si j'étais ta maîtresse...

— Écoute, Maria, je ne te comprends pas. Tu cherches à te faire souffrir. J'étais contre cette manière de s'expliquer. Comment veux-tu que je me comporte ?

— Comme si tu m'aimais, par exemple, est-ce que tu m'aimes encore ?

— Si nous parlons encore de ça, nous n'arriverons à rien.

— Mais je ne peux pas le supporter...

— Je sais...

— Tu sais, mais tu t'en moques ! Je peux mourir cent fois...

— Tu l'as déjà fait, et ça n'a servi à rien.

— On dirait que le suicide est un jeu pour toi...

— Non ! Pour toi !...

— Comment ? Explique-moi ça si tu le peux ? J'ai vraiment voulu mourir à chaque fois, tu ne vas pas me le reprocher, tout de même ?

— S'il faut être franc, si. Pour moi, vois-tu, les gens qui se suicident trois fois cherchent autre chose que la mort...

— Ah ! bon ? Et quoi à ton avis ?

— Si tu es prête à entendre la vérité je veux bien continuer, mais c'est dangereux. J'ai peur de te faire mal. Encore plus mal que tu ne crois...

— J'ai souffert bien plus que tu ne l'imagines, alors vas-y.

— Oh ! écoute... laissons tomber ce sujet, ça vaudra mieux...

— Non ! ah ! non. Ce sujet, comme tu dis, c'est l'essentiel. C'est ma vie actuellement, et mon problème. Un problème dont tu es responsable, d'ailleurs, alors parle. J'ai besoin de t'entendre.

— Tu vois, tu te mets tout de suite dans un état épouvantable. Tu dramatises tout !

— Parce que nous sommes dans le drame, et tu ne veux pas l'admettre !

— Non, pas nous. Toi. Toi seulement, c'est d'ailleurs pour ça que tu te suicides ! Un balayeur le comprendrait.

— Et tu comprends quoi, toi ? »

— Que tu veux te faire remarquer et que tu cherches à m'attendrir. J'estime que le suicide, dans une histoire comme la nôtre, est un chantage, ni plus ni moins. Surtout quand on se rate. Pardonne-moi, je t'avais prévenue.

— Autrement dit, tu me préférerais morte ?

— C'est le but d'un suicide, non ? Et ce n'est pas moi qui devrais préférer, mais toi !

— Tu m'assassines, en quelque sorte ! Tu te débarrasses de moi.

— Ne passionne pas le sujet. J'essaie de parler logiquement et froidement si possible. Je parle du suicide en général, dans les histoires d'amour, et je dis : une fois, ça rate, c'est possible. Deux fois : c'est la malchance. Trois fois : c'est une tactique !

— Tu es un monstre !

— Non, je ne suis pas un monstre. C'est toi qui fais de moi un monstre.

— Alors qui es-tu ?

— Ton mari.

— Tu n'es plus mon mari puisque tu me trompes. Combien y en a-t-il eu ici ? Vingt, trente ?

— Trois. Et tu le sais.

— Pourquoi ?

— Mais je ne sais pas. J'en ai eu besoin ou envie. Elles étaient jolies sans complication, peut-être que cela me repose.

— De moi sans doute ?

— Oui, de ta jalousie surtout.

— Mais je ne suis jalouse que parce que tu me trompes ! Non... Je vais te dire ce que je pense. La première fois, tu as cru que j'allais mourir. Malheureusement, c'était raté, alors tu recommences. Tu espères qu'un jour j'y arriverai. C'est plus facile de tuer les gens comme ça que de leur mettre un revolver sous le nez, il n'y a qu'à attendre qu'ils réussissent enfin leur suicide.

— Si tu le crois, c'est que tu me prends pour un lâche. Si je devais te tuer, je ne craindrais pas le revolver. Je ne suis ni un lâche ni un velléitaire.

— Alors tue-moi !

— Maria arrête ! Tu deviens dangereuse... »

Il y a un long silence sur la bande enregistrée. Comme il a dit ça drôlement : « Dangereuse. » Dangereuse pour elle, ou pour lui ? A-t-il peur d'être poussé à bout ? Pense-t-il qu'il pourrait tuer dans ce cas ? Va-t-il le faire ?

Maria pleure. La bande magnétique laisse entendre quelque temps des sanglots étouffés, rageurs, c'est une crise de nerfs et il ne dit rien. Il ne console pas. Il a peut-être l'habitude, il est peut-être cruel, en tout cas il se tait.

Ce dialogue a été entendu dans le silence d'une cour d'assises. Un silence impressionnant, gêné. Les jurés et les magistrats avaient le sentiment d'écouter aux portes, de violer la vérité finalement. Elle est si rare cette vérité. Il est si rare d'entendre, mot pour mot, intonation par intonation, la dernière conversation d'un homme et d'une femme, dont l'un va tuer l'autre, dans huit minutes maintenant. Car il ne reste que huit minutes de bande magnétique, enregistrée.

Maria ne pleure plus et Johann s'énerve.

« Du calme maintenant. Du calme, du calme !

— Tu me dégoûtes...

— Si je pouvais te dégoûter vraiment, Maria, si tu pouvais partir, à cette minute, ce serait mieux !

— Partir ou mourir ? Disparaître de ta vie, ça t'arrangerait. Elles pourraient revenir, les autres ! Elles pourraient s'étaler sur ton divan, se déshabiller.

— Arrête !

— Ne me touche pas. Tu me fais mal...

— Mais tu le cherches, bon sang ! Tu ne vois pas que tu le cherches ? Et quand j'ai envie de te gifler, tu lèves la main, comme une gosse qui a peur ! Va jusqu'au bout de ton cinéma, offre-toi en holocauste ! Si tu veux que je t'étrangle, si tu le veux absolument, fais-le la tête haute ! Mets-toi devant le peloton d'exécution, sans bandeau sur les yeux !

— Tu me tuerais, n'est-ce pas ? »

Il crie :

« Non ! »

Elle crie aussi :

« Si ! Tu le ferais ! Je le sais !

— Tais-toi, Maria ! »

On entend des pas. Un bruit de verre renversé, puis la voix de Maria, basse et douloureuse :

« Tu l'aimes, la dernière ? Qu'est-ce qu'elle a, Johann ? Qu'est-ce qu'elle a de plus que moi ? Qu'est-ce que tu cherches ?

— Ce que tu ne peux pas me donner.

233

— Quoi ? Mais quoi ? Nous nous aimions avant. Je t'ai donné un enfant, tu étais heureux, moi aussi, qu'est-ce qui s'est passé ?

— Rien. Il ne s'est rien passé. Je ne sais pas s'il s'est passé quelque chose, je ne veux plus en discuter, de toute façon.

— Pourquoi ? Je ne mérite pas de comprendre ?

— Écoute, Maria. Encore une fois, il y a des méthodes simples pour ne plus se faire de mal. Des méthodes que tout le monde emploie, sans en arriver là...

— Divorcer ?

— Divorcer, se séparer, vivre sa vie chacun de son côté. Rester calme en tout cas. Ne pas jouer un drame perpétuel.

— Il ne fallait pas me dire que tu me trompais !

— Tu me l'as demandé ! Et tu le savais d'avance !

— Non !

— Si ! Je t'entends encore : "Johann, il y a des choses qu'une femme sent instinctivement." Il est beau, ton instinct ! C'est l'instinct de mort, oui, la destruction, je ne te connaissais pas sous ce jour, ah non, tu n'existes plus pour moi d'ailleurs. Maria a disparu. Moi j'ai connu une autre Maria. Tu étais drôle, folle, raisonnable, je t'admirais pour tout ! J'aimais tes yeux, ton corps et ta certitude d'être belle. J'aimais ton intelligence, j'aimais ce côté raffiné, fin de siècle, j'aimais toute l'Italie à travers toi...

— Et tu aimes qui, maintenant ? La France ? à travers cette petite Parisienne vulgaire ?

— Je t'interdis d'en parler. C'est ça qui est vulgaire.

— Johann... »

Encore un silence, court cette fois, puis la voix de Maria qui reprend :

« Johann... c'est fini ?

— Qu'est-ce qui est fini ? Cette discussion ? J'aimerais bien.

— Nous deux, c'est fini ?

— Tu le sais. Tu sais aussi que je n'aime personne d'autre. Pas pour l'instant en tout cas.

— Alors selon toi je pourrais mourir pour rien ?

— Exactement.

— Et toi, si tu mourais ? Ce serait pour rien ?

— Non. Moi je ne veux pas mourir. Et surtout pas pour rien.

— C'est moi, alors ?

— C'est toi.

— Qu'est-ce que je peux faire ?

— Une fois pour toutes, ce que tu veux !

— Ça t'est égal...

— Non. Indifférent. Pire, même, je m'en fous. Parce que je n'en peux plus, et qu'il faut que ça finisse.

— Je voudrais boire quelque chose, je me sens mal. »

On entend à nouveau un bruit de verre renversé. La fin de l'enregistrement approche, et Maria continue de parler sur ce bruit de verre.

« Tu m'as tourmentée, tourmentée, sais-tu ce que c'est qu'une tourmente ? C'est quelque chose qui secoue tout, qui brise tout, qui arrache les arbres et les tord. Quand elle est passée, on n'est plus pareil, plus pareil, plus jamais pareil... Johann, qu'est-ce que tu fais ? »

Elle a crié.

« Rien, je te sers à boire...

— Retourne-toi... Regarde-moi... »

Un silence de quelques secondes, puis un autre cri :

« Maria ! »

Un coup de feu résonne, suivi d'un murmure incompréhensible. Puis le bruit d'un corps qui tombe, celui d'un verre qui se brise. Un deuxième coup de feu et un silence à nouveau. Un silence terrible. Long de dix secondes, avec seulement le bruit de la bande qui défile. Enfin une voix, bizarre, neutre, une voix qui récite.

« Je l'ai fait. Je l'ai tué... ça y est... je l'ai tué... Je l'ai tué... »

Puis un autre coup de feu. Une sorte de râle, le bruit d'un corps qui se traîne. Et plus rien. La bande défile, défile... il restait six minutes d'enregistrement, et de silence, jusqu'au déclic de fin, automatique.

Maria a parlé la dernière. Elle a tiré sur son mari, deux fois. La première balle l'a touché au ventre. La seconde en plein visage. Il est mort.

La troisième balle était pour elle. Dans la tête. Elle n'a fait que détruire Maria, sans lui prendre la vie.

Maria, aux assises, elle est muette, défigurée, presque aveugle. Elle s'est ratée une dernière fois. Pourra-t-elle vivre longtemps, comme elle est, souffrant d'atroces douleurs et pratiquement inconsciente, folle ?...

A-t-elle entendu, aux assises, les dernières minutes de la vie de Johann et de la sienne ? Il semble que non. Elle est l'accusée muette et immobile d'un procès qui se déroule sans elle. Qui, de Johann ou de Maria, a voulu laisser à des juges l'enregistrement témoin de leur dernière bataille ?

Johann ? qui tenait un pic à glace en mourant...

Maria ? qui avait un revolver dans son sac...

Qui était sûr de tuer l'autre ? Qui voulait tuer l'autre ?

Maria, ont dit les uns. Johann, ont affirmé les autres. Crime passionnel, de toute façon, qu'aucun témoin n'a pu éclaircir.

Et suicide définitif. Quelque temps après le procès. Dans l'établissement de soins où elle était prisonnière Maria a avalé trop de barbituriques. Silencieusement, pendant des semaines, elle avait caché les comprimés que lui donnait l'infirmière, jusqu'à obtenir la dose mortelle. Cette fois, elle n'avait rien raté. Johann n'était plus là pour en être malheureux ou soulagé. On ne saura jamais.

L'APPRENTI SORCIER

En 1945, l'un des héros de cette histoire, David Carry, n'est pas encore professeur. Il n'est que médecin et travaille dans les laboratoires de l'université de Californie à Berkeley. Ce grand garçon mince est une sorte de James Stewart, portant lunettes, avec un grand front légèrement bombé au-dessus d'un visage ouvert. Il rayonne de vitalité et d'enthousiasme, d'une sorte d'autorité généreuse.

C'est à cette époque qu'il rencontre le principal personnage de cette histoire : Hélène. Il est très important de savoir qu'Hélène est une héroïne hors du commun, un grand caractère de femme, un très beau personnage au propre comme au figuré. C'est une fille de 1,75 m, blonde aux yeux clairs, une des plus belles femmes des États-Unis, dira-t-on, à laquelle le docteur David Carry fait aussitôt une cour ardente.

Mais cette cour n'est pas uniquement inspirée par un attrait physique. David a eu la joie de découvrir qu'Hélène est une femme très cultivée, d'une intelligence très au-dessus de la moyenne, et d'une grande sensibilité.

Malheureusement, Hélène, épouse d'un officier de l'armée des États-Unis, alors en service à l'étranger, a une petite fille de trois ans et des principes très stricts, hérités d'une éducation plutôt sévère, et ce détail est tout à fait essentiel.

Face à cette droiture, il y a l'intelligence généreuse et l'enthousiasme du docteur David Carry. Tout de suite, Hélène porte un intérêt passionné aux recherches du docteur. Bref, le coup de foudre est réciproque. Mais il y a un hic. Un jour, le docteur l'invite à déguster une merveilleuse langouste chez Scoma's sur le ravissant port de plaisance de San Francisco. Et le plus simplement du monde lui déclare :

« Hélène, je vous aime. »

Ce à quoi elle répond tout aussi simplement :

« Moi aussi. »

Elle le regarde en souriant avec tendresse. Tout dans cette femme est d'une éblouissante clarté, on pourrait même dire d'une merveilleuse solidité. David ressent à la voir la même impression que devant une de ces belles églises romanes de campagne qui dégagent tant de sérénité en ne cachant rien de la simplicité de leur plan. Elles sont rassurantes parce qu'elles sont sans secret, sans tricherie. On voit d'un seul regard tous les aspects de leur harmonieuse mais inébranlable architecture.

Ainsi parle Hélène :

« Moi aussi je vous aime, David. Mais vous devez savoir que jamais je ne serai à vous. Je ne peux pas tromper mon mari. Je ne saurais lui mentir. Je ne peux pas y consentir, David. Ce serait abaisser et compromettre cet amour. »

Belle tirade en vérité, mais il y a encore un hic.

La morale est une chose, la passion en est une autre. Hélène sent bien que le moment approche où elle ne pourra plus résister à l'attrait qu'exerce le docteur David Carry. Elle décide donc de divorcer.

Avec les étonnantes facilités que la loi américaine donne aux femmes désireuses de retrouver leur liberté, elle pourrait sans peine découvrir un moyen d'obtenir le jugement de divorce à son avantage. Mais non. Là encore elle révèle son horreur des compromissions.

« Que reprochez-vous à votre mari ? demande le juge... Aucun grief ne figure dans votre dossier.

— Je n'expose aucun grief dans mon dossier parce que je n'ai rien à reprocher à mon mari.

— Si vous n'avez rien à lui reprocher, pourquoi voulez-vous divorcer ?

— Parce que je ne l'aime pas et que j'aime un autre homme. »

Le juge, étonné de tant de franchise, consulte l'avocat :

« Maître, dit-il, nous apprécions la franchise de votre cliente, mais elle ne facilite pas la tâche du tribunal. Peut-être pourriez-vous m'aider ?

238

— Le reproche que ma cliente passe sous silence coule de source, votre Honneur : elle reproche à son mari de ne pas avoir su se faire aimer d'elle. »

Le juge fait la moue :

« C'est bien mince comme argument. C'est en tout cas insuffisant pour que le jugement soit prononcé aux torts du mari. Et dans ces conditions, madame, je ne vois pas comment je pourrais lui retirer la garde de votre petite fille. »

Hélène ne proteste pas. Elle aime son enfant sans doute, mais elle ne croit pas devoir exiger qu'on la retire à un père auquel elle n'a rien à reprocher. Tout ceci est parfait. Mais il y a un troisième hic.

Apparemment tout cela importe peu à Hélène, très amoureuse, et à David devenu le professeur David Carry. Donc ils devraient être au comble du bonheur. Hélas ! il leur faut vite déchanter. La calme et souriante créature qu'Hélène a été jusque-là devient du jour où elle s'appelle Mme Carry un être tourmenté, rongé par d'inexplicables crises de désespoir, et en proie à une neurasthénie chronique.

Or le professeur David Carry est psychiatre. C'est-à-dire qu'il soigne les malades mentaux en médecin. Il soigne les corps en utilisant pour cela des moyens matériels. Il se rend compte que chez sa femme, cette machinerie n'est pas atteinte. En surface elle est solide. Comme l'église romane à laquelle il la comparait ; les murs, les piliers, tout cela est parfaitement sain. Donc, si l'édifice tremble sur ses assises, c'est que le sous-sol bouge. Que se passe-t-il donc dans le sous-sol ?

David démissionne de l'université de Berkeley et va s'établir avec Hélène à Los Angeles pour y suivre les cours d'une école où l'on enseigne la dianétique. Il s'agit d'une « science », fondée par un romancier célèbre répondant au nom ronflant de Lafayette Ronald Hubbard.

Cette science prétend guérir les troubles de

239

l'esprit en dénombrant ces troubles et en les éliminant l'un après l'autre. Pour cela, le malade doit revivre mentalement toute son existence en partant du présent et en remontant, s'il le faut, jusqu'à la vie prénatale. En effet, Lafayette Ronald Hubbard prétend que des incidents survenus entre la conception et la naissance peuvent, sans que le sujet s'en rende compte, laisser en lui des traces profondes.

Bien que le dictionnaire ne mentionne pas la dianétique, il semble que celle-ci ne soit en réalité qu'une classique méthode psychanalytique, simplifiée et pouvant se pratiquer entre soi et avec moins de formalisme. Et là encore, il y a un hic, le quatrième. Il est de taille, puisqu'il va conduire tout droit à un double meurtre.

Dès qu'il croit en savoir assez sur la dianétique, le professeur David Carry entreprend de soigner lui-même sa femme. Il la fait asseoir dans son bureau silencieux plongé dans une demi-obscurité, et la prie de compter lentement jusqu'à sept en se laissant aller à une rêverie aussi totale que possible. Ensemble, ils étudient alors tous les souvenirs qui viennent à l'esprit d'Hélène, même les plus personnels. Chaque événement est analysé. S'il a laissé la moindre trace de mécontentement ou de regrets, David Carry et sa femme le dissèquent jusqu'à ce qu'il devienne évident qu'il n'y a pas de raisons sérieuses de s'en souvenir encore.

Dès le début, la cure s'avère très efficace. En quelques séances, Hélène ressent un soulagement progressif. Aussi dit-elle à son mari :

« Je crois que ça va beaucoup mieux, peut-être pourrions-nous en rester là ? »

Mais le professeur David Carry n'est pas de cet avis. Depuis des mois, animé d'un grand espoir, il se donne passionnément à sa tâche, sentant le bonheur à portée de la main.

« Ce serait dommage, dit-il, nous sommes sur le chemin de la guérison complète. »

Et c'est sans doute l'inconscient qui pousse Hélène à suggérer :

« Mais pourquoi ? Puisque l'essentiel est fait. Maintenant tu vas perdre ton temps. Tu as ta carrière à reprendre en main. Peut-être devrais-je poursuivre la cure avec un autre ?

— Inutile. Cette fois il suffit d'une seule séance. Je suis sûr que j'ai mis le doigt sur ton problème essentiel. Il faut définitivement vider l'abcès. Il suffit d'une séance, je t'assure, une seule séance.

— D'accord », dit Hélène à regret, pressentant peut-être la catastrophe.

Ils sont deux ombres dans la pièce silencieuse plongée dans la demi-obscurité de ce soir du 20 février 1951. Avec infiniment de douceur, David Carry conduit sa femme vers le fauteuil où elle s'assoit.

« Là... Tu es bien, mon amour ?

— Oui, mon chéri. »

Le professeur s'assoit à son tour, met en marche un magnétophone et demande à sa femme de compter jusqu'à sept. Ce qu'Hélène fait immédiatement.

« Un... deux... »

Le professeur rassemble son courage et s'apprête à prononcer un mot, un seul mot.

« Trois... poursuit Hélène... Quatre... »

Le professeur a compris que ce mot, c'est celui autour duquel tourne toute la maladie de sa femme. Il n'a pas eu besoin de remonter bien loin. Aucun besoin d'évoquer son enfance. Ce mot concerne des événements tout récents.

« Cinq... Six... Sept. »

Hélène se tait.

Le professeur avec émotion va donc prononcer le mot. C'est un prénom. Il le prononce d'une voix un peu rauque :

« Jeanne. »

Hélène tressaille, se raidit, et se lève. Fait deux pas comme une somnambule vers la table de travail de son mari, toute proche, et avant que celui-ci ait eu le temps de réagir, elle plonge la main dans un tiroir entrouvert, sort un revolver, et fait feu sur l'homme qui vient de se dresser dans l'obscurité.

Lorsque le professeur David Carry s'écroule, elle s'approche de lui, contemple à ses pieds le corps inanimé, lève sur sa tempe le canon du revolver et se fait sauter la cervelle.

Jeanne, c'est le prénom de la petite fille d'Hélène. Mais comment la seule évocation de cette enfant a-t-elle pu provoquer un tel drame ?

Lorsque ce fait divers est connu, il cause à travers tous les États-Unis une émotion profonde. Tous les spécialistes cherchent passionnément ce qui a pu pousser une des plus belles femmes des États-Unis à tuer ce professeur intelligent, charmant et respecté qu'au demeurant elle semblait aimer infiniment.

Seules deux thèses seront émises pour expliquer le réflexe de cette malheureuse.

La première émane des psychiatres unanimes. Ceux-ci affirment que dans l'obscurité et le silence du bureau du professeur Carry, Hélène se trouvait dans un état quasi hypnotique. Aussi, lorsque celui-ci a prononcé « Jeanne », en entendant le prénom de sa petite fille, pendant quelques secondes, la malheureuse a cessé de voir devant elle le mari qu'elle aimait. Elle n'a vu soudain que « l'autre », celui dont l'image est étroitement liée à celle de Jeanne : son premier mari, qu'elle hait soudain parce qu'il lui a pris sa fille. Et elle a tué. Lorsqu'elle a réalisé son instant de confusion mentale, elle s'est suicidée.

Personne n'est convaincu par cette explication qui n'en est pas une. En effet, cette thèse suppose un instant de confusion mentale. Elle le suppose, mais ne l'explique pas. Elle n'explique pas comment Hélène aurait vu brusquement son premier mari à la place du second. Comment aurait-elle vu, à la place de l'homme qu'elle aime, celui qu'elle déteste ?

C'est un phénomène que chacun a l'impression de comprendre mais qu'en réalité personne n'explique. Il y a peut-être une autre hypothèse. Cette hypothèse, seule note discordante dans l'unanimité des spécialistes, est celle du médecin légiste.

À l'évocation du prénom de sa fille, Hélène aurait ressenti une douleur. Non seulement la douleur d'être privée de cette enfant qu'elle aime mais aussi la douleur que pose le remords violent d'avoir failli à son devoir. Hélène a des principes très stricts hérités d'une éducation sévère. C'est une femme loyale, incapable d'hypocrisie. Aussi, lorsque David Carry l'a conquise avec l'autorité de son charme et de son intelligence, elle n'a pas cherché la compromission qui lui aurait permis de conserver la chèvre et le chou. Elle a choisi, et choisir, c'est renoncer.

C'est ainsi qu'elle a décidé d'accepter que Jeanne soit confiée à son ancien mari. Parce qu'elle n'avait rien à reprocher à celui-ci. C'était elle qui le quittait et pour des raisons très personnelles, donc c'était à elle de souffrir. Et elle a souffert.

Elle essayait d'oublier l'absence de son enfant et ses remords auprès de cet homme assis dans la pièce obscure et silencieuse qui avait été son but. Et alors tout est devenu clair pour elle. Tout venait de cet homme ! Cet homme qui l'avait voulue, conquise, et volée à son premier mari. C'est à cause de lui qu'elle a divorcé, trahi sa morale, abandonné sa fille. Et tout cela pourquoi ? Puisqu'elle n'était pas heureuse, puisqu'elle en était malade.

Bref, en entendant le prénom de Jeanne, la malheureuse Hélène aurait soudain réalisé que depuis dix années, elle vivait hors du réel, et qu'elle avait, sous l'influence de David Carry, sacrifié à un mythe son bonheur de mère de famille.

Sous le coup de cette prise de conscience brutale, elle aurait eu alors un geste, exagéré par l'exaspération, mais somme toute un réflexe normal : tirer sur lui.

Et lui ? Lui, ignorant de la puissance que peuvent avoir les courants souterrains de la vie intérieure, il

243

a joué les apprentis sorciers. Il est bien connu qu'un psychanalyste ne peut soigner ses proches et surtout sa femme. Trop d'affectivité les en empêche. Si Hélène avait été soignée par un inconnu, la révélation brutale qu'elle eut sans doute ce 20 février 1951, passé l'instant de profond désespoir, l'aurait conduite à prendre des décisions, tout simplement.

Mais son mari, la cause de tout, était là. Et la décision, à la hauteur de l'émotion, leur fut fatale à tous les deux.

LES CONFORMISTES

Il a quarante-cinq ans. Il est marié, il a deux enfants, des costumes de président-directeur général, une cravate choisie par sa femme et toujours l'air de commander quelqu'un. Mais il va au temple le dimanche, les enfants sont instruits dans la religion protestante, et il offre un brillant à sa femme à chaque anniversaire de mariage. Moins par amour que par goût du placement. C'est un homme bien assis dans l'existence, environné de respect, de confort et de conformisme. Mais jusqu'où va le conformisme pour un homme comme lui ? Loin. Affreusement loin.

Tout d'abord, il y a le conformisme de l'homme d'affaires de quarante-cinq ans qui se doit d'avoir une maîtresse et qui se doit de le cacher à sa femme, bien entendu. C'est le mensonge traditionnel. Le conformisme réclame aussi que la maîtresse soit jeune, vingt-huit ans, jolie, et se laisse entretenir. Mais pas trop. Il ne faut pas que les excès de l'homme nuisent aux affaires. Elle travaille donc dans un bureau d'exportation, lequel bureau dépend de l'une des trois sociétés que dirige son amant.

S'aiment-ils ? C'est difficile à dire. Il y a tant

d'amours différents. Comment savoir à quoi ressemble le leur. Il est fait de rencontres clandestines, de week-ends camouflés sous des voyages d'affaires, de coups de téléphone rapides et codés :

« Cher ami, je ne pourrai pas vous voir aujourd'hui, voulez-vous que nous remettions ça à plus tard ? Jeudi, par exemple... »

À l'autre bout du fil, la maîtresse, qui s'entend appeler « cher ami », répond sur un autre ton :

« Ah ! c'est toi, Madeleine ? Tu ne viens pas dîner, dommage, à jeudi alors... »

Comment fait-on pour s'aimer dans ces conditions ? Mais peu importe finalement...

Jean S... et Christie B... sont des amants terribles, que leur conformisme va mener au crime. Et à quel crime ! Un crime de conformistes. Un crime de lâches. Un crime d'un instant dont voici l'épilogue.

Il s'est déroulé en Hollande et nous respecterons l'anonymat des acteurs de ce drame, mais il faut également signaler que deux affaires identiques ont existé en France et en Italie, avec une curieuse similitude dans le déroulement des événements. Tant il est vrai que le conformisme et une certaine lâcheté n'ont pas de frontière.

Christie est donc hollandaise. Elle habite La Haye et travaille dans un bureau d'import-export appartenant à l'une des sociétés de son amant. Elle y mène une vie relativement tranquille, et l'essentiel de sa tâche se résume à transcrire et à diffuser des télex. Son salaire officiel ne lui permettrait pas d'acheter le tailleur qu'elle porte ce jour-là. Il vient de Paris et la griffe en est prestigieuse.

C'est un jour de novembre, un jour de brume. La porte du bureau s'ouvre, et une petite femme mince pénètre dans la pièce surchauffée. Elle a l'air d'une représentante. Son imperméable est trempé, ses chaussures boueuses et elle porte un genre de cartable bourré de documents, au point de ne plus fermer.

« Bonjour ! Je suis Mlle Nils, j'aimerais parler à Mlle Christie B..., s'il vous plaît.

— C'est moi, que désirez-vous ?

— Puis-je m'asseoir ? J'ai à vous parler, mademoiselle, c'est pour une enquête. »

La petite femme se débarrasse de son imperméable et cherche un endroit où poser sa sacoche. Elle a l'air de vouloir s'installer pour un moment, et Christie lui demande d'un ton sec :

« Qu'est-ce que vous voulez ? Je n'ai pas beaucoup de temps à vous accorder.

— Il le faut, pourtant. J'appartiens à l'Assistance publique. Je suis enquêtrice et je viens vous demander des nouvelles de votre enfant. »

Christie s'est immobilisée. Elle regarde cette petite femme grise et insignifiante avec méfiance.

« Pourquoi ? Mon enfant ne regarde que moi.

— Bien sûr, mademoiselle, mais voilà. Dans le dossier qui vous concerne, je vois que vous avez placé chez nous vos deux fils. Le premier en 1961, à l'âge de huit jours, le second en 1965, à l'âge de trois jours.

— Je croyais que l'on ne devait plus m'en parler ? J'ai signé l'abandon.

— C'est exact. Il ne s'agit pas d'eux d'ailleurs. Mais vous serez peut-être heureuse de savoir qu'ils sont en bonne santé ? »

Christie détourne les yeux. Cette petite femme l'énerve, et il est dur de l'affronter. On se sent tout de même un peu monstrueuse dans ce genre de situation, elle devrait, en tout cas.

« Je ne désire pas avoir de leurs nouvelles. Si j'ai décidé de ne pas les élever, ça me regarde.

— Rassurez-vous, mademoiselle. Je ne suis pas là pour remuer des souvenirs anciens. D'ailleurs la loi m'interdit de vous en dire plus à leur sujet, ils ne vous appartiennent plus.

— Alors, vous voulez savoir quoi ?

— Eh bien je vois que vous avez eu un troisième enfant, déclaré à l'état civil le 3 avril 1967, et vous avez pressenti l'administration pour un nouvel abandon qui n'a pas été fait.

— J'ai changé d'idée.

— Ah ? C'est bien. »

Un court silence s'installe entre les deux femmes. Manifestement l'enquêtrice se dit : « Bizarre. Elle abandonne les deux premiers, elle garde le troisième. » Sa pensée doit transparaître, car Christie se croit obligée d'expliquer.

« Ma situation n'est plus la même. Il se trouve que j'ai les moyens d'assurer son avenir. Vous pouvez considérer que ma demande est nulle.

— Vous gardez votre fille ?

— Oui.

— Parfait. Pouvez-vous me donner quelques renseignements à son sujet ?

— Comment cela, des renseignements ? Je vous dis qu'elle est à moi, je la garde, vous n'avez pas besoin d'avoir des renseignements sur elle, ça ne vous regarde pas !

— Je suis désolée, mademoiselle, si ! À partir du moment où vous avez manifesté le désir d'abandonner l'enfant, nous enquêtons, d'autant que vous avez déjà pratiqué deux fois ce genre de choses. Nous sommes responsables, nous devons savoir comment il vit actuellement, et dans quelles conditions. C'est très simple d'ailleurs. Je suis là pour ça. Si vous voulez bien me dire où je peux voir votre fille...

— Mais enfin, pourquoi ?

— Pour m'assurer qu'elle est en bonne santé, qu'elle n'a besoin de rien, que l'éducation et les soins reçus sont adéquats !

— Mais enfin, c'est incroyable ! Vous n'avez aucun droit sur elle.

— Si, mademoiselle, tous les droits. La loi nous les donne. Qui élève votre fille ? Vous ou une nourrice agréée ?

— Moi.

— Où se trouve-t-elle, à votre domicile ?

— Non, elle est en voyage, elle séjourne chez une amie.

« — Puis-je rencontrer cette amie ?

— Écoutez, je refuse votre enquête. Je refuse de vous montrer ma fille une fois pour toutes. J'ai le droit, je suis sa mère.

— Très bien. Voulez-vous signer là ? »

Signer là, cela veut dire signer un questionnaire, au bas duquel se trouve une petite phrase : « J'accepte ou non de me soumettre à l'enquête de l'Administration, concernant mon enfant (prénom, âge, née le)... »

Christie signe le document. Elle est nerveuse, pâle, surexcitée. La petite femme se lève, comme à regret, enfouit le papier dans son énorme serviette, et s'apprête à partir. Mais sur le pas de la porte, elle dit encore de sa voix nette et tranquille :

« Il est possible, et même certain, que le juge des enfants vous convoque, et vous devrez présenter l'enfant de gré ou de force, c'est désolant. Avec moi c'était plus simple. Au revoir, mademoiselle. Je vous laisse mon téléphone, on ne sait jamais. »

Et elle disparaît dans le brouillard de la ville, tandis que Christie, affolée, se précipite sur le téléphone. Pour la première fois, elle va rompre un contrat et appeler elle-même son amant chez lui, à son domicile, ce qui lui est interdit depuis dix ans. C'est donc que la situation est grave.

Le P.-D.G., l'homme marié, l'amant de Christie depuis dix ans, c'est Jean S..., quarante-cinq ans. La femme de chambre lui passe une communication d'un ton pincé.

« C'est une dame, elle dit que c'est urgent et personnel...

— Je suis occupé, enfin ! De quoi s'agit-il ?

— Je ne sais pas, monsieur, cette dame ne veut pas dire son nom.

— Comment ça ?...

— Non, monsieur. J'ai eu beau lui dire que je ne pouvais pas passer une communication de ce genre, elle insiste, elle dit que c'est très important pour vous. »

Jean lève les sourcils d'étonnement. Il a le front

haut et le sourire hautain. Les traits fins, presque immobiles :

« C'est une plaisanterie ?

— Non, monsieur, cette dame a l'air affolé...

— Passez-la-moi ! »

Il a dit ça en maître, excédé d'être dérangé pour rien, mais à peine entend-il la voix de Christie qu'il bougonne :

« Bon sang, qu'est-ce qui se passe ? Tu es folle, rappelle-moi au bureau ! »

Et il raccroche ! Il a raccroché ! Il ne veut même pas savoir ce qu'il y a d'urgent. Il ne réalise pas que sa maîtresse vient de transgresser pour la première fois leur règle de discrétion, et que si elle l'a fait, c'est pour une chose grave. Il est comme ça : dictateur, maître en tout, et en tout lieu. Prétentieux jusqu'à la bêtise, ce qui est le comble pour un homme intelligent comme lui.

À l'autre bout du fil, Christie contemple l'appareil. À la peur, qui la torture depuis la visite de l'enquêtrice, vient s'ajouter l'angoisse. Celle d'être abandonnée lorsqu'un homme ne vous consacre que quelques heures par semaine. Abandonnée, quand il vous dit : « Je ne veux pas de cet enfant »... Elle le sait depuis longtemps, Christie. Mais la voilà qui, tout à coup, se sent vraiment abandonnée pour la première fois. Parce qu'il a raccroché, alors qu'elle meurt de peur, qu'elle sanglote de peur en fixant devant elle sur la table la carte de visite de l'enquêtrice, avec son numéro.

Et si elle lui racontait tout ? Si elle le dénonçait, lui ? Non, ce ne sont que des menaces, l'administration n'a pas le droit de l'obliger, c'est impossible, et pourtant...

Alors elle n'a qu'à partir. C'est ça, partir, et le laisser se débrouiller seul avec la justice. Il n'avait qu'à répondre, il n'avait qu'à l'aider, lui dire quoi faire. Puisqu'il ne veut pas, elle va disparaître, c'est le mieux. Ainsi personne ne remontera la piste jusqu'à lui, puisque personne ne sait qu'ils sont amants.

En une minute Christie s'est décidée. Elle quitte

le bureau, rentre chez elle, et fait sa valise, très vite. À la concierge étonnée, elle dit :

« Je pars pour plusieurs semaines, une histoire de famille. »

Et elle se réfugie à l'hôtel. Car elle ne sait pas où aller, et elle n'a pas suffisamment d'argent sur elle pour un voyage à l'étranger.

Une semaine passe. Elle imagine que Jean doit s'inquiéter, il a dû téléphoner dix fois depuis son départ, mais tant pis. Il faut que l'enquête de l'administration se tasse, elle reprendra contact plus tard.

Quinze jours passent. Christie passe le plus clair de son temps enfermée dans sa chambre d'hôtel. La peur commence à s'évanouir. Lorsqu'on frappe à sa porte, elle ouvre sans méfiance...

« Bonjour, mademoiselle, police... »

On l'a retrouvée fort simplement, par les fiches d'hôtel déposées à la préfecture de police.

L'homme est chargé de la conduire auprès d'un juge d'instruction qui réclame son témoignage. Une information a été ouverte. Christie doit justifier des conditions dans lesquelles elle élève son enfant.

Le juge est un homme. Il a le visage sévère.

« Mlle Nils, enquêtrice de l'Assistance publique, a signalé que vous refusiez de vous soumettre au contrôle ? »

Christie se tasse sur sa chaise.

« Monsieur le juge, j'ai une déclaration à faire.

— Je vous écoute.

— Mon enfant est mort.

— Mort ? Mort comment, vous n'avez pas signalé ce décès à l'état civil ?

— Non.

— Pourquoi ? Il est mort d'une manière anormale ?

— C'était un accident...

— Puisque c'était un accident, je ne vois pas pourquoi vous ne l'auriez pas déclaré !

— Nous nous sommes affolés.

— Qui nous ?

— Le père et moi.

250

— Qui est le père ? »

Christie se tait, en se mordant les lèvres.

« Qui est le père, mademoiselle ?

— Jean S... Il est industriel, il est marié, vous comprenez ?

— Peu importe. Que s'est-il passé ?

— Le bébé est mort, dans un accident de voiture, deux jours après sa naissance. C'était dans sa voiture, sa voiture à lui. Il ne pouvait pas déclarer l'accident sans que tout le monde sache.

— Sache quoi ?

— Qu'il était le père de l'enfant, mon amant, et sa femme aurait tout appris. »

Le juge a l'air passablement dégoûté lorsqu'il demande :

« Qu'avez-vous fait de l'enfant ?

— C'est lui qui l'a enterré. »

Christie est en prison depuis deux heures lorsqu'un policier se présente dans le bureau du P.-D.G. Jean S... Il ne bouge pas un cil, en écoutant les motifs de cette visite surprise. Il renvoie sa secrétaire et demande qu'on ne le dérange pas. Puis il parle. Sèchement.

« Ma maîtresse a eu deux enfants. Elle les a placés à l'Assistance publique, et elle devait faire de même pour le troisième. Nous prenions des précautions pour que notre liaison ne soit pas connue. Dans ma position, c'est normal. Elle a dissimulé ses grossesses et accouché dans une clinique privée, différente à chaque fois. Elle venait d'accoucher d'une fille, avec difficulté, et le médecin ne voulait pas la laisser sortir. Je me suis donc chargé d'emporter l'enfant. »

Il a dit « emporter » comme s'il s'agissait d'un paquet, et il continue sans s'émouvoir.

« J'ai placé le bébé dans un berceau, sur la banquette de la voiture et je suis parti en direction de La Haye. La clinique était à quarante kilomètres au sud de la ville. Je conduisais un peu vite. Dans un virage, ma voiture a dérapé, j'ai heurté le fossé, puis un arbre, et j'ai eu la chance de m'en tirer. L'enfant a été projeté contre le tableau de bord. Il est mort sur le coup.

« C'est là que j'ai pris la décision de l'enterrer. Je ne pouvais pas me présenter à l'Assistance publique avec un enfant mort. Je ne pouvais donner aucune explication, sans que ma liaison avec Christie ne devienne évidente. Christie a compris d'ailleurs. Je reconnais m'être affolé. J'aurais dû laisser les choses suivre leur cours, mais c'était inutile, au fond. Cela ne changeait rien à la mort de l'enfant.

— Et vous l'avez enterré où ?

— Dans un champ à quelques kilomètres de ma propriété de campagne.

— Je suis obligé de vous arrêter, monsieur, l'enquête ne fait que commencer, et le juge vous a déjà inculpé d'homicide, de non-assistance à personne en danger, et d'inhumation illégale, sur le témoignage de la mère de l'enfant.

— Puis-je prendre contact avec mes avocats ?

— Faites... »

Il prévient ses trois avocats, avec précision et sans mots inutiles, puis il demande à sa secrétaire de téléphoner à sa femme.

« Qu'elle se mette en rapport avec les avocats, ils lui expliqueront...

Parce qu'il ne prend pas, même pas, la responsabilité d'annoncer à sa femme qu'il la trompe depuis dix ans, et qu'il est un assassin présumé. Car il est un assassin présumé. Le juge le lui fait comprendre immédiatement :

« Vous affirmez qu'il s'agissait d'un accident. L'autopsie prouvera peut-être le contraire. N'avez-vous pas cédé à un autre affolement ? N'avez-vous pas supprimé consciemment cet enfant, pour vous en débarrasser ?

— Monsieur le juge, soyons logiques. Les deux premiers ont été confiés à l'État. Le troisième devait l'être également, je n'avais aucune raison de le tuer. Je ne suis pas un monstre.

— Alors pourquoi vous être affolé à ce point ? Un

252

accident est un accident, l'enquête ne vous aurait pas inquiété outre mesure.

— Je suis marié. Ma femme ne devait pas savoir. Personne ne devait savoir. Ma maîtresse était entièrement d'accord à ce sujet.

— Mais pourquoi faire des enfants dans ce cas ? Il existe des moyens, tout de même...

— Je vous comprends, monsieur le juge, mais dans ma famille et dans mon milieu, nous n'utilisons pas ces moyens-là. Nous sommes protestants pratiquants, et je refuse l'avortement.

— Je ne parlais pas de cela, mais de contraception tout simplement.

— Il me semble que vous abordez là un sujet privé, et qui n'a rien à voir avec les faits qui me sont reprochés. Permettez-moi de ne pas répondre à cette question ».

Ce n'était même pas une question de la part du juge. Plutôt une simple constatation.

L'autopsie ne donna rien de précis. Plusieurs mois avaient passé, l'enfant garderait pour toujours le secret de sa mort. Il n'avait pas été abandonné, lui, il avait eu moins de chance. Peut-être s'agissait-il vraiment d'un accident, d'ailleurs. Mais qui peut dire la part d'inconscient qui préside à ce genre de chose ? Pourquoi le père avait-il placé l'enfant sur la banquette avant, au risque du moindre coup de frein ? Pourquoi roulait-il si vite ?

Parce que l'enfant ne comptait pour lui que dans la mesure où il voulait s'en débarrasser. Et se débarrasser d'un être, c'est déjà le tuer dans son esprit, même s'il s'agit en fin de compte d'un accident.

La loi hollandaise est plus sévère que la nôtre dans ces cas-là. Jean S... fit sept ans de prison, et Christie trois ans pour complicité. Leur conformisme ridicule et criminel valait au moins cela. Leur lâcheté beaucoup plus.

LE LONG CAUCHEMAR DE JENS

Le petit Jens rentre de l'école le 17 octobre 1956, à cinq heures du soir. Il fait presque nuit à Hambourg. Il dépose sa bicyclette dans le couloir de l'immeuble, et monte en courant les quatre étages qui mènent à l'appartement de ses parents. La vie de Jens n'est pas très gaie. Il partage avec son père la responsabilité d'une mère infirme. Mme Lohen est en effet paralysée, son existence se limite à son fauteuil roulant.

Dès qu'il sort de l'école, Jens, qui est fils unique, rejoint sa mère. Il ne s'attarde jamais, c'est lui qui doit faire les courses, et mettre le dîner du soir en train, sur les indications de sa mère. Le père travaille et rentre plus tard. C'est pourquoi Jens ne joue pas avec les autres enfants. Il a d'autres responsabilités.

En entrant, il entend la voix de sa mère, impatiente :

« C'est toi, Jens. Dépêche-toi, mon fils, il y a une bonne nouvelle ! »

Les bonnes nouvelles sont rares. Mais celle-ci est vraiment bonne : l'appartement du rez-de-chaussée est enfin libre. Mme Lohen l'attend depuis des années. Au rez-de-chaussée, elle pourra sortir seule avec son fauteuil, sans l'aide de personne ; c'est enfin un peu de vie, un peu de liberté et un soulagement pour tout le monde : Mme Lohen pourra faire les courses, Jens pourra jouer un peu pendant ce temps et redevenir un enfant comme les autres. Mme Lohen est surexcitée par cet espoir.

« Jens, il ne faut pas perdre une minute, tu vas aller porter ce papier et le chèque à l'adresse qui est sur l'enveloppe. C'est pour le contrat de location. Il ne faudrait pas que ça nous passe sous le nez, tu comprends ? Prends ton vélo et va vite, le bureau ferme à sept heures. »

Et voilà Jens qui redescend quatre à quatre l'escalier et saute sur son vélo, le précieux papier en poche. Il arrive dans une banlieue noire, trouve l'adresse indiquée, remet le chèque et le contrat de location, et repart. Il pleut à torrents maintenant mais il est content et il pédale avec ardeur sur les pavés de Hambourg. Le rayon de son phare éclaire faiblement les arbres, il arrive presque en ville, voici le métro. Oui, mais ce n'est pas la bonne direction, Jens s'est un peu perdu. Il n'a pas fait très attention à l'aller, à force de demander son chemin, et à présent il ne sait plus très bien où il en est.

Personne dans les rues. Il fait noir, et soudain, Jens aperçoit un homme dans l'ombre, près du métro. Il est à vélo lui aussi, et semble avoir des problèmes avec son engin, qui date d'avant-guerre.

Jens demande sa route à l'homme, dont il distingue le visage sous un chapeau à larges bords. Il pleut tellement d'ailleurs que le gamin parle en courbant la tête sous l'averse. Il ne voit pas les yeux bizarres, sinon il se sauverait peut-être, mais il est trop tard.

« Pardon, m'sieur, je me suis perdu, vous pourriez m'indiquer la route de Hambourg ? »

L'homme vêtu d'un long manteau noir lui propose de le guider jusqu'à l'entrée de la ville. Sa voix est rauque :

« Tu n'as qu'à me suivre en roulant. »

Voici donc l'homme et l'enfant roulant sous la pluie et dans le noir presque total d'une rue de banlieue déserte. Jens a l'impression que l'homme n'a pas pris la bonne direction, mais comme il s'est déjà trompé lui-même, il ne dit rien.

Puis l'homme s'arrête en grommelant, et met pied à terre :

« Ma lumière ne marche pas ! L'ampoule est fichue. »

Jens a de quoi réparer. Il a même des ampoules dans sa sacoche. C'est un petit garçon organisé et raisonnable. Il se penche sur le vieux vélo, avec gentillesse.

Et c'est fini pour lui. Il n'a même pas réalisé, rien

vu, il tombe sans savoir ce qui l'assomme avec tant de violence.

À huit heures du soir, lorsque son mari rentre, Mme Lohen n'est pas trop inquiète. Mais à onze heures, c'est l'affolement et le père va prévenir la police. Il décrit son fils : treize ans, mince, cheveux blonds, vêtu d'un pantalon bleu, d'un pull-over bleu et d'un imperméable kaki. Il était à vélo. Mais il n'a pas le temps d'expliquer la suite. Derrière son bureau, un policier dit :

« Ça doit être lui...

Qui, lui ? Un petit garçon hospitalisé en banlieue. Son état est grave, il est dans le coma, et n'a pas pu dire son nom. On l'a trouvé vers neuf heures du soir. Le père bondit à l'hôpital, c'est Jens en effet. Mais dans quel état ! Des automobilistes l'ont découvert évanoui dans un jardin public, et ont prévenu Police-secours. Il est allongé sur un brancard dans la salle des urgences, on attend l'arrivée du chirurgien qui doit l'opérer. Les infirmières découpent ses vêtements au ciseau. Des vêtements tachés de sang. Son visage est labouré, griffé, gonflé de marques de coups. Le corps est dans le même état : indescriptible. Cet enfant a été battu à mort, à l'aide d'un gourdin quelconque. L'agresseur s'est acharné avec un sadisme et une violence inouïs. Il l'a laissé pour mort. Peut-être étaient-ils plusieurs.

Personne n'ose le toucher, il respire à peine. C'est un enfant cassé en plusieurs morceaux. Il a le crâne ouvert, et les yeux clos.

Jens disparaît dans la salle d'opération. Le chirurgien est prêt, et au père qui le supplie de lui dire ce qu'il va tenter, l'homme en blouse blanche répond :

« Je ne sais pas, monsieur. Tout. Et je ne sais pas s'il en sortira vivant, il vaut mieux que vous le sachiez. En dehors des fractures, il y a des lésions internes graves, mais avec les enfants on ne sait jamais, gardez de l'espoir, je vais tout tenter. »

La porte de la salle d'opération se referme, il est

minuit ; elle ne s'ouvrira à nouveau qu'à six heures du matin. Le père est toujours là, immobile. Il a gardé cette porte comme un planton hagard et désespéré, debout, malade et glacé d'angoisse. Il ose à peine demander :

« Je peux le voir ?

— Non, monsieur. Impossible, il est en réanimation et dans le coma. S'il tient le coup, et j'espère qu'il le tiendra, ce sera long. Rentrez chez vous. Vous ne pouvez rien faire ici.

— Il n'a pas parlé ? Il n'a pas dit qui lui avait fait ça ?

— Il est incapable de parler, même sous anesthésie il n'a rien dit. La fracture du crâne est sérieuse, mais rassurez-vous, le cerveau n'est pas atteint. S'il guérit, il aura oublié ce qui lui est arrivé je pense. Le choc a été terrible. »

À la police qui lui demande son avis, le chirurgien précise :

« J'ai du mal à croire qu'il s'agisse d'un agresseur unique. Je pencherais plutôt pour une bande de voyous. Le nombre des fractures et des coups est invraisemblable. J'ai rarement vu cela. »

Ce fait divers tragique paraît donc dans les journaux, avec cette explication : « Un enfant lâchement agressé par un groupe de voyous. Il est entre la vie et la mort. »

L'homme au long manteau noir et au chapeau à larges bords lit le journal comme tout le monde. Une fois de plus, il est tranquille. Car il n'en est pas à sa première agression. Ni à la dernière. Et tandis que le petit Jens, muet sur son lit d'hôpital, se bagarre pour vivre encore, l'homme se dit :

« Je ne l'ai pas tué. Au fond c'est intéressant de savoir qu'un corps souffre encore quelque part à cause de moi. C'est une sensation plaisante. J'aime bien. La prochaine fois, j'essaierai de ne pas tuer. Ça prolonge le plaisir. »

Ce monstre, ce fou, qui a toutes les apparences d'un être normal, va donc continuer à vivre pendant longtemps encore. Et sa capture sera difficile.

Il faudra à Jens quatorze ans de cauchemars et de souvenirs arrachés de force, pour le permettre. En attendant, il reprend peu à peu conscience de ce qui l'entoure. Les premiers jours, il ne peut rien voir. Il ne peut bouger, même un doigt. Il a soif. Toujours soif. Il sent la main de l'infirmière sur son poignet, c'est là son seul contact avec l'extérieur.

Au bout de deux semaines, il ouvre les yeux et distingue des ombres, ce sont les bouteilles d'oxygène. Jens se met à hurler. C'est la première fois qu'il ouvre la bouche, et il crie qu'on veut le tuer : il a pris les bouteilles pour des êtres vivants. L'infirmière de nuit le rassure :

« Calme-toi, c'est pour t'aider à respirer. C'est du gaz, n'aie pas peur. »

Alors Jens se met à hurler qu'on veut l'empoisonner, et il faut le faire dormir pour le calmer.

Un inspecteur de police vient le voir la troisième semaine. Il tente doucement et avec précaution d'obtenir des renseignements sur l'agression. Mais l'enfant dit n'importe quoi. D'abord qu'il s'agit d'une femme (à cause du chapeau et du long manteau peut-être). Ensuite, que c'est un homme chauve qui ne voulait pas enlever son chapeau. En réalité, il ne se souvient de rien. Seules quelques images lui traversent l'esprit. Il sent de la terre humide dans sa bouche. Il entend la sirène de l'ambulance. Il se souvient avoir eu mal, très mal, mais c'est tout. Le reste est un brouillard de peur. Il a oublié tout ce qui a précédé. C'est une forme d'amnésie partielle extrêmement courante après un choc aussi violent, qui n'inquiète pas encore le médecin. Jens souffre d'autre chose, d'une idée fixe : la peur qu'on le tue. Une ponction dans la tête et il crie au meurtre. Une piqûre dans la jambe et il crie au meurtre. Dès qu'on le touche, il se sent agressé. Il ne fait plus la différence entre les soins et les tortures qu'il a subies. Le moindre contact physique le révulse de terreur. Il ne reconnaît pas ses parents avant deux mois. On essaie de le lever, il tombe, il faut lui réapprendre à marcher. Mais il s'en sort, jour après jour, mois après mois, lentement, comme en une nouvelle naissance.

L'année suivante, Jens est redevenu un petit garçon à peu près normal, si l'on veut oublier les dizaines de cicatrices qu'il porte sur tout le corps. Il peut retourner à l'école, mais plus question de lycée. Sa mémoire ne lui permet pas de retenir ce qu'il apprend. Il est tout juste capable de jouer avec des enfants de cinq ans. Chaque fois qu'on essaie de le questionner, il fait des efforts désespérés pour se souvenir, mais rien ne vient. Là aussi il faudra du temps, des exercices, de la patience, pour lui rendre un semblant de mémoire pratique.

Deux ans plus tard. Jens fait partie d'une chorale qui va chanter des noëls dans un établissement pour personnes âgées. Soudain dans la salle, il voit passer un homme, et une sorte d'éclair lui déchire la tête. Il en oublie de chanter. C'est lui, c'est son assassin. Jens se faufile derrière ses camarades, et court jusqu'au poste de police. Pour la première fois, il a « vu » quelque chose dans sa tête.

On arrête l'homme. En face de lui, Jens trépigne d'excitation. Des souvenirs se bousculent, il revoit le vieux vélo, le phare qui ne marchait plus, et le chapeau à larges bords, le même que celui de cet homme. Il est sûr de l'avoir reconnu.

Hélas ! l'inconnu est interrogé, mais le policier acquiert la certitude que Jens s'est trompé. C'est le chapeau et la silhouette qui ont déclenché la mémoire, une coïncidence, rien de plus.

Pourtant, le garçon s'acharne. Ce n'est pas l'assassin, mais il lui ressemble sûrement. Ce visage ne lui est pas inconnu... Ce front, ce menton, ces yeux, il les a vus cette nuit-là. À présent il est capable de décrire un visage.

Grâce à cela, la police peut dresser un portrait-robot de l'agresseur, mais qui va dormir encore longtemps dans les archives.

Un autre jour, Jens a seize ans, il est apprenti chez un commerçant. Un journal traîne sur le comptoir. Il lit un gros titre :

« Un enfant sauvagement agressé a été découvert sur les quais du port. Il est mort sans avoir pu parler. »

Jens a un vertige. Sa mémoire éclate à nouveau, et une petite image en sort, floue, qui se précise peu à peu.

On le traîne dans la terre, par les cheveux, il se débat, il cogne lui aussi avec quelque chose, il ne sait pas quoi. Au-dessus de lui, un visage blanc et grimaçant, des yeux noirs cernés. C'est le visage, le visage... Il le voit bien maintenant. Et, mieux, il se rend compte de la ressemblance avec l'homme qu'il a cru reconnaître. Ce n'est qu'une ressemblance, effectivement. Les traits de son agresseur sont plus durs, les yeux plus noirs, et plus fixes. Il ne les oubliera plus à présent. Ce visage diabolique est gravé dans sa tête. Il devient une obsession. Alors Jens se met à scruter les gens dans la rue, à observer tout le monde. Il cherche son assassin, obstinément.

À dix-neuf ans, il voit au loin un homme habillé de noir, qui marche sous la pluie. L'homme porte un chapeau, et Jens se précipite à sa rencontre, et sa mémoire s'entrouvre à chaque pas. Il ressent les coups, sur chaque cicatrice. Il voit un bras armé d'un énorme gourdin de bois rugueux, il se tortille sous les coups, il s'entend hurler à l'intérieur de lui-même. Quand il arrive face à l'homme, il a revu toute la scène, jusqu'à son évanouissement définitif, et une douleur vrille son crâne, insupportable.

« Excusez-moi »... dit-il à l'homme.

Ce n'est pas lui. Ce n'est pas son visage...

Le 18 février 1968, Jens a vingt-cinq ans. L'agression date de douze ans, mais il n'a toujours pas oublié le visage.

En douze ans, on a parlé de plusieurs crimes, commis sur des enfants, ou des adultes. Voici le dernier, en date d'aujourd'hui. Un petit garçon, Gerald, est mort roué de coups, comme Jens il y a douze ans. Mais cette fois, des témoins ont vu monter l'enfant dans une Volkswagen verte. Ils ont décrit vaguement le personnage : un nez long et droit, des sourcils épais, un menton écrasé.

Jens court à la police. Le commissaire le connaît bien maintenant, il l'écoute :

« C'est lui, commissaire. Je suis sûr que c'est lui. Donnez-moi le portrait qu'on a fait. Regardez : les gens ont vu ça, le nez, les sourcils, le menton. Moi je m'en souviens aussi, et les yeux surtout, les gens n'ont pas vu les yeux. Moi je les ai vus. Si vous rapprochez mon dessin du leur, c'est lui : ce sont les mêmes oreilles un peu décollées. »

Le commissaire Gesler a maintenant devant les yeux, dessiné par un spécialiste, un portrait définitif. Il se lève, prend son manteau, et accompagné de Jens, va consulter le fichier central, car on ne sait jamais. L'homme a pu être arrêté pour un délit quelconque et relâché. Ce genre de fou ne passe pas éternellement au travers du filet.

Les photos défilent. Celles de tous les sadiques répertoriés en Allemagne, et surtout à Hambourg depuis vingt ans. Puis on apporte au commissaire et à Jens une sélection (si l'on peut dire) de trois sadiques, qui ont fait de la prison pour affaire de mœurs.

Et il est là ! Jens tremble de peur devant cette photo d'identité judiciaire, laide et glacée, mais il la dévore des yeux.

Il s'appelle Ludy. De 1948 à 1952, il était en prison pour une vilaine histoire d'attentat à la pudeur sur un couple de promeneurs. Il a été relâché depuis, et ne s'est pas fait reprendre. Le commissaire est prudent.

« Tu es sûr, Jens ? J'ai peur que ta mémoire te fasse des blagues, il y a si longtemps !

— Je suis sûr, commissaire. Il me fait encore peur. Je le vois penché sur moi, son bâton à la main. Il cognait, et de l'autre main il m'étouffait, il voulait m'entraîner dans le petit jardin, mon vélo était par terre, j'ai attrapé un tournevis, c'est avec ça que je lui tapais dessus, je m'en souviens maintenant. Son visage est au-dessus de moi. Je sens le gravier et la terre, et les bordures de ciment dans mon dos. Je crie, et il me frappe en plein visage. Je ne vois plus rien maintenant, mais j'ai mal... mal... »

Jens revit véritablement l'angoisse terrible de cette nuit d'il y a douze ans. Cet homme est l'assassin du petit Gerald, c'est le sien.

Le commissaire Gesler part en chasse, et à partir de cette date Ludy est un homme traqué, mais imprenable. Deux ans passent encore.

Jens à présent est marié, il a deux enfants. Il se porte bien, sauf la nuit où les cauchemars le hantent. Tant que ce visage ne sera pas derrière les barreaux d'une prison, il ne dormira pas, il le sait.

Le commissaire Gesler non plus ne dort pas. Il enquête sans relâche et, enfin, le hasard se met de son côté.

Le policier est arrêté en voiture à un feu rouge. Un peu plus loin sur une avenue, il aperçoit une Volkswagen verte, comme celle que les témoins ont vue il y a deux ans. Alors le commissaire ne démarre pas. Il regarde, machinalement, il laisse passer les voitures. Là-bas, sur l'avenue, un homme descend de la Volkswagen. Il va se dissimuler dans une porte cochère et ne bouge plus, il observe sur sa droite.

Le commissaire regarde dans la même direction, et voit un petit garçon qui joue aux billes tout seul, entre les arbres. Le policier descend de voiture, silencieusement, marche sur l'avenue en rasant les murs et d'un seul élan, ceinture l'homme qui ne se débat même pas, surpris de l'attaque.

C'est Ludy. C'est le visage qui hante les nuits de Jens. Une espèce de tête d'oiseau sans menton, au regard perçant et mauvais. Un fou.

Il avoue sans grandes difficultés une dizaine de crimes, et autant d'agressions. Il se souvient même parfaitement de Jens. Il connaît même son nom, pour l'avoir lu il y a quatorze ans dans les journaux :

« J'ai essayé de ne plus tuer après lui. J'aimais bien savoir qu'ils étaient vivants, et qu'ils souffraient. »

Le jour de la confrontation, Jeans, vingt-sept ans, et père de famille, s'est évanoui, comme le soir de ses treize ans. Et il a appris avec rage que son assassin vivait à huit cents mètres de chez lui, dans le même quartier ! Et pendant quatorze ans, il ne l'avait jamais rencontré. Comment peut-on imaginer que le monstre qui vous hante marche sur le même trottoir et achète son pain dans la même boulangerie ?

Jens a dû subir encore le procès, en se bourrant de tranquillisants et de somnifères pour dormir la nuit. Il ne supportait pas que l'on traite cet homme en homme. Il le voulait mort ; il l'aurait tué de ses mains s'il avait pu le faire. Et il n'était pas le seul. Il y avait là des parents, des frères, des sœurs de victimes, dont les yeux disaient la même chose.

Mais Jens était le seul à avoir porté dans sa tête, et pendant quatorze ans, le cauchemar de ce visage d'assassin.

Un cauchemar qui avait servi d'enquêteur, image par image, mieux que la police elle-même.

Ludy est en prison. La peine de mort n'existe plus en Allemagne, et il survit. C'est tout ce que l'on peut dire d'un fou.

SOUS LES ROSIERS JAUNES

Une petite maison de garde-barrière, avec des géraniums en pot et des salades dans le jardin. Mme Van Beck vient de relever la barrière, l'omnibus de 7 heures 56 vient de passer. De loin, elle aperçoit le facteur sur sa bicyclette, qui franchit les rails pour venir jusqu'à elle.

« Voilà le journal, madame Van Beck, et du papier bleu !

— Du papier bleu ? Qu'est-ce que c'est ?

— Oh ! un truc. Tenez, c'est marqué là : ministère des Armées. Personnel. C'est pour votre fils ! »

Mme Van Beck remercie le facteur qui s'éloigne déjà, et rentre dans sa petite cuisine, le papier bleu à la main. Elle cherche ses lunettes pour mieux lire, et ne les trouve pas, comme d'habitude. Tout en fouillant dans sa corbeille à ouvrage, sur le buffet, sous les coussins du fauteuil, elle se dit : « Ça doit être pour Pierre. Voyons, il a fait son service il y a trois ans et ils l'ont réformé. Qu'est-ce qu'ils peuvent bien lui vouloir ? »

Enfin, elle déniche ses lunettes entre deux pelotes de laine, et déchiffre lentement l'adresse : « Monsieur Jean Van Beck, route de Blavent, par Zichem ».

Jean ? Une sorte de vertige s'empare de Mme Van Beck. Jean ? Mais qui est Jean ? Jean n'est rien, il n'existe pas, il n'a jamais existé ! Comment peuvent-ils écrire à Jean ? Et pourquoi, mon Dieu, pourquoi ?

Fébrilement, elle déchire le papier bleu, et parcourt le texte imprimé :

« Vous êtes prié de vous présenter le 7 juillet 1954, à huit heures du matin à la caserne de Zichem pour y subir les examens du conseil de révision. En cas d'aptitude au service, vous serez incorporé... »

Mme Van Beck ôte ses lunettes. Elle n'y voit plus clair. Ses yeux sont pleins de larmes. De grosses larmes, épaisses, venues de loin, de si loin, et qui tombent silencieusement sur le papier bleu, en y laissant des taches rondes.

Il n'y a personne dans la maison. Son fils Pierre est en Afrique, il y travaille comme forestier. Et il n'y a plus de M. Van Beck depuis longtemps. M. Van Beck l'a épousée en 1930 et il est parti en 1934 dans la Légion étrangère. Elle ne l'a jamais revu. C'est un papier qui lui a appris sa mort en Indochine quelque temps plus tard. Un papier presque comme celui-là.

Mme Van Beck froisse ce papier bleu, et le fourre dans la poche de son tablier. Toutes ces images qui lui reviennent, tous ces souvenirs oubliés... lui tournent la tête...

Maria Van Beck est une femme simple. Mariée à dix-neuf ans, veuve à vingt-quatre ans, elle a obtenu de conserver ce poste de garde-barrière pour pouvoir élever son fils Pierre, âgé de trois ans. Son père était déjà garde-barrière, elle a toujours vécu dans cette petite maison, toujours. Et le secret de sa vie y est enterré. Elle le croyait enterré pour toujours. Ce maudit papier a tout réveillé.

Maria erre dans sa maison, toute la matinée. Elle cherche à prendre une décision difficile. C'est dur, très dur quand on est seule à quarante ans, sans personne à qui se confier. Puis elle se décide. Maria décroche le téléphone mural et appelle son chef de centre. Il lui faut prendre la journée du lendemain et se faire remplacer. Le chef de centre, qui la connaît depuis toujours, s'inquiète amicalement.

« Vous êtes malade, madame Van Beck ?

— Oh ! non. Mais je dois aller voir quelqu'un dans l'administration à Zichem.

— Ah ! bon. Eh bien je vous envoie quelqu'un pour la journée. »

Toute la nuit, la petite lumière a brillé dans la chambre de Mme Van Beck. Et au matin, bien avant le train de 7 heures 56, elle est habillée, son chapeau sur la tête, et son sac serré contre elle. Le papier bleu, soigneusement défroissé, est plié en quatre à l'intérieur.

Au moment de partir, Maria hésite devant le portillon du jardin. Puis elle retourne en arrière, et se dirige vers un massif de roses. Des roses jaunes, splendides, épanouies au soleil du printemps. Elle les regarde longuement, puis se met à genoux, et cueille la plus belle.

C'est ainsi qu'elle se rend à pied à la gare, tenant dans sa main la rose jaune couverte de rosée. Et c'est ainsi qu'elle arrive à Zichem, par le train. À la gare, elle se renseigne. La voilà maintenant devant une bâtisse énorme et sans grâce, gardée par deux gendarmes. Très poliment, elle demande :

« S'il vous plaît, monsieur, je voudrais voir le chef.

— C'est pour quoi, madame ? »

Maria Van Beck ouvre son sac et montre le papier bleu.

« C'est pour ça... »

Le gendarme examine le papier et sourit :

« Mais madame, c'est une convocation pour le mois de juillet, et ce n'est pas vous qui êtes concernée !

— Si, monsieur, il faut que je voie le chef s'il vous plaît, c'est important.

— Ah ! bon. Si vous voulez me suivre. »

À travers les bureaux de la caserne de gendarmerie, le planton guide Maria Van Beck jusqu'à une porte où se trouve inscrit : « capitaine Zeller ». Il la laisse seule un moment, en la priant de s'asseoir sur une banquette de moleskine, et revient aussitôt.

« Si vous voulez entrer, madame. »

Le capitaine de gendarmerie Zeller est un moustachu, au visage rond et sanguin. Il regarde entrer cette femme menue, au visage fin et au regard bleu passé, qui tient une rose jaune dans ses mains.

Maria Van Beck n'est pas vraiment timide, mais le motif de sa venue est terrible. Elle ne sait plus que dire soudain. Comment faire pour raconter, pour expliquer ? Cet homme va-t-il comprendre ? D'une main tremblante, elle tend le papier bleu et, en ravalant sa salive, arrive à sortir quelques mots de sa gorge serrée :

« Est-ce que vous pouvez m'écouter ? »

Le capitaine à moustache devine qu'un drame est derrière ce papier bleu, cette petite femme et sa rose jaune qu'elle pétrit entre ses doigts, et dont les épines lui rentrent dans la chair, sans qu'elle y prenne garde.

« Alors, voilà, monsieur. C'est une longue histoire. Je l'avais oubliée, je vous le jure. Il me semblait que tout cela s'était passé dans une autre vie, mais ce papier bleu a tout réveillé.

— Qui êtes-vous, madame ? Quel rapport avec

nous, avec ce papier ? C'est une convocation pour un conseil de révision ! Il s'agit de votre fils ? »

Maria Van Beck a un sursaut.

« Mon fils ? Oui, c'était mon fils, monsieur. Jean. Je l'avais appelé Jean comme son grand-père. C'était mon fils.

— Que lui est-il arrivé ? Il lui est arrivé quelque chose, c'est ça ? »

Maria Van Beck hoche la tête, essuie une larme qui dégouline sur sa joue, sans un sanglot, comme ça, et puis se met à parler. La rose jaune, sur ses genoux, commence à flétrir.

« C'était il y a presque vingt ans, monsieur. Mon mari venait de s'engager dans la Légion. Il m'avait laissée seule avec mon fils aîné Pierre, qui avait trois ans, et Jean le petit dernier. Jean avait dix-huit mois.

« Un soir, j'étais au rez-de-chaussée, j'attendais le passage du train de vingt-deux heures trente. Je suis garde-barrière, vous comprenez. Les enfants étaient couchés depuis longtemps. Je leur avais fait une soupe au riz et du flan au caramel. Ils dormaient chacun dans son petit lit au premier étage. Tout était silencieux. Après le passage du train, je suis montée les voir. Ils étaient tranquilles. Pierre était couché sur le ventre comme à son habitude, et mon petit Jean dormait comme un ange. Je le revois encore, ses petits poings serrés sur le drap. Il souriait toujours en dormant. Alors je suis redescendue me coucher. Je dors toujours en bas. La maison est petite, il n'y a qu'une chambre à l'étage. J'ai mis le réveil à cinq heures comme d'habitude, pour le premier train de cinq heures trente. Et puis je me suis endormie. J'étais fatiguée. J'avais fait la lessive et le jardin, mon dos me faisait mal. Vers le matin, je me suis réveillée bien avant la sonnerie. Quelque chose était bizarre. C'était une odeur. Une odeur de brûlé. J'ai couru dans la cuisine d'abord, mais ce n'était pas là, c'était en haut, au premier, dans la chambre des enfants. »

Maria Van Beck s'interrompt un moment, le

visage crispé sur un souvenir douloureux. Le capitaine de gendarmerie la regarde, puis ose poser la question.

« Il y avait le feu ? »

Elle fait « oui » de la tête d'abord, sans pouvoir parler, puis se reprend très vite.

« J'ai d'abord vu le berceau de Jean. Tout avait brûlé autour de lui, l'oreiller, les draps, la couverture, ça s'était consumé presque sans flammes. Ses vêtements aussi, et lui, il était tout noir. Il était mort, monsieur. Il ne respirait plus, son cœur ne battait plus. Je l'ai secoué, je l'ai mis sous l'eau froide, j'ai soufflé dans sa bouche, mais il était mort.

— Et votre deuxième fils ?

— Il dormait dans son lit. La fumée ne l'avait pas atteint vraiment. J'ai essayé de le réveiller, mais il grognait. Il était un peu intoxiqué, mais sans plus. Alors j'ai ouvert la fenêtre. Je pleurais, je ne savais plus quoi faire, et c'est là que j'ai compris ce qui s'était passé. Au pied du lit de Pierre, il y avait une boîte d'allumettes renversée, et par terre, des morceaux de papier brûlés. Il avait joué avec, dans la nuit, sûrement. Je suppose qu'il s'est réveillé après le passage du train de vingt-deux heures trente. Peut-être ne dormait-il pas quand je me suis couchée. En tout cas, il était descendu à la cuisine, et il avait pris les allumettes sur la cuisinière. Il a dû se rendormir en jouant. Il y avait du papier brûlé sous le berceau de son frère, et le feu avait pris au volant d'organdi. »

Maria Van Beck semble revoir des images terrifiantes, et le capitaine de gendarmerie se racle la gorge avant de demander :

« Si je comprends bien, madame, votre fils Jean est mort à l'âge de dix-huit mois ?

— Oui, monsieur, c'est ça. Il avait dix-huit mois, c'était un bébé, un bébé...

— Alors cette convocation est une erreur de nos services, c'est ça ?

— Non, monsieur. C'est normal, vous ne pouviez pas savoir.

— Mais il a dû se passer quelque chose, je vais faire une enquête. C'est une histoire de mention à l'état civil, sûrement ! On a dû omettre de porter le décès, il n'y a pas d'autre explication.

— Si, monsieur, il y en a une. C'est moi qui n'ai pas déclaré la mort de mon bébé.

— Comment ? Mais pourquoi ?

— Oh ! c'est simple, monsieur. Très simple. Quand j'ai réussi à réveiller mon fils aîné Pierre, il s'est mis à pleurer en voyant son frère. Il n'avait que trois ans vous savez, il ne comprenait pas. Il disait : "Maman, il est malade, Petit Jean ?" Alors je l'ai consolé. Je lui ai dit que ce n'était rien, et que son frère allait bien. Je l'ai vite emmené dans mon lit, je lui ai fait boire un lait chaud. Et il s'est rendormi. Ensuite, j'ai réfléchi, je me suis dit : "Pierre est responsable de la mort de son frère, mais à quoi cela sert-il qu'il s'en rende compte ?" À trois ans, on ne sait pas ce qu'on fait, n'est-ce pas. On ne sait même pas ce que c'est que la mort. Il ne fallait pas qu'il grandisse et qu'il vive en portant le poids de cette chose-là.

— Mais... son frère était mort, vous étiez bien obligée un jour de le lui dire !

— Non... Non... J'ai tout arrangé, voyez-vous. Je ne sais pas où j'ai pris ce courage, mais je l'ai fait. Il fallait le faire. J'ai tout enlevé de la chambre, le berceau brûlé et les affaires du petit. J'ai pris mon bébé, je l'ai enveloppé dans un drap, et je l'ai couché dans une petite caisse de bois que j'ai bien nettoyée et recouverte de tissu. Ensuite, je l'ai caché pour la journée. Et le matin, j'ai dit à Pierre que son petit frère était parti pour se soigner dans une belle maison, chez des gens très gentils, qui prendraient soin de lui. Il n'a pas eu trop de peine, c'était un enfant gai et joyeux, qui oubliait vite les bêtises qu'il faisait.

— Et qu'avez-vous fait ensuite ?

— La nuit suivante, j'ai donné une sépulture à mon bébé. Dans le jardin, derrière la maison. J'y ai planté des rosiers. Ils ont grandi sur sa tombe, ils y sont depuis près de vingt ans maintenant. Vingt ans.

J'avais presque oublié, voyez-vous, monsieur. J'ai tellement raconté d'histoires pendant des années, pour que Pierre ne sache pas.

— Quelles histoires ? À qui ?

— Aux voisins, aux gens qui me connaissaient. J'ai dit que j'avais confié Jean à une famille riche qui allait l'élever beaucoup mieux que moi et l'adopterait plus tard. Tout le monde m'a crue, monsieur. J'étais si pauvre à l'époque et sans mari, c'était bien pour l'enfant. Je disais qu'il était petit et qu'il ne se souviendrait pas de sa vraie maman et que c'était mieux comme ça. Je gardais Pierre qui était plus grand...

— Et personne ne s'est jamais douté de rien ?

— Non. Jamais.

— Votre fils non plus ?

— Oh ! non. Il croit encore que son petit frère a été adopté. Il ne s'en souvient même plus. Les enfants oublient vite, vous savez... si vite.

— Mais, quand il vous en parlait, il n'avait pas envie de le connaître ?

— Je lui ai fait comprendre qu'il valait mieux ne pas se revoir, voyez-vous. Je lui ai dit que cela me ferait trop de peine. D'ailleurs j'ignorais où il était. J'avais fini par y croire moi-même, monsieur. Je ne sais pas comment cela a pu se produire, mais mon fils n'était pas mort, il n'était pas dans le jardin, sous les rosiers, il était ailleurs. Je rêvais qu'il vivait dans une belle maison, au milieu des fleurs et des oiseaux, dans un pays lointain. Il y avait la mer autour de lui, et le soleil. Il était grand et beau. Je n'étais pas malheureuse. Seulement il y a eu ce papier bleu, avec son nom écrit dessus. Cela m'a fait comme une déchirure.

— Vous deviez bien vous douter qu'un jour, une chose comme cela arriverait ?

— Non. Je n'y pensais pas. Mon fils était vivant ailleurs. Vous comprenez. Mais maintenant ! »

Le capitaine de gendarmerie est bien ennuyé. La sincérité de cette femme est émouvante, certes, mais il y a la loi. Et la loi veut que l'on déclare la mort de son enfant.

« Je suis désolé, madame, mais il va y avoir une enquête, il va falloir officialiser la chose, et vérifier vos dires. Vous avez commis une faute grave en ne déclarant pas le décès. Je dois en avertir le procureur, c'est obligatoire.

— Alors, mon fils va l'apprendre ?

— Malheureusement oui. Mais vous êtes sûre qu'il ne se souvient de rien ? Il n'a jamais fait la relation entre les allumettes et la disparition de son frère ?

— Non, jamais. Je lui ai simplement défendu de toucher au feu. Je lui ai montré que cela faisait mal, dès le lendemain.

— Comment ?

— Je me suis brûlée moi-même à la main et je lui ai montré, vous voyez, c'est là. J'ai encore la cicatrice. »

Maria Van Beck montre la paume de sa main gauche, où une cicatrice de brûlure est nettement visible. Elle termine sa phrase :

« Il a vu que je pleurais et que j'avais mal pendant plusieurs jours. Il a compris. Et puis il a oublié. Il n'a jamais su qu'il avait tué son frère, monsieur, jamais. Alors voilà, c'est ce que je suis venue vous demander, qu'il ne sache jamais. Il est en Afrique pour cinq ans, il est loin, heureusement.

— Mais c'est pratiquement impossible, madame. Même s'il ne sait pas maintenant, un jour ou l'autre, pour une histoire d'état civil quelconque, il apprendra que son frère est mort à dix-huit mois.

— Je sais. J'y ai réfléchi maintenant. Mais ça ne fait rien, je lui dirai que je lui ai menti pour qu'il n'ait pas de peine. Je lui dirai que son frère est mort d'une maladie. S'il vous plaît, monsieur, si vous faites une enquête, ne lui en parlez pas. Il a vingt-quatre ans maintenant, et un bon métier. Ce serait dur pour lui. Trop dur. Il ne faut pas. »

Maria Van Beck est repartie en laissant sur sa chaise quelques pétales de rose jaune, éparpillés.

L'enquête a été discrète. Le capitaine s'en est chargé, en vérifiant simplement la sépulture, et en prenant des renseignements sur la vie passée et présente de Maria. Une vie de travail et de dévouement. Sans histoire, apparemment. Et Pierre n'en a rien su au fond de la lointaine Afrique.

Et Maria Van Beck ne s'appelle pas Maria Van Beck, par respect pour elle, et le petit enfant qui dort sous les rosiers jaunes.

GROENLAND

Vue d'avion, la côte du Groenland n'est qu'un immense désert de roches noires zébrées de neige, coupées de fjords profonds où des icebergs bleuâtres flottent sur une eau de velours sombre. En hiver, tout se confond en une immensité blanche, infinie, tourmentée et malgré tout monotone. Dans ce désert glacé où souffle le blizzard, un trait minuscule, rectiligne dans les champs de neige et zigzaguant dans les collines : un traîneau.

Un traîneau, c'est un homme et des chiens. Que font-ils ? Depuis quand sont-ils partis ? Où vont-ils ? Arriveront-ils quelque part ? Est-ce que l'homme souffre, ou est-ce qu'il chante ?

À la fin de l'hiver 1943, onze chiens, serrés l'un contre l'autre, tirent un traîneau quelque part sur la côte ouest du Groenland, au sud d'Angmagssalik. Les deux hommes qui trottent derrière le traîneau ne voient des chiens que leurs queues en trompette et leurs derrières touffus. Lorsque l'un d'eux ralentit en écartant les pattes pour faire ses petits besoins, l'Esquimau a vite fait de le rappeler à l'ordre d'un coup de fouet. Alors le chien rejoint la meute et, poussant des épaules, reprend sa place. On n'entend que le glissement sur la neige, le raclement des patins lorsqu'ils heurtent la pierre ou les rochers, le halètement des chiens et celui des hommes.

Ceux-ci s'appellent : Kamssassiak, un Esquimau de trente ans, cheveux noirs et gras, visage plat et large de Mongol, figé dans un éternel sourire. L'autre est un soldat danois de vingt-six ans : Waldemar Olsen. Si son visage n'était totalement dissimulé par un passe-montagne où scintillent des cristaux de glace, on verrait qu'il est blond et qu'il a les yeux bleus. C'est un pur produit de la race viking, au profil de dieu germanique.

Il y a plusieurs jours que ces deux hommes, dissemblables et qui n'ont en commun que leur ancestrale habitude du froid, parcourent cette partie de l'immense côte atlantique, lorsque l'Esquimau montre au Danois un point sur la neige. Le Danois sort ses jumelles. C'est une tente. Une tente d'un modèle qu'il ne connaît pas. En tout cas ce n'est pas une tente esquimaude.

Quelques instants plus tard, les chiens essoufflés se laissent tomber dans la neige tandis que les deux hommes passent la tête dans l'ouverture de la tente. Il n'y a pas de tapis de sol. Mais sur la neige damée un vêtement. Or un vêtement, ici, c'est quelque chose d'important. Ce n'est pas un vêtement de fourrure. C'est un drap de coupe militaire. Il n'est ni kaki, ni bleu, ni marron. Il est vert ! Lorsque les deux hommes l'examinent à bout de bras dans le soleil il leur faut bien reconnaître, usée, délavée, trouée, la veste d'un lieutenant de l'armée allemande.

C'est qu'il se joue un drame extraordinaire dans ces solitudes glacées. De petits vapeurs tout barbouillés de neige et de suie déposent parfois quelques météorologues allemands dont la mission est de se terrer, de s'ensevelir sous la pierraille et la neige, de survivre dans des baraques minuscules pour envoyer chaque jour par radio des informations météorologiques. C'est grâce à ces hommes-là, ou à cause d'eux, que les Allemands remportèrent certains avantages comme par exemple le passage de la Manche à la barbe des Anglais par leurs cuirassés en déroute.

Contre ces robinsons volontaires, la lutte était difficile. Comment les découvrir dans ces immensités, sinon par d'incessantes reconnaissances ? Et c'est la première fois que l'une de celles-ci est couronnée de succès.

Près de la tente, la trace de l'urine d'un attelage de chiens, la marque de leurs fourrures encore imprimée dans la neige, et les traces de leur repas de poisson séché. Une dizaine de chiens sans doute. Les deux traits parallèles d'un traîneau s'éloignent et les pas d'un homme. Un seul homme.

L'Esquimau et le Danois se regardent. Ils n'ont pas d'émetteur radio, et la consigne est précise : s'ils détectent des Allemands, ils doivent retourner au poste de Cap Brewster afin que des avions légers munis de patins déposent à proximité un groupe d'intervention. Seulement la consigne ne dit pas ce qu'il y a lieu de faire lorsqu'il s'agit d'un seul homme et qui ne doit pas être loin. S'il a abandonné sa tente c'est probablement qu'il a fui au plus vite. Sans doute les avait-il aperçus, car les traces sont toutes fraîches, et il est peut-être encore derrière la colline qui barre l'horizon...

Dans ce mélange de danois et d'esquimau qu'on appelle le groenlandais, Waldemar Olsen interroge son compagnon :

« On y va ? »

Kamssassiak répond par un haussement d'épaules, avec la belle insouciance qui caractérise les Esquimaux. Il s'en moque.

Les deux hommes sortent alors d'un étui leurs deux fusils et une course folle commence.

L'Allemand est bientôt en vue. Le poursuivi et les poursuivants courent comme des fous. La longue lanière de cuir du fouet a cessé de traîner derrière eux dans la neige et claque sans arrêt sur le flanc des chiens épuisés. La neige fondante s'infiltre dans leurs bottes, jaillit au visage. À la tombée de la nuit, l'Allemand se perd : il s'engage dans l'Inlandsis.

L'Inlandsis, c'est le plus grand glacier du monde : 1 000 kilomètres de large, 2 000 kilomètres de long, 3 000 mètres d'épaisseur de glace. Si on le déplaçait d'un kilomètre, il ferait peut-être basculer la terre. Sur cet océan immobile, c'est toujours l'hiver polaire, où ce jour-là, il fait moins trente.

Les Esquimaux, retenus par une terreur superstitieuse, répugnent à s'engager sur l'Inlandsis. Alors que Waldemar Olsen et Kamssassiak discutent en allumant leurs pipes, des coups de feu claquent et des balles sifflent autour d'eux.

Les deux hommes ont à peine le temps de répondre que l'Esquimau, à genoux derrière le traîneau, blessé, se redresse brusquement et qu'une nouvelle balle le frappe, dans un bruit mou, écœurant. Il glisse sur le sol, mort.

Waldemar Olsen continue seul. La poursuite dure toute la nuit puis à nouveau tout le jour, dans le froid, le brouillard ou bien dans le soleil aveuglant qui ricoche sur la neige et luit à travers les glaces bleuâtres. L'Allemand, manifestement, s'est perdu.

C'est extraordinaire, mais ils vont se poursuivre comme cela pendant plusieurs jours, dormant peu, mangeant encore moins, pleins de rage et de fatigue. Ils ne se voient pas, mais se devinent. C'est un combat de fantômes. Olsen n'a plus de sucre. L'Allemand, lui, n'a plus de café. Olsen imagine l'Allemand faisant au même moment les mêmes gestes que lui : déroulant son sac de couchage ou bien allumant un réchaud semblable au sien. Évidemment, sur les boîtes de conserves, l'étiquette est écrite en allemand au lieu d'être en danois... Mais la faim est la même. Le froid est le même. L'angoisse est la même. Et ils souffrent de la même solitude. Lorsque le Danois regarde dans le ciel un météore, il pense qu'à quelques kilomètres de là l'Allemand le regarde aussi. Bientôt sur l'Inlandsis un blizzard atroce se lève, et il fait quarante degrés au-dessous de zéro...

De temps en temps, le Danois entend un coup de feu. Quelques instants plus tard il rencontre le cadavre d'un chien. Le fugitif tue ses chiens, épuisés, l'un après l'autre. Parfois aussi l'Allemand, dissimulé, l'attend et tire sur lui. Mais c'est un mauvais tireur, et à chaque fois, il le rate.

Enfin l'Allemand abandonne son traîneau et ses deux derniers chiens incapables de le tirer. L'attelage du Danois ne vaut guère mieux. Il ne lui reste que cinq chiens qui titubent devant son traîneau pourtant allégé de tout ce qui l'encombrait. Trois autres, dételés, trottent autour. Le poursuivi et le poursuivant sont au bout du rouleau. Tout va se jouer en quelques minutes.

C'est la fin. Olsen voit de grandes traces dans la neige, car l'Allemand s'assoit fréquemment. Puis les traces sont plus grandes car il tombe maintenant.

Alors Olsen s'arrête. À une centaine de mètres devant lui, une forme noire est allongée dans la neige au bout d'une ligne de pas en zigzag.

Le blizzard souffle au point de jeter sur les fesses le Danois qui avance en courant. Alors Waldemar Olsen ralentit. Ce n'est pas par méfiance, ce n'est pas par calcul, c'est tout à fait inconscient, parce qu'il a le doigt sur la détente de son fusil et que, malgré sa rage, le doigt n'appuie pas. Bientôt, en effet, il se posera cette question : depuis plusieurs jours, courait-il après cet Allemand pour le tuer ou pour ne plus être seul ?

Avançant toujours, le Danois voit un fusil abandonné à quelques pas du corps. Puis de nouveau Olsen s'arrête. Son regard vient de saisir quelque chose de vivant, les yeux de l'Allemand qui l'observe. Tuer cet homme ? Et après ? Après, se coucher, dormir enfin près du cadavre, ou parler, mais tout seul.

Olsen laisse glisser son sac et ramasse le fusil. L'Allemand le laisse faire. Il a quarante ans, un visage dur, la peau affreuse ; à la fois desséchée et striée de crevasses où la chair est à nu. Le Danois, pétrifié de n'avoir pas tiré, réalise qu'il est maintenant trop tard. Il fallait le tuer tout de suite ou jamais.

« Vous êtes mon prisonnier. »

Celui-ci grimace un sourire, et le Danois le secoue :

« Levez-vous ! Vous allez geler sur place.

— Fichez-moi la paix ! »

L'Allemand a répondu dans un souffle et les deux hommes se regardent en silence. Olsen, pour relever cet homme vaincu qui ne souhaite plus que la mort, glisse ses mains sous ses épaules.

L'Allemand est officier météorologiste. Il s'appelle Schraeder. Le Danois fait l'inventaire des vivres et objets contenus dans son sac, c'est-à-dire très peu de choses.

Alors l'Allemand ricane :

« Avec ce que nous avons comme vivres et le chemin qu'il faut faire pour rejoindre la côte, à deux, nous ne nous en tirerons pas.

— Si.

— Non. Vous, ou moi, peut-être, mais pas nous deux. »

Olsen hausse les épaules :

« Vous devez être livré aux autorités danoises.

— Soit. Mais je n'ai plus de sac de couchage.

— Nous coucherons tous les deux dans le même sac. »

Serrés dans le même sac, par moins trente, ils vont passer leur première nuit. L'Allemand est assommé de fatigue, mais le Danois qui se méfie reste éveillé. Le prisonnier, désarmé, accablé par le froid, la faim et le désespoir, semble peu dangereux. Pourtant Olsen n'a pas confiance et l'inquiétude le tient dans une veille épuisante.

C'est un soleil resplendissant qui éclaire au matin suivant le groupe minuscule des deux hommes perdus sur l'Inlandsis où rien ne bouge, sauf le blizzard faisant courir au ras du sol une neige poudreuse où se joue la lumière.

« Je vous préviens, a dit le Danois, il faudra marcher droit. Moi, je veux vivre. »

Le prisonnier, qui se tient plusieurs pas devant Olsen, s'est retourné subitement après quelques heures d'une avance harassante.

« Hier, dit-il, vous aviez le droit de me supprimer et de vous emparer de mes vivres pour sauver votre peau. Aujourd'hui, je suis votre prisonnier, me tuer serait un crime. Si vous devez le commettre, faites-le tout de suite. »

Quelques heures plus tard, l'Allemand se retourne de nouveau :

« L'homme qui était avec vous, je l'ai blessé ?

— Il est mort. »

Plus tard, le Danois considère gravement une photo puis la tend à l'Allemand :

« Vous voulez le voir ?

— Qui ?

— L'Esquimau que vous avez tué... »

L'Allemand prend la photo et la regarde :

« Il n'avait pas l'air intelligent. »

Olsen arrache la photo :

« Salaud ! Pourquoi dites-vous ça ?

— Vous n'aviez qu'à ne pas me la montrer. À ma place, vous l'auriez tué aussi. Vous êtes aussi fou que moi. »

Mais le soir, le Danois, qui découpait à coups de hache un morceau de poisson séché, se retourne et, brutalement, interroge son prisonnier :

« Qu'est-ce que vous mangez ? »

L'Allemand pâlit :

« Vous ne croyez pas que j'en ai volé ?

— Si ! Crachez ! »

Comme l'Allemand refuse, le Danois serre les doigts sur la crosse du revolver. Il essaie de lire la vérité sur le visage du prisonnier.

« Je vous donne dix secondes pour cracher ! dit Olsen. Un... deux... trois... »

Mais le fusil, par malheur, est resté chargé et l'Allemand l'a saisi.

Le Danois dit froidement :

« Lâchez cette arme !

— Vous êtes un gamin... J'en ai assez ! »

Ils sont face à face tous les deux. Doucement la neige recouvre leurs épaules, Olsen s'énerve :

« Lâchez cette arme ! »

— Lâchez la vôtre, alors. »

Comme un fauve, Olsen se rue dans les jambes de l'Allemand qui chancelle et lâche le fusil.

D'une main, l'Allemand saisit le poignet d'Olsen. Ils roulent dans la neige. Le revolver en tombant s'enfonce. La main de l'Allemand le cherche à tâtons. Il murmure dans un souffle :

« C'est idiot... Je vous assure que c'est idiot ! »

Il se sent frappé au visage puis à l'estomac. Il se plie en deux, esquisse un geste implorant. Mais le Danois, à genoux, cherche et trouve dans la neige le revolver. L'Allemand, le visage en sang, s'enfuit en criant :

« Vous avez gagné ! »

Olsen, à genoux, regarde son ombre se fondre dans la nuit et l'entend hurler au loin :

« Comme ça, nous crèverons chacun de notre côté. »

Quand une fourmi erre toute seule au milieu du carrelage d'une cuisine, on ressent pour elle une folle angoisse. Quelle solitude et combien de dangers la menacent ? Que fait-elle là ? S'est-elle perdue ? Va-t-elle quelque part ? L'aventure de cette fourmi, sa solitude et les dangers qu'elle affronte ne sont rien, comparés à ceux que connaissent, perdus dans l'immensité du Groenland, le soldat danois Waldemar Olsen et son prisonnier. L'Allemand est revenu. Ils ne peuvent pas rester seuls. Être seul, c'est être mort.

Olsen veut rejoindre Cap Brewster, le poste militaire le plus proche, mais la distance est tout de même bien grande. Aussi, pendant des jours, soutenus par un vague espoir, les deux hommes vont poursuivre leur route sur l'énorme glacier qui craque, se démantibule et parfois laisse apparaître ses entrailles au fond des crevasses.

Depuis longtemps ils ont tué le dernier chien. Ils traînent tour à tour l'unique traîneau et cherchent en vain leur chemin. Avançant comme des larves, ils se débattent dans le froid, rusant avec le blizzard qui les paralyse et se glisse jusque dans leur cerveau. Et les nuits ! Nuits boursouflées, violettes. Le froid les serre à pleins bras, mord leurs visages, les embrasse sur la bouche pour leur glacer les poumons. Alors ils se dressent comme des spectres, les lèvres fendues, hirsutes, le regard inquiétant, à demi fous.

C'est alors que se situe un épisode qui, lorsqu'il sera connu, inspirera bien des auteurs.

Le Danois surtout est épuisé, à bout de nerfs par ses nuits sans sommeil. Aussi propose-t-il à l'Allemand de lui lier les mains pour la nuit. L'Allemand refuse. Le Danois a beau insister, sortir son revolver, le prisonnier se dérobe. Non seulement il se dérobe mais il lui propose un marché. Tout pourrait être résolu en quelques secondes. Il suffirait que le Danois lui prête son revolver un instant. L'Allemand tiendrait ce revolver dans sa main et le lui rendrait. Ainsi il aurait la preuve de sa loyauté et de sa soumission. Désormais, ils n'auraient plus besoin de se regarder en chiens de faïence. Ils auraient confiance l'un dans l'autre.

Olsen refuse. Il n'a pas confiance. L'Allemand se moque de lui :

« Jeune homme... lui dit-il. Cette nuit ne finira pas comme elle a commencé. Vous êtes jeune mais je vous aurai à l'endurance. Déjà vos yeux papillotent. Vous pleurez de sommeil. Moi, je tiendrai le coup. Le moment viendra où vous vous écroulerez. »

Ce duel étrange va durer des heures. Le Danois doit réagir violemment contre le sommeil. Il se mord les joues, chantonne puis retombe le visage incliné en arrière, regardant sous ses paupières mi-closes l'Allemand souriant. Puis celui-ci se met à parler doucement. Il lui raconte un tas de choses, lui dit que tout ce qui peut arriver désormais lui est complètement indifférent et ce murmure endort encore un peu plus Waldemar Olsen.

Soudain, l'Allemand se tait, car le Danois s'est endormi.

Depuis ce jour les deux hommes marchent côte à côte. Mais ils sont perdus et n'ont plus de vivres. Leurs bottes sont en lambeaux, leurs pieds ne sont plus qu'une plaie et le poste est encore bien loin.

Olsen est tellement convaincu qu'il va mourir qu'il en finirait bien tout de suite. C'est l'Allemand qui l'oblige à vivre et le réconforte.

Mais lorsque l'Allemand tombe dans une crevasse, à son tour, il souhaite en rester là, et le Danois ne l'en sort qu'au prix d'efforts inouïs.

C'est le miracle : ces deux hommes, ces deux brutes acharnées et féroces, sont devenus des êtres qu'on peut aimer. Deux êtres ne peuvent avoir l'un pour l'autre plus d'attrait et plus de prix. Voilà pourquoi ils sont dignes d'être aimés.

Serrant la nuit leurs corps transis, se soutenant le jour, essayant de faire oublier à l'autre sa détresse et son visage hideux où la famine et le froid entrecroisent des faisceaux de crevasses, ils sont enfin dignes d'être aimés.

Mais le Danois ne peut plus marcher, plus du tout. À chaque pas ses pieds tombent comme s'ils tombaient pour toujours.

Pourtant il y a des traces, maintenant, des traces fraîches d'un traîneau. Les deux hommes se séparent. Le Danois reste sur place, l'Allemand va faire une dernière tentative. Comme le soir va tomber et que les traîneaux vont s'arrêter, il peut les rattraper dans la nuit. Il se met donc à trotter sur la piste.

Le soleil se couche. Il marche. La nuit tombe, il se traîne encore. La nuit venue il se traîne toujours, semant sur son chemin tout ce qui l'alourdit et le gêne. Vers le matin, il aperçoit deux hommes en train de plier leur tente. Il s'approche en titubant et les appelle. Les deux hommes ne le comprennent pas. Ce sont des Esquimaux. L'Allemand essaie de se faire comprendre par gestes puis se résout à poursuivre sa route.

Les kilomètres qui séparent Schraeder et Olsen s'élargissent.

Alertée par les Esquimaux, une colonne de

secours danoise retrouve Olsen avant qu'il ne soit trop tard. Olsen, dès qu'il est sauvé, veut savoir ce qu'est devenu l'Allemand. La colonne de secours suit donc les traces de Schraeder. Ces traces émouvantes d'un homme titubant se poursuivent jusqu'aux ruines d'une station météorologique allemande désertée par ses occupants. Après enquête, il sera établi que Schraeder avait rejoint ce poste la veille même du jour où les Allemands quittaient le Groenland !

Ils ne se sont donc pas revus.

Un événement pourtant pourrait les réunir : en 1949, le Danois raconte son histoire à un journaliste qui la publie dans une gazette groenlandaise. Jacques Antoine en tire un scénario de film. Eric von Stroheim doit tenir le rôle de l'Allemand et Pierre Vaneck celui du Danois. De grands réalisateurs se proposent pour le mettre en scène. Malheureusement, Deutchmaster, le producteur qui en avait acquis les droits, ne se décide pas : « Deux hommes seuls dans la neige, dit-il, c'est pire qu'un combat de nègres dans un tunnel ! Et les films de ce genre n'ont jamais marché. Adaptez-moi cette histoire pour qu'elle se passe au soleil... »

Il faut donc attendre encore une quinzaine d'années pour que l'histoire de l'Allemand et du Danois au Groenland, modifiée, triturée, décomposée, devienne un film français d'ailleurs excellent : *Un taxi pour Tobrouk*.

Malheureusement personne ne fit le rapprochement et s'ils avaient vu le film, l'Allemand et le Danois ne s'y seraient pas reconnus.

À coups d'océans, de montagnes, de barbelés, de monnaie, de familles et de jargons, la vie les avait définitivement séparés.

Ils ne se reverront jamais.

Table

Le Livre de Poche s'engage pour
l'environnement en réduisant
l'empreinte carbone de ses livres.
Celle de cet exemplaire est de :

500 g éq. CO$_2$
Rendez-vous sur
www.livredepoche-durable.fr

PAPIER À BASE DE
FIBRES CERTIFIÉES

Imprimé en France
par Nouvelle Imprimerie Laballery en octobre 2020
N° d'impression : 008035
Dépôt légal 1re publication : mai 1982
Édition 24 - octobre 2020
LIBRAIRIE GÉNÉRALE FRANÇAISE
21, rue du Montparnasse - 75298 Paris Cedex 06